投行风云

牛莹·著

中国华侨出版社
北　京

You Are the Sunshine of My Life

谢谢你，你是风云背后的那一束温暖阳光

目　录

Chapter 1　心病由来

春夏交替时节，西南边陲的城市湿气浓重，经过一天的曝晒，傍晚时分，道路两旁干蔫的树叶才重新摇曳起来。

晚上九点半，容城中学放晚自习，高二四班班长程安安一如既往一声不吭地帮着老师把全班随堂考的试卷整理完才离开教室。

下了晚自习的学生归心似箭，乱哄哄地从教室一涌而出，又迅速消失在夜色里。刚入伏的天气，风里都带着稠腻。学生放自行车的地方在校外，要沿着校外的围墙，走到后门的停车点。路灯高耸，灯光全被南方高大又繁密的榕树隔离在上空，路面在树的阴影下，显得越发昏黑。

程安安穿着校服背着书包，独自走在这条她每天上学放学都要走的路上，因为太过熟悉，即便路灯昏暗，也不觉得害怕。

顺着学校围墙，她左转到了通向车棚的更幽暗的辅道上，正想着明天要测试的科目，身后忽然响起一阵轻微的沙沙声。

程安安停住脚步，微微侧身，身后四五米外，跟着一位比她高出一个头、身形干瘦的男人。

本来程安安也没太在意，毕竟这是在大街上，有同一个方向的行人很正常。但对方犹豫而不自然的转身回避，让她起了疑心。

程安安深吸一口气，竖起耳朵关注后面的动静，先是放慢脚步，后面的人，也压着步子，不急不慢地跟着。走了一小段，她加快脚步往前走，后面的人看她快走，也跟着迈开大步。

程安安心里一紧，确定自己被人盯上了。

遇到这样的事，即便是成人也会紧张，程安安以为自己会慌得六神无主，没想到却镇静得让自己都意外。

这条路上除了学校就是单位宿舍，她边压着步子边想办法，此刻最直接的方法是立即大声呼喊，引来附近的人。但这片宿舍区域最近在拆迁，该搬的都搬了，路边商店倒是有几家，都因为晚上行人不多，早早关门了，整条街昏暗冷清，喊人肯定不行。

距离车棚还有一段距离，车棚边有学校设置的保安亭，里面应该会有值班保安，但身后的男人此时离她不过几米，她瞥了眼自己的细带凉鞋，跑的话她没胜算，此时路面连片叶子都没有，更不用说棍子和砖头了。

程安安脚下的步子越走越快，身后的男人察觉到异常，也不再遮掩，直接朝她冲了过来。

程安安下意识地抬脚要跑，耳边忽然刮起一阵人跑动时带起来的劲风。下一秒，一条汗津津的男人胳膊用力勒住了她的脖子。

程安安惊叫一声，边挣扎边与坏人正面相视，厉声喝问对方："你要干什么？"

程安安的表现让男人心虚，但她毕竟是个穿着校服的学生，他定了定神，紧紧挟持着她，急促粗粝的声音伴随着浓重口臭从他嘴里传出来，犹如地狱之音，"再出声就捅死你！"

程安安感到脖子的一侧一阵刺痛，闪着寒光的冰凉尖锐物体抵到她的脖子上。她吓得浑身发抖，脑中瞬间闪过那些遇害后尸体腐烂才被发现的新闻。她今年才十六岁，她不想死，求生的渴望让她再次冷静下来，她知道越是情况紧急，越是不能激怒对方，先保障好人身安全，才能有机会逃走。

脖子上的那柄尖刀让程安安四肢僵硬，只能跟跟跄跄地被挟持着往前走。男人狡猾，特意走在靠路的一边，用身体挡住矮他一头的程安安，一是防止她向路人求救，二是有不对劲，他可以第一时间转身逃跑。怕被人发现异常，他一只胳膊紧紧架在程安安的肩头，另一只手拿着刀顶在她的腹部，不知道的人看起来，像是一对亲密的父女。

歹徒边走边紧张地四处张望，两人就这么往前走了十几米，程安安多希望此时能有一个人经过，无论是谁，她都有勇气跟歹徒反抗。可是没有，除了偶尔飞速从路边掠过的汽车，根本没人经过，更不用说有人发现她此时的处境。

程安安不知道对方要把她挟持到哪里，要对她干什么，但无论去哪里，干什么，对她来说都可能是毁灭性的打击。在这条漆黑的路上每往前走一步，她都心急如焚，此时几十米外的车棚里，自己那辆孤零零立着的紫色自行车已经越来越清晰。她浑身打了个激灵，车棚里有个男保安，每次学生来拿车，他都会站在保安亭里朝外张望。

程安安大脑飞快地运转，设想着在经过保安亭的那一刻，她要如何避开腹部的致命一击，然后跑向保安求救。她不停地在心中祷告，希望保安能走出保安亭，这样她逃脱的概率就会更大一些。甚至还幻想保安能像超级英雄一样，忽然出现在她的面前，迅速看清她的异常，然后施以援手。

男人依旧紧紧扯着她，前面的保安亭让他迟疑了几秒，程安安的心提到了嗓子眼，怕他忽然改变方向，不经过保安亭。好在他只是顿了顿，依旧朝前走去。

程安安手心里一片汗湿，只差一步，她感觉到自己的心脏在加速跳动，她已经想好了，走到保安亭的那一刻，她就用右手狠狠砸向歹徒的裆部，趁着对方没反应过来，她就朝保安亭跑。

这一切都是按照最理想的状态计划的，程安安当然考虑过打偏后被刺伤时的情景，她的运动能力不算差，只要能躲过最致命的部位，她就能逃脱。

　　抱着最后一丝希望和必死的悲壮，她走到了保安亭前，可现实远比她想象的残酷，在她的手已经微微举起来的时候，她才发现，保安亭里空无一人。

　　那一刻，程安安终于知道歹徒为什么敢拖着她往这边走了，她细小单薄的身体不停地颤抖，只觉得天旋地转，犹如掉进万劫不复的深渊。她喘着粗气，像待宰的羔羊，被旁边面目模糊的男人推拉着往前走去。

　　想着前面未知的可怕后果，程安安开始哆哆嗦嗦地低声哀求，男人把她拉到树边掐紧她的脖子，低声警告她闭嘴。那一刻，被掐得喘不过气来的程安安终于看清了歹徒凑过来的脸，颧骨很高，眉头有颗肉痣，鞋拔子脸，目露凶光。

　　看她重新老实下来，男人加快脚步，用力掐着她拐进了一条黑灯瞎火、即将要拆迁的破旧小巷里。

　　程安安的心一点点地往下沉，她知道，刚才在大道上没能脱险，现在进了陌生的小巷，就更没有逃跑的胜算了。看清绝望至极的事实之后，程安安反倒生出一股决绝的气势，她咬紧牙关，告诉自己只要一有机会就跑，最坏的结果无非就是被捅死在大街上，这也比尸体在腐烂发臭之后被发现要好得多。

　　男人拖着她进了巷子尾最后一栋的楼洞里，里面已经没有了住户，伸手不见五指。然后揪着她进了二楼一间大门敞开的房子里，脚下全是废弃的旧物，又押着她到了窗边，确定四周安全了，这才放松下来。

　　程安安全身绷紧，她在黑暗里一步步往后退，头上的辫子在刚才的推揉中已经散开，头上的一个发卡掉了下来，正好落到了她的手背上。

　　借着稀疏的月光，她看到男人阴暗不明的脸上露出诡异的笑容，她的心猛地一缩，男人慢慢朝她走来，他每向前一步，她便离地狱近了一步。她的脑子有些放空，手里抓着那只头上掉下来的发卡，万念俱灰的时候，她忽然把手里那只不算小的塑料发卡扔出了窗外，发卡掉在地上，寂静的楼道外发出"咔嚓"的断裂声。

　　忽然响起的声音让歹徒转身走到窗边查看情况，程安安毫不犹豫地用尽此生最快的速度，朝着大门的方向飞奔出去。

　　只要跑出小巷，她就有得救的机会。此时的程安安在整个黑夜笼罩下不管不顾地往前跑，不远处的大道和路边昏暗的路灯成了指引她逃出深渊的灯塔和希望。身后沉重的脚步声越来越近，程安安被恐惧笼罩，奋力呼喊。前一步是天堂，后一步是地狱，在她跑到明暗交接的那一刻，身后的黑影一下抓住了她的书包。

　　在黑暗和光明的交接点，程安安凭借求生的意念，拼尽身上所有的力气，从书包带里挣脱出来，直接朝大道上冲去。

　　此时一辆黑色的"别克"车刚好经过，两道光亮的车灯照射过来，她冲出去的瞬间，刺耳的车胎声穿破昏暗的夜色，车里的方泽左脚紧紧踩在刹车踏板上，看着车窗玻璃前那张惊慌失措的脸，出了一层薄汗。

　　程安安语无伦次地拍打驾驶室的玻璃："救救我，求求你救救我！"

　　方泽摇下车窗，看着这位披着散发、学生样子的女孩子，又转头朝她跑出来的方向看去，小巷明暗不清的阴影里，有个男人的身影隐了进去。

　　他心头一跳，迅速推开车门走出来，刚受到惊吓的程安安看着眼前这个身材高大、一头黑短碎发、长相英俊、一身潮服的男人，下意识地往后躲了一下。

　　方泽警觉地朝她身后看了眼，黑影和夜色融为一体，他没法看清对方已经走了还是依旧躲在里面观察他们的动静。他迅速拿出手机，问她说：

"你有没有受伤？要不要打电话报警？"

他的声音低沉有力，缓缓而出，让站在晃眼的车灯前惊魂未定的程安安稍稍安了神。她沉默了几秒，想到报警要去警局做笔录，到时候会弄得全校皆知，她不喜欢这样，所以摇摇头，指着那明暗交界的地方说："我没受伤，不用报警了。你能不能陪我过去捡一下书包？"

方泽看了她一眼，一般人遇到这样的事都会慌乱报警并想马上离开，但这位女孩不但淡定冷静，还能记得拿自己的书包，不得不让方泽开始怀疑自己是不是遇到了仙人跳。

他犹豫了几秒，从副驾驶室里拿起自己的背包斜挎上，冷冷地朝黑巷子里看了一眼，转头跟程安安说："走吧。"

程安安跟他并排而行，因为紧张，手握成拳头状。这些动作全都落到方泽眼里。他拉开胸前背包的拉链，从里面拿了一只小巧的的黑色电筒，这种SureFire手电是特种部队的标配，小小一只，发出的光束却亮得惊人。方泽喜欢这样顺手好用的装备，他花了心思，辗转多处才在黑市买到。此时电筒一开，黑巷里瞬间爆亮，黑影已经不知所踪，剩下一个蓝色书包躺在地上，因为拉扯，书包的搭扣已经被拉断，掉出一本高中数学书。

或许是看到数学课本上因为翻动太多而起的褶皱，他瞥了眼身边的女生，决定先不拿出包里的防身工具。

有了电筒的光亮，程安安快方泽两步，跑过去把地上的书包捡了起来。他看她先是把书面上沾上的灰拍掉，才小心地放进书包里，心里的戒备又少了一些。对书珍惜的态度，骗子没耐心去演。

程安安背起书包，方泽的注意力依旧集中在身后的小巷里。两人一前一后地走到车边，程安安闷闷地小声请求："我的自行车在那边，你能开着车灯照我过去拿吗？"

方泽看了她一眼，坐进车里调转车头，车灯照向她手指的方向，简易的车棚里，果然停着一辆孤零零的自行车。

程安安感激地朝他点点头，然后一脚轻一脚重地顺着车灯的光亮走到车棚。她的手脚有些微微颤抖，打开车锁，跨了几次才坐上去。两道明亮的车灯一直照着她，光晕让她生出一种不真实感，她感觉自己刚才像是经历了一场惊悚的噩梦。闷热的夏风吹来，她脸上发凉，一摸脸庞，发现自己刚才太过紧张害怕而忘了哭喊，现在缓过劲来，才泪流满面。

车上的方泽看着背对着他骑在车上的女孩，她小小的，身子细长，犹如还没长开的花苞。他第一次看到这种年纪的女孩竟然有超乎年龄的隐忍和冷静，心中的戒备也因为她一起一伏的小肩膀慢慢放了下来。他伸手扭开音响，用她能听到的音量，播放CD里的那首 *God Is A Girl*。

歌声让程安安的身形一颤，两人都沉默地听着。方泽从中控台上拿出一根烟点上，车前面的女孩渐渐停止抽泣，反手从身后的书包侧袋里翻出一个皮筋，三两下把散落的头发扎了起来，然后转过头来，看了车里的方泽一眼。

透过车里的烟雾，方泽看到扎起马尾的女孩脸型瘦小清秀，微微上挑的丹凤眼虽然稚气未脱，却有种让人难忘的倔劲。她朝他挥手告别。

他也朝她挥手。

女孩骑着车子渐渐消失在灯光里，方泽看着漆黑的街道，把烟蒂丢出车外，一踩油门，跟她保持着一定距离，开着远光灯给她照着前路，直到看她拐进了一个路灯明亮的小区里，他才掉头，重新折回到刚才那条漆黑的小巷口。

Chapter 2　年轻气盛

　　停了车，方泽从包里掏出一根折成十几厘米长、黑色镀镍的EKA机械锁甩棍，这玩意儿是军警防暴专用的，这么久，他已经很久没用这东西来防身了。

　　拿好甩棍和电筒下车，方泽慢慢走进那条漆黑的巷子里。电筒一亮，黑暗被瞬间劈开，亮光下，黑色的建筑物露出原本的残败模样，老式的预制板房，清一色的七八层高，放眼望过去，密密麻麻的一大片。手电筒的光照在斑驳的老墙上，全是破败腐朽的气息，这片黑压压如残喘怪物般的建筑群里，只有其中的一两栋有零星几盏昏暗灯光，在一片黑夜里显得孤独又诡异。

　　这片老建筑位置靠近全市的重点高中，地价不菲。这块地最终被容城一家叫锦天的房地产商拍得，可在遣散旧房的时候却因为赔偿款的问题，出现了钉子户，纠纷官司一直打到现在，逼得地产商的新项目迟迟不能动工。

　　今天是方泽来到容城的第七天，他从洋城来到这个三线小城，就是为客户的上市项目做调研，而他的客户，正是买下这块地的锦天房地产公司。

　　前期调研是确定这个项目能否实施的关键一步。而来做调查的方泽主要从财务、法律和业务这三个方面对锦天公司进行核查，确定这个拟上市企业的各个方面是否存在问题，以防公司接了烫手山芋。

　　方泽进鼎盛两年就从分析师做到了合伙人的位置，除了能力过人，他的做事风格也经常出人意料。尽职调查的时候，他不像其他的同事那样只看客户公司给的资料，除了收集相关文件资料，还对企业高管进行访谈。他最喜欢干的，就是去实际勘察客户公司的生产和销售现场，用堪比刑侦的方法，去想方设法地核查企业账户信息的真伪，他通过各种途径来判断和鉴别客户和项目的优劣，为鼎盛省去无数的精力和成本投入。

除此之外，方泽在穿着打扮上也是独树一帜，他跟传统的金融行业人士形象相差甚远，没有西装革履的固定行头，只要不参加会议，衣着多是Diesel Black Gold系列的机车风格，高大修长的身形配上帅气的皮衣短靴，出门跨上一辆HondaCB400。在一群穿着伦敦萨维尔街定制西服，坐着四平八稳轿车的金融人士中显得格外醒目。

每到一个地方出差调研，方泽都习惯自己在当地的租车公司租车，而不用客户企业提供的车辆。一是行动自由，二是不想让客户公司车里的GPS记录自己的行程。

今晚他来到这里，就是特意要看看现今还不肯撤离的钉子户到底还有多少真的坚守在老房子里。有钉子户就代表了锦天的合同条款以及协商能力还有所欠缺，关系没处理好，以后容易引起举报起诉等问题，他本着调查问题的想法来到这里，没想到却碰上了刚才的事。

想到隐藏起来的黑影，方泽眼神冷峻，手中的甩棍用力甩开，"啪啪"几声，原先短短十多厘米的钢棒顿时变成一条半米多长的钢鞭。他黑着脸，摁灭了手电，用手机拍下了旧楼里亮灯的位置，又警惕地在这片区域里来回走了几遍，没发现刚才的黑影。

重新坐回到车里，方泽莫名地烦闷。他在车里点了根烟，看着眼前漆黑的小巷，打开手机相册，里面除了刚才他照的照片，还有前几天他亲自到工商局查到的锦天的股权抵押记录照片。为了掌握更多资料，他暗中调查锦天的财务情况，自己去了房管局和土地管理局查看了锦天的抵押记录，此外，他还跑了当地的人民银行，去查询了项目控制人以及股东的征信情况。这些事情了解清楚后，他还了解了锦天王老板的发家历程和资产积累情况，以及跟锦天有关联的企业的利润情况，锦天的对外负债情况等等。

之所以这么大费周章地去查这些，就是想要看锦天有没有隐瞒过往负债和现有负债，如果有，那些抵押记录上肯定会有蛛丝马迹。

然而他什么痕迹都没看到，也根本查不清锦天是否有租赁借款的情况，这才是让他担心的。

方泽还记得第一天到尽职调查现场时，锦天的王老板亲自为他们接风洗尘，好吃好喝地招待。无论他说什么，对方都点头应和，当他问到实际问题，对方又含糊其词，锦天这样的表现不得不让方泽起疑，毕竟真正的客户都是挑事的主，看热闹才不嫌事大。

第一顿饭对投行和企业双方来说都非常重要，既表明诚意决心，又要互探虚实。方泽站在投行的角度，从吃饭的地点和宴会档次，看到客户企业的实力和对合作的重视程度。从吃饭的流程安排、接送的车和接待人员、行车路线、菜式、酒类、座席顺序、端茶倒水敬烟等，也侧面体现了工作效率、管理水平等方面。吃饭的时候，几位高管和部门负责人的发言和敬酒顺序，则体现了企业的内部职位等级。

几杯下肚，微醺的状态则更能看清实质。方泽打开聊天话题，看似天南海北，实则在旁敲侧击地了解客户公司的历史沿革、管理文化、战略方向和实际控制人的偏好。

酒足饭饱后，王老板提议去夜总会开始第二场，方泽没有推辞。霓虹闪烁，莺莺燕燕中，酒越喝越多，大多数人都会丢掉拘谨和客气，酒后的万千姿态，就是这个企业的一部分缩影，人的品性和习惯会显露无遗。无论是见惯场面的老手，还是端坐静看的观客，都是这个企业核心管理层的重要构成，这就是一个绝好的观察角度。

经验让方泽知道对方的殷勤有可能是项目存在问题甚至硬伤。可如今他明明感觉到有不对劲的地方，但就是查不到问题的源头，像是有人故意在每个关键地方都设了一个隔断，让他雾里看花，无法看清里面真正的东西。

方泽把手头现有的材料在车上又重新梳理了一遍，手机忽然收到一条重要信息，是他托人查锦天老板的发家史有了新的发现。恰好此时他收到上司文森发来的一封邮件，大意就是叮嘱他不要太过明目张胆地调查，他们作为服务中介，任务就是把客户提供的资料包装到可以上市，至于客户不想让人知道的事，客户自有办法兜底，不会影响到上市，让方泽不要再继续调查。

上司的这些话不会空穴来风，客户肯定跟公司暗示过什么。大多数公司在原始资本积累过程中，或多或少会有些灰暗的部分。有些人成功后把这些部分洗白了，但有些部分即便成功了也无法洗白，控制人便索性隐藏了这个痛点。锦天的老板大概也知道如果这个痛点曝光，肯定上市无望，所以才不想让他查下去。

方泽看了眼手上的资料，理论上和立场上他都不应该跟客户有冲突，他虽然知道了一些东西，但还是要听从公司安排，他给上司回了个邮件，但并没把自己知道的信息说出去，只是发表自己这次尽职调查的看法，客观地让公司放弃这个项目。

信息刚发送成功，手机屏幕上显示出女友何雪的电话号码，方泽脸上的表情从冷峻中柔和下来。接通电话，他双手握紧方向盘，一脚油门，朝着堆满文件资料的酒店飞驰而去。

Chapter 3　埋下种子

　　程安安像往常那样推门进家，白梅夫妇俩正穿鞋准备出去找她，看女儿回来，白梅松了口气，责备说："怎么这么晚？"

　　程安安对刚才发生的事只字不提，只说了句"留下帮老师改卷子"，便匆匆换鞋进了屋。

　　夫妻俩对女儿的话深信不疑，在白梅夫妻俩看来，程安安一直是个省心的好孩子，这得益于他们对女儿从小的严加管教。小树不修不直溜，白梅从来不惯女儿毛病，不仅如此，从上三年级开始，就不许她追星，不许她穿校服以外的衣服，让她把所有的时间和精力都放在学习上。

　　白梅夫妇都是公职人员，白梅心气高，把自己这辈子没能实现的愿望都强加到了女儿身上，竭尽全力地想把程安安培养成一个精通琴棋书画的女状元。可惜程安安不遂母意，天生的人怂志短，只对花花草草、猫猫狗狗感兴趣，压根没有争第一的雄心壮志。

　　女儿的"玩物丧志"让白梅焦虑万分，只能做出了天下虎妈都会做的决定：就算让她现在恨我，也不能让她将来怨我！

　　从此之后，夫妻俩工作之外便只有一件事——送女儿上各种辅导班、兴趣班。白梅会用Excel表格给女儿制定各个科目的"日结果周计划"，每天的日常内容在时间上精确到每一分。程安安从上三年级开始，便日复一日地像机器人一样进行各种枯燥训练的学习，一周有六天她不是在学校，就是在赶往各种补习班兴趣班的路上，这让她越发羡慕那些一放学就能回家自由玩耍的小伙伴。

程安安的性格像老爸，老妈经常说老爸得过且过，程安安觉得这没什么不好，知足常乐也是一种活法，没必要事事都去争第一。然而老妈在家里有绝对的话语权，她曾试着去跟老妈表达自己的想法，没想到老妈大发雷霆，为了让她意识到自己的错误，又给她多报了一门辅导班，连周日也泡汤了，程安安悔青肠子了，从此不敢再多说一言。

父母不在的时候，程安安喜欢懒散地躺在阳台的躺椅上，看天边的晚霞变幻，云卷云舒，就这样无所事事地发呆，感觉舒服极了。天气好的日子，她会在水里加一些洗过的玫瑰花瓣，然后放进冰箱里冰成冰块，喝水的时候放进杯里，看粉色的花瓣冰块在水里沉沉浮浮。又或者偷偷买来自己喜欢的图案纸张，给那些呆板的教科书做新的书套，自己看着赏心悦目。

这样的事她是不能也不敢在老妈面前做的，在听到老妈拿钥匙开门之前，程安安会马上溜回自己的房间。她知道老妈放下包之后会第一时间开门进来看她是否在用功看书，而她会用最快的速度打开书本，给偷偷探进头来的白梅一个奋笔疾书背影。

让程安安彻底放弃"懒散"，是在她上初三那年。

那正是情窦初开的时候，程安安喜欢上了隔壁班的男生。白梅不知道从哪知道了这个消息，怕这件事会影响的女儿的前途，火急火燎地跑到男生班里大闹了一场，弄得全校皆知，最后以男生转学结束。

青春期少女对父母这种不管不顾的打压、强硬粗暴的行为感到愤怒又厌恶。她铁了心地跟父母冷战，白梅急火攻心，一下病倒住院。面对病床上虚弱痛哭、完全没了往日严厉的老妈，程安安心中满是愧疚和恐惧，像个偃旗息鼓的逃兵一样败下阵来。

从此之后，程安安像是变了一个人一样，以父母的理想为己任，老妈说什么她就做什么，她把自己的一切想法都关闭起来，不向任何人展示，包括她自己。她以超乎常人的努力和刻苦，获得了无数的奖章和证书，但那些东西并没让她获得太多的喜悦，她的性子日渐趋于疏离淡漠，除了学习，对所有的事都漠不关心，冷静淡然。

白梅对女儿的表现引以为傲，人和人相比，归根到底比的还是后代。她和丈夫像打造珍宝一样，用尽心力去培养唯一的女儿，他们这辈子虽然也就这样了，但因为有了程安安这位聪明漂亮又用功懂事的女儿，他们黯淡无光的人生，终于充满希望。

此时的程安安在浴室里用水一遍遍地冲刷着脖子和手臂，那些被歹徒碰到的皮肤让她觉得肮脏无比，想到男人那张斜长的脸，骇人的高颧骨以及左边眉头的那颗大肉痣，她忽然喉头一阵翻滚，佝偻着身子干呕起来。

外面的白梅听到声音不对，隔着门喊了一声："怎么了安安？"

程安安赶紧捂着嘴巴，把水流拧到最大，哑着嗓子朝门外说"没事"。缓了几口气，她强迫自己不再去想刚才的事，然后用各种沐浴液轮番涂在身上，再用刷子来刷自己薄嫩的皮肤，直到手臂和脖子发红破皮，才蹲在地上，在淋浴的水声里小声捂着嘴巴哭出来。

直到白梅再次敲门，程安安才顶着红肿的皮肤从浴室里出来。白梅吓了一跳，问女儿怎么回事，程安安用天气闷热起痱子来搪塞过去，白梅将信将疑地给她涂了些清热消肿的绿药膏，叮嘱她早点休息。程安安回到房间关好门，深吸了一口气，把头发慢慢吹干后，平静地打开书包，从里面拿出那本数学书和一套练习题。明天要随堂测试，她不能因为今天的事影响了明天的考试。

白梅拿了杯温牛奶进来，看到女儿正伏在桌子上做题，她轻手轻脚地把牛奶放在旁边，满意地掩上门离开。听到身后的关门声，程安安放下笔，走到床边慢慢躺下来。刚闭眼，就想起今晚死里逃生的一幕幕。她神经紧绷，害怕恶魔重现，她不敢熄灯，怕一个人待在这个漆黑的房间里。此时的她想到那个伸出援手的男人，他的样子她只记了个大概，是高瘦俊朗的模样。她不知道他姓甚名谁，只记得他靠近的时候，身上有股淡淡的、混合着烟草和咖啡的清冽味道，很好闻。

她后悔没亲口跟他道一声谢，她找出那首*God Is A Girl*，把耳机戴上，歌声逐渐让她放松下来后，她迷迷糊糊地睡了过去，朦朦胧胧中，那两盏光亮的大灯，像是一直在她身后，帮她赶走黑暗，照亮前路。

Chapter 4　事情起因

　　回到下榻酒店的方泽刚进房间，就感觉有些不对劲。他有个习惯，看东西的时候喜欢用笔在一旁边看边把有用的信息画下来。而看完的资料他会用水笔套夹住。但眼前桌上的水笔被随意地丢在一旁，资料虽然摆放整齐，但细心敏感的方泽还是怀疑有人进来过了。

　　为了不让人看到他收集到的资料和动他的东西，从两天前开始，方泽一出房门就挂了免打扰的牌子，也叮嘱客房服务员不用去给他打扫换床单。现在他虽然怀疑，但是无法肯定是不是真有人进来了，他迅速打给住在隔壁的会计，这才知道律师和会计全都被客户请去了本地一间名叫"魔力之声"的娱乐场所，负责带他们去的接待人员说是让他们体验一下当地特色。

　　方泽让会计把位置共享，发现这家KTV远离市区，他本能感觉出事情的蹊跷，迅速把自己的东西打包放进租来的车里，然后开车就直奔那家"魔力之声"。

　　开了快一个小时，方泽才看到一个三层楼楼顶挂着"魔力之声"几个字。

　　他把车停在楼下最边的位置上，这家店地处偏僻，没想到客人倒不少。他在车里先给会计打了电话问清楚里面的情况，会计已经喝得有些晕乎了，大着舌头跟他说招待的负责人出去打电话了，现在就他和律师在包间里，让他赶紧过来一起嗨。方泽抬头看了下方位，这栋三层小楼坐北朝南,像是这里随处可见的大别墅,每个房间带窗户。

他匆匆下车,刚进到门口,迎宾的小哥迎出来,方泽报了房号,对方先是一愣,然后边带他上去,边用对讲机跟里面的人报告说203加人。

方泽跟着迎宾上了二楼,门上没用透明玻璃,看不到里面的情况,但能听到吵吵闹闹,隐隐传出唱歌、喝酒、掷色子的声音。

迎宾小哥为方泽拉开门,方泽看了他一眼,走进去,对方立刻把门关上了。方泽快步走进去,看到会计和律师身边各坐了好几位姑娘。他让姑娘们先出去,律师和会计虽有几分醉意,但毕竟知道自己的任务。等姑娘们鱼贯而出,方泽看了眼没有锁、可以随意推进来的包厢门,从随身的包里拿出一个塑料和铁铸在一起的简易门阻,迅速安装在门的底部。然后转过头来,刚要跟会计和律师说事,门口忽然传来一阵踹门声。

"开门!"外面几个男人在轮番砸门,门下因为有门阻,没被踹开。

房里的律师和会计吓坏了,哆哆嗦嗦地看着方泽。方泽定定神,朝门外喊:"哥们儿什么情况?是不是有什么误会?"

外面的人嘟囔了几句本地话,方泽听懂了大意,说他们做了事情装糊涂。

方泽眉头一皱,想到自己房里那些似乎被人动过的资料,立即从包里拿出甩棍,但门外踹门的人起码有四五个,律师和会计一个虚胖一个矮瘦,他一个人真能用一根甩棍带着他们杀出去?

犹豫几秒,方泽转头走到包房靠窗的位置,这里是二楼,两米多的层高,楼下正停着他租来的车子。窗上安装了防盗围栏,方泽用手试了试,发现这个护栏是可以弄开的。

门外踹门的力道越来越大,门阻摇摇欲坠,随时都会被踹碎。方泽指挥律师和会计去堵门,他自己迅速脱掉身上的T恤,拿到水龙头处弄湿,然后把衣服绑在窗口的防盗围栏上，再从卫生间拿来马桶搋子棍插进衣服里，像转船舵一样使劲拧衣服，想用衣服的拉力拉断防盗栏杆。

就像方泽预想的那样，防护栏杆的质量不好，用力拧了几下便拧断了，他三两下把劣质的铝合金护栏掰开一个大口，转身招呼律师和会计赶紧往下跳。

胖会计胆小，律师一咬牙先跳了下去，方泽把书包丢下让会计赶紧跳，会计看着下面，犹犹豫豫，愣是卡在窗边不敢下去。眼看门就要被一脚踹开，方泽用力一推，把会计给推了下去，随后他自己纵身一跃，也跟着跳了下去。

刚落到地上，就听上面包间里的门被"砰"的一声踹开，方泽立即爬起来，带着会计和律师冲上自己租来的车里。

车刚打着火，就看一群人从大门口冲了出来，方泽一脚油门冲过去，人群四下散开，他油门踩到底，车子飞速蹿了出去。

上了大路开出一段，三人发现后面没有车子追上来，方泽喘了一口气，让律师赶紧打网络电话匿名报警说那里涉黄。看律师疑惑，方泽解释说："我们现在的处境不能跟那里扯上关系，再说就算我们实名举报，那边也不会认，现在能出这口气的只有这个办法，再说就刚才那些姑娘，肯定不会让警察空手而归。"

报完警，方泽开着车子朝市区驶去。他光着上身，因为太过用力和集中精神，身上的肌肉块全都紧绷起来，显示出时常健身和运动才会有的健硕身形。他表情冷峻地看着前面昏暗的前路，车灯像两把利剑，劈向黑夜的中心，这个时候，他竟然又莫名想起那位女孩，她独自在夜里被挟持，应该比他们此时更害怕紧张，但却表现出超乎寻常的镇定从容。他轻轻呼出一口气，也不知她现在怎么样了，希望从此之后，她能平平安安。

三人回到酒店，律师和会计上去拿行李，方泽翻出箱子找了件衣服穿上，立即打电话跟上司文森说明了情况，文森让他注意安全，马上返回公司，并特别叮嘱他把收集到所有资料删除掉。

　　挂上电话，方泽打开电脑，看着里面那些资料，他点上烟狠狠吸了一口。每个人都有过去，如果公司放弃这个项目，没了利益关系，他自然没必要留着别人的伤疤，但现在对方的警告超出了他能容忍的范围，一个为了达到目的可以不择手段的企业，在他看来，必须要给点教训。毕竟是血气方刚的年纪，方泽摁灭烟头，不顾上司的叮嘱，鼠标一点，所有的资料全都匿名发送出去。

Chapter 5　机缘巧合

八年后

洋城

　　全国经济中心和超一线城市的名头，让挤在这里讨生活的人们似乎穷尽努力也只能在夹缝中喘息。而在巨大的压力下，每天都有人离开，同时也有更多人涌进来。

　　骄阳似火，打伞、戴帽、等红绿灯的人群全都挤在有零星树荫的小区域里，躲避照在身上如千斤重担的日光。

　　市区一家光明商业银行支行的营业部大厅的空调坏了，维修人员正火急火燎地抢修，大堂所有门窗都全部打开了，还是闷热难耐。临时搬调来应急的大功率风扇摆在大堂正中间，用最大挡速呼呼地吹出发热的闷风。里面的空气浑浊难闻，柜台前的暑期见习生程安安一身白衣黑裙，长发束成丸子头，样子清爽乖巧。尤其是她那双微微上挑的丹凤眼，让她整个人看起来犹如一幅古典油画，赏心悦目，在闷热潮湿的空间里看着她也能舒心不少。

　　今天是程安安在这里见习的第七天，她主要的工作就是协助大堂经理，先了解进来的客户想要办理的业务内容，再引导他们到相应的柜台前办理。

　　一位六十多岁的老大爷跌跌撞撞地跑进来，手上拿着一张卡，着急跟她说："姑娘，我的死期到了，快帮我续上！"

　　程安安先是一愣，明白他的意思后，赶紧拿出旁边的单子先让他填上。大爷老眼昏花，程安安只能在一旁指导他填好，十多分钟后，她用手背擦了擦额头上细密的汗珠，说："大爷，您在单子的最下面签个名就可以到柜台办理了。"

大爷的手有些微微颤抖，郑重其事地在指定的位置上写了一个"名"字。

程安安哭笑不得，只能又指导大爷重新填了一张单子，等一切弄好又过了十多分钟，等大爷把手里的卡递给程安安，她瞬间石化，调整好表情和语气，尽量礼貌地跟大爷说："这里是光明商业银行，您的卡是建设银行的，您出门右转，过一条马路就是建行。"

大爷忙活半天，发现竟然不能取钱，恼了，在大堂嚷嚷起来，指责程安安浪费他时间。程安安自己冤又不能跟客户争辩，银行有规定，现在拉存款难，客户就是上帝，上帝说什么都对。

大堂经理快步过来解围，这样的情况他早已见怪不怪，几分钟后，大爷终于被劝走，程安安松了一口气，内心对这样的工作越发提不起兴趣，想到转正后的每一天都要在这个银行里给人存钱取钱，她就深感无力。

这份工作是老妈白梅动用了筋骨的关系才给她定下来的，但这种一眼望到头的枯燥无味，就像父母小时候一直让她上的各种辅导班，虽然不是人人都能去，但能去的她心里并不想去。老妈强势惯了，又是费心费力费钱地为她安排前程，她无法拒绝，除非她自己能找到比这个更好的工作。

程安安实习的地方虽然只是一个分行，但光明商业银行在全国来说实力雄厚待遇颇丰，毕业后想进来工作的优秀学生挤破门槛，要不是有关系，她一个学应用数学的学生再厉害，也没法挤进会计金融专业学生的地盘里抢食。

虽然是个人人眼馋的工作，但程安安心里清楚，这份父母看好的工作就像从小到大父母给她做出的任何一个为她好的选择一样，她没法选择，只能按部就班地去做。

大堂经理是个三十多岁的微胖男人，趁着人来人往的空档，偷偷往程安安手里塞了一包纸巾，经理的手部皮肤触碰到她手心的一瞬，程安安起了一身的鸡皮疙瘩。她下意识地一甩手，手上的纸巾"啪"的一声，掉在地上。

经理顿在原地疑惑地看她，程安安也颇为尴尬，正想着怎么拿话圆过去，门口处忽然闯进来气势汹汹的一男一女，男的手上拿了根一米多长的铁棍，女的从挎包里拿出一把菜刀，两人进来扫了一眼，便黑着脸朝程安安这边冲了过来。

情况突然，程安安愣在原地，时间像是瞬间倒退到了八年前她被劫持的那个夜晚。她用了很长的时间，才让自己不再想起那件事，这么多年过去了，当类似的情况出现，她再次轻而易举地被击倒。

程安安心跳加速，等看清对方的架势，人已经近在咫尺。千钧一发之际，她不知哪来的急智，伸手从旁边的桌面上拿起一沓空表格，朝两米外的两人用力撒了过去。

"哗"的一声，大堂里瞬间飘满A4纸。

拿着凶器的两人被挡住视线的瞬间，程安安转身朝经理大喊一声"跑"。

旁边吓傻的大堂经理回过神来，拔腿就跟程安安一起往后面的安全门里跑去，此时训练有素的几个保安从另一头迅速赶过来，团团围住闹事的男女。

报警系统开启，所有的员工都严阵以待，被保安制服的男女一直在外面哭天抢地、骂骂咧咧，说银行的销售人员没良心，当初卖给他们的债券如今一赔到底，他们今天就是来讨说法的，如果拿不回钱，他们死也要死在这里。

进了安全门的程安安隔着厚厚的安保玻璃，心还是怦怦直跳。曾推销债券给外面两位拿凶器的客户的大堂经理心有余悸，厚实的手背擦了把汗："刚才多亏你反应快啊，不然真不知道会出什么事。"

程安安轻轻呼出一口气："我也是条件反射。对了经理，他们买的是什么债券，为什么会来我们这里讨说法？"

经理一副吃了黄连的样子："是一款我们银行代销的新型债券，因为预期收益高，这两人拿出了老本来买，没想到现在到期了，不但收益没达到，本金也蚀了不少，所以就来这闹事。哎，真是拿卖白菜的钱，操卖白粉的心。利润的大头被投行那边抽取，但出了问题，购买者就只知道找我们这些销售人员。"

程安安虽然在银行见习，但她不是学金融专业的，对投行也并不了解，现在听经理这么一说，便问道："投行也跟商业银行差不多吗？"

经理苦笑一声："差别巨大。投资银行是主要从事证券发行、承销、交易、企业重组、兼并与收购、投资分析、风险投资、项目融资等业务的非银行金融机构，发挥着沟通资金供求、构造证券市场、推动企业并购、促进产业集中和规模经济形成、优化资源配置等作用，就像房屋中介一样，算是资本市场上的金融中介。而我们光明商业银行这样的金融机构，主要做的是存款贷款、信用卡等传统业务，以获取差额利润为目的的货币经营企业。"

看程安安若有所思，经理顿了顿，说："投资银行的特点就是工资高压力大，商业银行虽然工资不高，但也有它的好处。"

程安安认真听着，她不是个太会应酬聊天的人，跟人说话的时候大部分都是听，很少说话，这跟她从小到大无法发表自己的想法，事事都要听老妈的指挥有关。这种倾听型的性格容易给人造成一种乖巧听话的感觉，不少同学、老师和上司因此喜欢跟她说话，程安安不想听，却又不想表露自己的真实想法，就像她无法跟父母说她不想去上补习班一样。

经理说完，忽然一副过来人的表情看着她，说："是不是觉得这里的工作有些枯燥无味？"

程安安愣了几秒，违心地摇了摇头。

经理笑得颇有深意："其实趁着年轻，可以尝试着去挑战一些压力，就算最后还是要回到这里，但至少没有后悔过嘛。"

程安安怔了怔，没说话。

外面警车的声音由远及近，闹事的人以扰乱单位秩序被警方行政拘留。

临近下班，柜台后面的工作人员还在忙碌地盘点，大堂经理再次踱步朝她走来，程安安条件反射的身子后退了几步。感觉出她的紧张，经理以为她还没从刚才的事里走出来，停下脚步，跟她隔着一定的距离说："小程啊，你过来一下。"

程安安象征性地往前挪了挪。

经理看了一眼旁边没人，从口袋里掏出一张便签纸递给她。

程安安疑惑地看了眼上面的一串英文名。

经理解释说："这个字条上是一个非营利组织的名字，主要是帮助青年人探索和发展领导力潜能的全球化平台。你如果对洋城的投行感兴趣，可以申请加入它，它有提供进入投行实习的机会。"

程安安一愣，下意识地问："加入它就能进投行？"

"也要看你的能力。投行在国内招学生基本只招那几所最顶尖的，以你目前的学校排行，如果按照正规的招聘程序申请，你的简历在最初的简历关就会被刷掉。这个组织的实习项目虽然也是要筛选人的，但是不会像投行那么严格地看学校。也就是说，如果你想去投行试一试，这是一个通道，可以帮你无形地缩小竞争。"

看程安安有些不知所措，经理又鼓励道："小程啊，我一向看人很准，以我对你这段时间的观察，你学东西很快，做事也认真负责，虽然我希望你留在这里，但我觉得，以你的承受力，可以去尝试更大的挑战。我会在你这次的暑期实习表上详细写上你今天的优秀表现，当然，如果你没有这个打算，就当我今天的话没说吧。"

见习生不用参加每天下班后的盘点，程安安恍恍惚惚地坐上公交车回学校宿舍，正是下班高峰期，车子在洋城最繁华的CBD堵得动弹不得。

这里是程安安回学校的必经之路，路过这里这么多次，这是她第一次这么认真地看这里闪闪发光、高耸入云的建筑物，第一次仔细观察这里进进出出行色匆匆，却又衣着光鲜清爽的精致男女。她站在人挤人的公车里，透过车玻璃想象着自己站在这些高楼上极目远眺，俯瞰万家灯火的样子，思绪游离间，不由得有些跃跃欲试。

她知道光明银行的关系家里都给她铺好了，只要她一毕业就能顺利入职，工作稳定了接下来就是给她介绍各种条件相符的相亲对象。一想到要跟不同的男人见面相亲，程安安就打怵，想象着自己往后的人生可能都会耗在不喜欢的工作和不喜欢的男人身上，她的胸口就一阵阵发闷。

公车终于一摇一摆地开动了，那些熠熠发光的建筑渐渐离开她的视线，程安安慢慢收回目光，右手有意无意地碰了碰自己的口袋，里面那张薄薄的纸条，让她心里的那条缝越来越大。她知道不能让老妈的付出打水漂，但心里面那个真实的自己却不停地探出头来跟她说：试试吧，试试吧。

程安安思绪烦乱，一边是父母的心血，一边是自己的渴望，她眉头轻蹙，看向窗外。

车子摇摇晃晃地往前行驶，车上有个只穿了短裤背心，腆着肚子的男人，目光猥琐地在车上搜索了一圈，目标锁定在离他最近的两个年轻漂亮的女人身上。

右手边那个身材丰满，剪着利落短发，皮短裙细高跟，手上和脚上艳红色的指甲油高调张扬。男人犹豫几秒，这样的女人一般不怕事，如果被发现有可能陷入被纠缠的境地。他朝转另一个穿着套装裙，长发披肩，看起来乖巧可爱，毫无攻击性的程安安贴了过去。

车上颠簸，一个刹车，站在程安安后面的猥琐男顺着惯性，一下顶到了她身上。程安安惊叫一声，猥琐男在众目之下面不改色，只是慢慢移开。车上人多，再移开也是紧挨着，天气太热，身上全是汗津津的，车子摇摇晃晃地前行，男人的手臂时不时地故意碰到程安安。程安安整条手臂上的汗毛都竖了起来，鸡皮疙瘩瞬间冒了出来。她尽量缩紧身体，想着忍一忍，再坐几站车就到学校了，没想到低头一看，自己的手臂已经起了一片密密麻麻的小红疹，又疼又痒。

猥琐男的不停碰撞是对程安安的一种试探，看她没有反抗，胆子更大了，调整了姿势，朝她身后靠了上去，刚要在程安安的大腿间摩擦，旁边忽然飞起一只大白脚，直直朝他踹了过来。猥琐男往旁边歪去，一个趔趄撞到了扶手上。他气急败坏转身跟踹他的短发女人对视几秒，强装镇定地明知故问："你干吗踢我？"

戚蕊毫无惧色，用涂满红色指甲油的手指着他："再把你那玩意儿到处顶，信不信我让你断子绝孙！"

车上一阵骚动，程安安脸色一变，看着刚才站在自己后面的猥琐男，气得身形微颤，拿出手机就要报警。

车子刚好到站，猥琐男赶紧用力挤到车门边，程安安想要拦住他，但是根本不敢去碰男人的肢体，猥琐男左钻右钻，车子门一开，立马跳了下去。

程安安着急，怕对方就这么跑了，只能跟着追下去，戚蕊怕她吃亏，也跟着下了车。猥琐男钻进人群疯跑，程安安穿着半高跟的鞋子根本追不上。

人跟丢了，程安安气得拿出手机还想报警，戚蕊赶上来说："没用的，他刚才站的位置刚好是车上摄像头的拍摄盲点，你没抓到人，也没有物证，像这样的人，你就应该当场甩他两巴掌。"

程安安一脸郁闷，有苦难言，叹了口气，跟戚蕊说："刚才谢谢你。"

戚蕊耸耸肩："谢什么，那种败类是所有女人的公敌，就应该见一次打一次。"她边说边上下打量了程安安一眼："看你柔柔弱弱，没想到还敢追下车，这说明你心里还是想反抗的嘛。既然是这样，就应该在一开始他试探触碰的时候，你就要清楚地表现出自己的不好惹，你一直忍让不说话，别人就当你默认了。"

程安安心中一动，刚要张嘴说话，戚蕊便转身朝她挥了挥手，往刚到站的一辆公车跑去。

程安安看了眼红肿的手臂，深吸了一口气，因为刚才的情绪激愤，现在越发疼痒。她在路边的便利店里买了瓶矿泉水喷雾使劲往红肿的地方喷过之后，灼热感这才稍稍缓解了些。

自从高中时被劫持过后，程安安就发现自己只要跟异性有肢体皮肤上的触碰，触碰到的地方就会让她极其不舒服，严重的时候还会红肿过敏。

因为这个，程安安在老妈的陪同下曾去几家大型综合医院检查过，无外乎都是检查她的变应原，最后实在查不出来，便开了些治疗皮肤过敏的药膏给她，治标不治本。

从此，程安安开始有意地逃避跟异性接触，最严重的时候，连男性靠近都让她抵触。程安安苦恼不已，虽然白梅不知道女儿为什么忽然这样，但这在她看来未必不是好事，毕竟是青春期又高考将至，不去接触异性，不想那些乱七八糟的早恋，一心一意考上好大学，多好的事，所以在几大家医院都束手无策后，她也就只能让程安安定期服用抗过敏药，叮嘱她不跟男孩子接触。

上了大学，漂亮的女孩子自然不乏追求者。在洋城上大学的程安安也尝试过跟异性接触，但无一例外，皮肤接触就会红肿过敏。即使她为了跟自己抗争强忍心中不适，最后还是因为过敏，不得不结束两段短暂的恋情。

这给了程安安不小的打击，她自己再次去了医院，毕竟这里是洋城，比小地方容城的医院要大得多也有见识得多，她不相信没有一个医生能治好她的病。

功夫不负有心人，还真有一位中医给她开了些偏方，吃过之后，症状的确有所好转，让她终于敢在上下班高峰期去挤地铁公车，即便大多数时候是要穿着长衣长裤，但这样的突破，也足以让她惊喜。

可再往后，无论她怎么吃药，也就止步于此了。老中医语重心长地告诉她，她这是心病，心病还需心药医治。

程安安随即去看了心理医生，跟对方说出了曾被挟持的事，心理医生说她的症状叫"异性过敏症"。她以为说出原委就能放下心结治好心病，然而并没有，她依旧还是害怕接触异性，此时的她已经无法确定自己的心病，更不知道这世上还有没有人可以治好她的病。

既然无计可施，那就只能面对现实。如果她这辈子一直无法跟异性接触，爱情便是触不可及的事情，那就意味着，以后的无数日子，她都需要独自面对生活中所有的困难。

初入社会，她已经感觉到钱的重要性，如果以后注定要孤独终老，想要过自己想过的生活，那没有什么比金钱在以后的生活中更能给她带来底气和安全感的东西了。她之所以对投行的机会这么在意，除了对柜员这个工作毫无兴趣，还因为投行的高薪。

回到学校宿舍，程安安热得满头大汗，赶紧去冲了个冷水澡，浑身的燥热退去，涂了些消肿止痛的药水，手臂上的红肿也渐渐消了下去，唯一退不去消不掉的，就是脑中"投资银行"这几个字。

老妈每天的短信又按时发送过来，无非就是让她在银行里好好实习，给人家留好印象，要长点眼色，不要只知道埋头干活。

程安安有些烦躁，她对投行的兴趣，已经远远超过成为一名朝九晚五、每天替人取钱存钱的银行柜员。在老妈源源不断发来的语言信息里，她的抗拒和不甘越来越浓。

大堂经理和公车上那位短发女生说过的话，过电影一样不停在她脑中重现。

她不想躲在格子间里过一眼望到头的生活，她想要改变，无论前路如何，她都受够了这么多年的违心遵从。一股沮丧涌上来，她厌恶了这种因为听话和习惯的低眉顺眼，她能想象到工作稳定之后，老妈定会给她物色无数"条件相仿"的男人让她去相亲，直到她妥协默认。

程安安害怕男人，更害怕这样的未来。她放下手机打开电脑，迅速从衣服口袋里找出那张字条，飞速在网上找到它的网页，认真地填写了资料，提交了申请。她并不知道自己是不是真的就喜欢投行的工作，也不确定这行就一定会比做柜员好，她只是想要去尝试，无论前路是什么。

程安安没有学过投行业务的相关知识，但她知道自己的优势，数学好，学东西快，专业不对口并不代表她不能做好，就像学数学的她在商业银行里比学金融的见习生表现更抢眼一样。之前的她努力实习，想毕业后在商业银行谋得一席之地，但现在，她只想让这次的实习经历，在求职简历上，成为颇有分量的一笔。

Chapter 6　沉重打击

　　鼎盛投行的总部设在洋城CBD，一座号称全城看江景最好的大楼里。大楼外立面打造得金碧辉煌，时刻向人们昭示着在里面工作的人都是精英。

　　装修得颇有艺术感的会议室里，方泽正和几位同事一起，跟戴着金丝边眼镜、温文尔雅、胸脯却能把衬衣顶得老高的上司文森开会。文森口若悬河、语速飞快，那张高鼻梁高颧骨、有着四分之一混血的脸，在不少财经类杂志中都有出现，但彩页上的文森，明显比现在要和蔼可亲得多。

　　此时文森的语速比平日快了一倍，说话的内容跟他的大胸肌一样，一针见血，让人躲闪不及。

　　"Jack，宝通那边的建议书你到现在还没提交，什么原因？"

　　被点名的廖永生猝不及防，支吾道："新项目的分析师人手不够，加上辛迪昨天又请假了……"

　　文森打断他的话："我上周问你能不能按时把建议书给我，你说没问题。"

　　"我没想到她会请假。"

　　方泽看到坐他对面的廖永生已经脸色发僵。

　　"不要跟我说理由，明天上班之前，你能不能把建议书给我？"

　　Jack点头如捣蒜，即便今晚要全组通宵，也不敢有任何反驳。

　　文森不会无缘无故黑脸，他发火都是有道理的，所以被训者通常无话可说。

文森终于把目光移开，接近四十岁的廖永生脸上是一副死里逃生模样，而其他人则开始等"临幸"。

方泽正仔细观察几个同事的反应，口袋里的电话忽然震了几下，他偷偷拿出来瞥一眼，是妻子何雪发来的：今晚几点回来？我炖了红酒牛肉。

方泽刚要回复，就听到文森在叫他的名字。

"Rick，你手上的萤石项目进度迟迟不动，你了解过情况吗？"

方泽作为保代人，接了萤石游戏公司的上市项目，从尽职调查走到了审核阶段，没想到遭遇政策大调整。

旁边的人都转头看向刚才开了小差的方泽，空气中飘浮着几缕小同情，大家都心知肚明，创业板最近正经历大动荡，虽然现在情况还不明朗，但上面关卡连连，一有风吹草动就所有人看衰，方泽的这个项目十有八九是要黄了。

方泽上一秒还在想着红酒牛肉，下一秒已经调整好思维，从容开口："自从主流财经媒体放出监证会将会加大互联网、金融和游戏等行业审核力度的消息之后，创业板的确发生了巨大震荡。虽然官方平台出来解释了一通，但整段话说得耐人寻味，没有直接回答说媒体披露的消息到底是真是假，从近一个季度看，创业板影视和游戏企业过审的比例的确有所下降，所以姑且可以认为，这是比较准确的信号。"

"既然知道，那你有什么应对？"

对面的廖永生露出看好戏的表情，像是等着开小差的学生被抓个正着，可惜这样的情况往往不会发生在方泽身上。他早知道文森会这么问，所以声音毫无波澜地继续说道："虽然IPO（首次公开募股）被暂停了，注册制也被卡了，但上市的道路却不止这几条。我最近正在跟萤石的负责人商量并购的事，他们内部已经在商榷这件事情，只要他们同意让已经上市的企业进行并购，成为上市公司的一部分，就能避开借壳上市的枷锁，无须排队，无须审核，迅速上市。"

这段话说完，对面幸灾乐祸的眼神消失了，文森露出今天第一个较为亲和的表情，跟方泽交代了几句，转向下一个目标。

会议继续进行，方泽迅速给何雪回了信息，说大概七八点就能回家。既然项目陷入胶着状态，他索性就先放一放，今晚早点回家陪老婆。

本以为开完会能早早下班，没想到文森忽然说想要明天之前看到他在萤石项目的方案计划书，文森说的明天之前，其实就是今天下班之前。方泽不得不给何雪又发了条短信，说会晚点回去，让她自己先吃。

何雪没回复，方泽知道她会不高兴，这事搁谁身上都高兴不起来。因为工作的事，他放她鸽子已经成了家常便饭，好在她不是个斤斤计较的女人，虽然偶尔会生气，但大部分时间对他的工作还是理解的。他们在一起多年，她懂他，他爱她，能娶到她，他觉得是他这辈子最幸运的事。

等方泽把方案发到文森的邮箱已经是晚上十一点多，他走出办公室看到文森也刚从自己的办公室出来，两人并排走着，文森看了方泽一眼："一起出去喝一杯？"

方泽拿出机车钥匙，笑笑："今天就算了，老婆还在家里等着。"

文森也笑，露出平易近人的一面："代我问何雪好，把今晚加班的锅推我身上。"

"这锅本来就是你的。"

两人边笑边走，文森忽然提了一句："听说蓝天今年的项目又没过会。"

方泽脚步有些急，听得有些心不在焉，一时没反应过来："蓝天？"

"你忘了？八年前你还去这个公司的前身做过尽职调查，那时的他们叫锦天，当时因为被人匿名举报没有过会，现在另外注册了个新公司，没想到还是被查出来了，看来当年那些举报材料威力巨大啊。"

两人走进电梯，方泽摁了车库楼层，若有所思。

文森开玩笑说："他们当年被举报的时间跟你去尽职调查的时间差不多，这事不会跟你有什么关系吧？"

方泽哼笑："多行不义必自毙，跟别人没关系。"

电梯门开，两人朝着各自的车子走去，文森一手拉在门把手上，朝正跨上机车的方泽看了一眼，调侃道："不得不说，你的衣服跟机车搭起来很帅，但我更希望你上班的时候穿得正式些，至少在我面前。"

"我尽量吧。"方泽戴好头盔，发动车子，朝文森做了个帅气的美式军礼，然后一踩加油门，车子轰鸣着出了车库。

车子在路上穿行，路过小区旁的24小时便利店，方泽想起何雪今天早上念叨着想在早餐的时候喝些现榨的橙子汁。他把车子停下，取下头盔径直走进店里，在店里值夜班的两个年轻女孩原本正在看手机上的韩剧，抬头看到进来的客人。两人先是一愣，其中一个兴奋地用胳膊碰了碰另一个，小声说："好帅啊。"

方泽提着三斤橙子回到家时，已经过了午夜。家里客厅的落地灯一直亮着，这是何雪每晚都给他留的。方泽换好鞋子进屋，发现饭桌上煞有介事地摆了一束花、一瓶红酒、几个小菜，还有一个把手是公鸡形状的红色珐琅铸铁锅。这是何雪最喜欢的锅，只有每次过什么节日的时候才会拿出来给他炖红酒牛肉。

方泽愣了一下，忽然轻拍了两下自己的额头，今天是他们的结婚纪念日，这么重要的日子他竟然忘了，真是该死。他一脸懊恼，又禁不住馋虫的勾引，揭开锅盖，一股肉香扑鼻而来，锅里还带着余温，菜基本没动。

他转头看了眼虚掩的房门，把公鸡盖子盖好，转身朝屋里走去。

何雪睡眠一直不好，房里没开灯，他借着客厅映进来的昏暗光线，轻手轻脚地走进去，想看看她是否睡着了。来到床边，才发现床上的枕头被子竟然叠放得整整齐齐，整张大床上，根本就没有何雪的影子。

方泽一怔，立即把房里的大灯打开，喊了几声妻子的名字，又到客房转了一圈，发现她真的不在家。何雪不是喜欢夜生活的人，晚上九点过后她就极少出门了。此时方泽有些急躁地走出客厅，拿起手机拨打妻子的电话，电话那头提示用户已关机。

他的眉头皱起来，何雪的确有关机睡觉的习惯，他思量着她可能会去的地方，丈人家离他们住的地方车程四五十分钟，他工作忙或是出差的时候，妻子也会回去住上几天。可她今晚并没跟他说过要外出，他怕漏看，还特意翻开之前的信息过了一遍，的确没有。

难道是因为他的爽约，她自己赌气回娘家了？

他了解何雪，她不是这么心窄的人，但今晚是他们的结婚纪念日，他不但忘了，还这么晚才回来，她生气也情有可原。方泽懊恼又心焦，想给岳父去个电话问问情况，抬头一看已经接近凌晨一点，他犹豫了几秒，拿上轿车钥匙，开门走了出去。

天蒙蒙亮的时候，方泽在车里被热醒，他转动了一下发僵的脖子，调整椅背坐起来。小区里已经有老人起来晨练了，他下车活动了几下，抬眼就看到穿着运动服的岳父从楼道里走出来。

方泽赶紧小跑过去跟岳父打招呼，看到女婿这么早过来，老丈人先是一愣，疑惑道："你怎么这么早就过来了？何雪呢？"

方泽带着血丝的双眼怔了怔，毕竟是反应快，为了不在情况不明了的时候吓到老人，他脸色平和地说："我今天有个早会，何雪让我顺道拿些橙子过来给您尝尝。"

他说着转身去车里提那袋昨晚买的水果递给老丈人，老人也没怀疑，他对这个优秀的女婿一向信任，好生叮嘱了几句，方泽便上车走了。

刚出了老人的视线，一脸憔悴的方泽立马拨打何雪的电话，依旧是关机。他看了看表，刚过五点，方泽立刻调转车头回家，给值班的物业保安递了两条好烟，查看了昨天的楼道监控视频。

傍晚五点多的时候，何雪从外面提着一塑料袋的食物回来，接近七点的时候她穿着一套白色连衣裙，长发绑了个麻花辫，手挎一个黑色小包走出了家门。他是快六点的时候收到她的信息的，这个时候她应该知道了他会晚些回来，所以在煮好东西后，自己出了门。

视频一直显示她出了小区门口，当时正是天刚黑路灯又没亮的时候，小区门口的摄像头照不到她往哪个方向走了。

方泽眸色深沉，眉头紧锁。旁边的保安用力闻了闻那条好烟，抬眼看视频，指着画面里的何雪说："我昨天见过她。"

方泽立刻转身看他："在哪？"

"我昨天在小区大门值班，她走出来的时候还问我108路到不到正源桥。"

"正源桥？"方泽思索了一会儿，想起何雪有个关系不错的同事叫张铃，好像就住在正源桥附近。

何雪有记东西的习惯，方泽回家找到她的笔记本，在上面找到她所有同事的电话号码，翻到张铃那一页，也不管是不是太早，一个电话就拨了过去。

过了好一阵，一个带着起床气的沙哑声音接起来："谁啊？"

方泽表明身份说明了情况，对方愣了一下："何雪昨晚的确来过我这，我孩子过生日，她送了个礼物过来。但我们聊了会儿天她就回去了，走的时候还不到九点，她会不会是去了别的地方？"

挂上电话，方泽揉了揉隐隐发胀的太阳穴，从昨晚九点到现在已经过了9个小时，何雪的电话一直关机，他再也坐不住了，开车去了附近的警局报案。

值夜班的民警跟他说失联人员超过24小时，警局才会立案调查。一位老民警看他满脸憔悴，拍拍他的肩膀安慰道："别担心，说不定去哪个朋友家过夜了，过日子谁家都有磕磕碰碰的，气消就回来了。"

或许是警局和警服的作用，老民警的话多少让方泽稍稍放宽了心。何雪是个成年人，有自己的工作和朋友，他出差的时候，她也会有自己的消遣方式。或许就像别人说的，她就是因为生他的气，才跑去朋友家，让他以后长长记性呢？

回想这段时间因为萤石项目的种种问题，他几乎把家当成了旅馆，还是个钟点房。睡个觉换完衣服就走，完全没有多余的时间来顾及家里的事，更不用说陪妻子了。她也跟他抱怨，他除了抱歉，别无他法。

何雪一直想要个孩子，他无数次听她提起过张铃家的孩子有多么可爱，每次陪她逛街，她总是站在婴儿用品店前驻足。他知道她的心意，但这几年他的重心都在工作上，他不想匆匆要了孩子却错过陪伴他成长的时光。也实在无法在同一个阶段同时顾及事业和家庭。

回想往事，方泽沉着脸，从口袋里摸出一根烟放进嘴里，含了半天，没点。再次拿出手机，又看了一遍妻子发来的信息，他的心狠狠地疼了一下。他了解妻子的脾气，虽然这几年因为工作需要频繁地加班出差，他的确不得不经常放她鸽子，答应她的事也鲜有做到，但她不满归不满，再愤怒，也绝不会一声不响地玩失踪，她是个懂分寸的人，而他希望这次真的只是她在胡闹。

此时手机忽然震动起来，方泽怔了一秒，暗沉的脸上顿时有了亮色，当看清屏幕上是工作闹钟的界面时，脸色比之前更为灰暗。

一直坐在警局等也不是办法，方泽想在家里等她回来，但公司今天有个重要的项目会，现在一切事情都不明朗，再说也没到24小时，方泽不得不先打起精神，回家洗了个澡，换身衣服赶去公司。临出门时又给何雪打了电话，依旧关机，他给她发了无数条消息，让她开机后第一时间给他打电话。

会议室里有些嘈杂，方泽蹙着黑眉，俊朗的侧脸线条已经绷紧，文森说的什么他已经听不进去了，此时他心里想的全是妻子的事，何雪没来电话也没开机，他不知道她有没有回家。

视频里的大老板还没有结束的意思，方泽渐渐烦躁起来，身体和脚下的黑色皮鞋尖已经不自觉地偏向了大门的方向。他松了松浅色竖纹的衬衣领口，他的肤色白，身上那件合体剪裁的浅灰色阿玛尼西装，给他的脸上抹上了一层无法言语的灰暗。

会议一时半会完不了，焦急中，方泽给同公司销售交易部的死党周滨发了个消息，让周滨开溜到他家，看看何雪到底回没回来。

一个小时后，周滨在方泽家门口敲了半天门没人应答。他给方泽发了消息，方泽迅速回信，拜托他一直守在门口等他回来，信息末尾用了三个感叹号，周滨只能乖乖留了下来。

等方泽脱身回到家，发现周滨在自家门口席地而坐，头靠着门睡了过去。

方泽脸上全是焦虑，拉起地上的周滨问道："何雪没回来吗？"

周滨捂着肚子，着急让他开门："没回啊，我寸步不离地守到现在，厕所都没去上，可憋死我了。"

门刚打开，周滨就直奔厕所，方泽逐个房间去又看了一遍，跟他走之前一模一样。他一屁股坐在沙发上，双手撑着发疼发胀的头，从茶几下面拿出个小药箱，拿出两颗止痛药吞了进去，这才整个人仰在沙发上。

何雪没有回来，从失联到现在，已经超过了17个小时。

从知道妻子失联到现在，方泽一直没合眼，眼睛血丝密布，心中的不安越发强烈。

周滨从厕所出来，看他双眼通红，脸色发白，头发蓬乱的样子，吓了一跳。认识方泽这么久，他从没看到他如此模样，也跟着坐了下来，担忧问道："何雪亲戚那边你都问过了？"

方泽的手盖在眼上，声音低沉疲惫："问了。"

周滨刚要再说什么，方泽的手机忽然响了起来，他浑身一震，离开坐直，伸手从茶几上拿手机。不知怎的，已经拿在手里的手机竟然一下从他手里脱落，"啪"的一声摔在地上。他的眼皮莫名跳了一下，周滨眼疾手快，帮他迅速捡了起来。

一个陌生的号码，接通后是一个陌生男人的声音。

"你好，请问你是方泽吗？"

"是。"方泽的语气发飘。

"我是正源区的执勤民警，有人在正源河上游发现一具三十出头、身穿白裙的女尸，我们在现场找到一个黑色小包，里面有你的名片，麻烦你现在过来配合我们调查一些情况。"

晴天霹雳，五雷轰顶。

方泽脸色灰白，拿上车钥匙就冲出门去。周滨看他神色不稳，脸色铁青，也跟着追了出去。

何雪的尸体已经被泡得肿大，警方尸检后发现她死前服用了大量的LSD，这是一种强效致幻剂，根据现场种种迹象，警方得出让方泽难以置信的结论：何雪是自杀的。

即便所有的证据都趋向警方的判定，方泽依旧不相信这就是事实，他打死也不相信，一向热爱生活、温柔顾家的妻子会忽然吞服致幻药自杀。

安葬好何雪，方泽连续一周把自己关在家里。

从知道她离开到现在，因为震惊和不敢相信，在其他家人都号啕大哭的时候，他也没流过几次泪。但现在，他看着窗台上随风摇曳的绿萝，衣柜里那些折叠整齐的裤头袜子，还有冰箱里还没喝完的那半盒牛奶，孤独和悲伤一瞬间击中了他，他把头埋到胸口，哭得不能自已。

以前倒头就睡的他，开始整夜整夜地失眠，一闭眼全是何雪的音容笑貌。他不明白，为什么一个好端端的、做好了饭菜等他回来过结婚纪念日的人会突然自杀。

他颤抖着把烟放进嘴里，一口气堵在心头，闭上眼，泪水顺着眼角流下来。

刚抹了把脸，门外响起敲门声。

方泽不理会，敲门的人丝毫没有放弃的意思，一声紧过一声。这段时间他的睡眠极差，现在被这咚咚咚的声音震得耳膜发疼，头疼越加厉害，忍无可忍，只能出去开门。

周滨站在门外，手上提着食盒。看到开门的方泽一副人不人鬼不鬼的样子，吓得往后退了一步，顿了几秒，叹了口气："饿了吧，吃点东西。"

方泽没说话，转身进屋，周滨跟在后面走了进来。屋里地上全是烟头，整个房里烟雾缭绕。

方泽不说话，也不动桌上的饭，眼神黯淡无光，只是不停地抽烟。周滨看了他一眼，也不劝，径直去打开窗户拉开窗帘，瞬间照进来的光线让方泽条件反射地用手挡了一下眼睛，等适应了几秒，他抬起乌黑的长眉，定定看向外面明亮的世界，忽然转身，脚步僵硬地慢慢朝阳台走去。

　　周滨看他架势不对，下意识紧张起来，赶紧跟着过去："我说你小子可别吓我啊，不至于。"

　　方泽不理他，径直走到妻子平日最喜欢坐的藤条躺椅边，站了一会儿，终于慢慢坐了下去。周滨在后面松了口气，拍着自己厚实的胸脯："看看风景……也挺好。"

　　方泽终于开口说话，声音低沉沙哑："你相信何雪会自杀吗？"

　　失去妻子的痛苦让他开始自我怀疑，他已经不能确信妻子之前跟他在一起是不是真的幸福，他甚至不确定是不是因为他只顾工作而忽略了她，她才用这样决绝的方式跟他离别。他心中的痛苦、迷茫、纠结和怀疑，让他度日如年。

　　周滨从方泽的烟盒里抽出一根，点上吸了一口，幽幽说："你是最了解她的人，你觉得她不是自杀，她就不是。"

　　方泽握紧的拳头上一阵阵泛白，眼神从自家宽大的阳台穿过楼下小区内仿苏式庭院的山水楼阁，直达小区远处那个气势雄伟的大拱门，他已经不记得自己有多久没坐在这个阳台上看风景了。

　　记得他刚跟何雪来这里看房的时候，她第一眼就喜欢上了这里。那时的他们事业都刚起步，他虽然是在号称金领聚集地的投行里工作，但洋城市中心这种档次的房子，对当时的他们来说也是天价。尽管何雪为了不让他有负担，找了各种各样的借口说这里不好，但他还是看到她偷偷拿走了这个楼盘的宣传册，夹在她最喜欢的一本册子里。

那时的他告诉自己，无论如何，他都要买下这套房子。他拼命工作加班，想尽办法去借钱，好在双方父母和朋友都帮忙凑了点，等他把所有工资卡上的钱掏空并写了一堆欠条后，终于付了首付。

还贷款的时候，两人也过了一段拮据日子。好在投行就是个有能力肯努力加上好运气就能让薪资迅速翻倍的行业。

短短几年，他一路升到了副总监，也成了保代人。职位越高，担的责任也就越大，他要确保项目书和其他交易可以很好地完成，要能够明白上面的领导想要的是什么，并且准确下达给下面的助理和分析师。他有了更多可以自由支配的时间，但却发现更不自由。他要跟客户接触和沟通，取得他们的信任，说服他们达成合作，他能待在家里的时间并没有比做分析师时多多少。

对于这样的结果方泽十分抱歉，但他没办法停下来，这是整个团队的利益，他也知道升职就能有更多的自由时间是自欺欺人，每个职位有每个职位的任务和困难，他只能尽量地平衡家庭和工作。

他知道何雪很喜欢孩子，刚结婚时就想要，但那时他正在拼命往上爬，无法腾出更多的时间照顾她和家里。等到他们的条件成熟了，她的肚子却一直不见动静。

他觉得是因为何雪对这件事太过紧张了，欲速则不达。他本想着过了今年，他就抽出时间好好陪她去天山旅行，没想到，有些事当时不做，以后就再也没机会做了。

方泽五味杂陈，重新回到客厅沙发上坐下来。周滨坐到他对面，慢慢从口袋里拿出一个塑料密封的透明小袋子，里面装了几枚小型的袖珍邮票。

"知道这是什么吗？"

方泽抬眼看向周滨手里那个小塑料包袋里指甲盖大小、没有印上金额的小邮票，摇摇头。

"LSD。"

听到这几个字母，方泽身子一震，一把将袋子抢了过来，撕开一个口子，刚要伸手进去拿，周滨立刻把袋子抢回来，"别碰！这玩意儿强效致幻，贴在皮肤上就能吸收。"

周滨说着用动作示范："夜店里的人一般贴在舌头上，用唾液快速分解里面的致幻成分，内行人把这叫'贴票'。"

方泽声音有些发颤："哪来的？"

周滨把东西放回口袋里："你先吃东西，吃完带你去。"

方泽看也不看旁边的饭盒，站起来就要周滨立刻带他去。

"我说你冷静点！"周滨反手拽住要往外走的方泽。

"我老婆死了，你让我怎么冷静？"被炮弹一样敦实的周滨紧紧拉着，方泽反手用力推开他，吼了出来。

周滨依旧用力拉着他，尽量慢下语速："何雪走了这是事实，我知道你难过，也不相信何雪是真的自杀。但你现在不吃不喝，没有计划又冲动行事，贸然冲过去不仅屁用没有，还会把唯一的线索给弄断了。"

方泽清俊枯瘦的脸上乌云密布，他用力吸了几口气，浑身的力气像是被抽空了一样。周滨费了好大力气才把身长腿长的方泽摁坐在沙发上，方泽颓败地仰靠在沙发背上，漆黑的眼眸里满是伤痛和疲惫。

两人沉默了一阵，周滨酝酿了半响，咽了下口水，说："既然你觉得蹊跷，那我们就自己去查。但是我话先说在前面，真想查，想要还何雪一个真相，就不能再作践自己，好好活着，好好赚钱，来日方长。有钱能使鬼推磨，想找到线索没钱不行。你如果倒下了，那现在的一切就是定局。"

方泽没说话，他知道警察是专业的刑侦人员，他们都无法查出其中的蹊跷，说明事情真的没这么简单。方泽不知道单靠他的一己之力，这辈子能不能找到一个真相，这是个长期的投入，无论是精力，还是时间，或是金钱，跟透析一样，没有尽头，也可能一无所获。

他知道这是件自讨苦吃的事，也在夜深人静的时候想过接受现在的结果，放过逝者也放过自己。但他做不到，何雪死了，他知道，自己的后半辈子都好不了。

方泽黑着一张脸，点了根烟放进嘴里，狠狠吸了一口，拿着烟的手指骨节分明，微微颤抖。眼下他单枪匹马，想要知道更多的东西，只能倚仗钱的力量，即便穷尽所有，他也要看到真相。

Chapter 7　卧薪尝胆

看方泽终于开始吃东西，周滨暗暗松了口气。拿起旁边的啤酒猛喝了几口，说："现在赚钱是你的第一要事，不白喝你的酒，给你透露个刚收到的内部消息。监证会有可能会叫停上市公司跨界从事互联网金融和游戏等行业，你没去公司这么多天，Plan B估计又要泡汤了，对了，最近你不在，廖永生在你们部门风头强劲啊。"

方泽放下手里的酒瓶，太阳穴隐隐作痛，萤石好不容易同意了被钢材上市公司并购，这个节骨眼上，又来了这么条雪上加霜的消息。这种感觉就像好不容易在游戏里过五关斩六将，眼见就要打到大Boss通关了，游戏界面忽然跳出消息说，原游戏规则作废，按新规重新开始，这怎么能不让忙活了这么久的方泽恼火。

"打算怎么办？"

"凉拌。"方泽头倚在椅背上，神色疲惫地闭上眼。

监管审核流程越来越严，作为签字保代，方泽面临的责任和压力越来越大。保代在投行里几乎是全能的职位，所有职位的工作他不仅要会还要精，要在大家干完汇总后，他要再检查一遍。因为上市公司一旦查处财务舞弊或财务造假，律师和会计师没事，甚至客户公司也没事。但投行负第一责任，这其中，保代要承担的责任又是最大的。但一个问题的出现，一定有着复杂的现实和历史原因，并非都在保代身上，但作为把关的保代，他又责无旁贷，无法推卸。

如今不比往年，因为保代队伍的迅速扩容和放开签字权，签字保代人已不是稀缺资源，加上现在一两个星期都不开发审会，项目周转率在大幅下降。原来一年可以成功完成两到三个项目，现在周期拉长，直接影响了方泽的年收入，这对于接下来需要用钱打探消息的他来说，是雪上加霜。

方泽揉了揉太阳穴，如今的IPO项目，成功率已经大为降低。尽管公开数据显示过会率还保持在百分之七八十，但实际过会率却远远低于此。

他闭着眼深吸了一口气，等他再张开，眼里的灰烬又慢慢燃了起来：无论如何，他都要拼尽全力。

周滨走后，方泽连夜修改方案，文森明天出差回来，他要在文森踏进公司之前，重新做出一份C计划。

对投行来说，游戏公司上市是近两年的新挑战。国内没有游戏公司上市的先例，方泽只能先借鉴在海外上市的游戏公司的经验。然而因为海外上市和国内上市结构和审批流程不同，海外上市的经验对如今萤石在国内上市并没有太大的有用信息，所以前面的每一步，方泽几乎都在一步步自己摸索。

一个完整的IPO上市项目，需要先经过尽职调查，确定这个项目可以实施后，接下来立项，开始对项目进行实际运作。帮助企业改制设立股份公司，对企业进行上市辅导，制作企业上市的申报材料，确定募投项目，撰写招股说明书，然后向证监会正式提交申请文件，进入发行审核阶段。

很多项目在这里就直接被砍掉了，那些能通过发审会的项目，意味着IPO项目的工作已经完成了90%，剩下10%的工作主要为履行股票发行和上市的具体程序。这个阶段的工作不复杂，但发行定价却极大影响发行人的价值体现和投行的收益，因此也非常重要。

整个IPO项目从开始到结束的时间短则一两年，长则七八年，这其中的路程，用万里长征来形容不足为过。

在整个IPO项目中，方泽作为投行中介，就是尽职调查，发现企业客户的问题，帮客户解决问题，然后完成各种必需的文书，与监证会沟通，路演定价，上市，完成新股发行工作。

方泽作为萤石项目团队的保代负责人，从尽职调查开始，就想尽办法完成调查任务。游戏行业不同于其他传统行业可以很快找到客户方，在现实中，游戏玩家很难找到，游戏玩家收入的真实性更是难以确定。方泽另辟蹊径去电竞比赛现场核查登记情况，甚至为了确切了解真实情况，他还亲自报名参加了电竞比赛，通过队友交谈，邮件推送等方法去慢慢核查，一步一个脚印地好不容易走到了申报审核阶段，却接二连三地传出了政策变动的风声。

方泽心里比谁都清楚，现在是项目能否上市的关键时刻，成败在此一举，他一向是不走寻常路的人，在大家都循规蹈矩按部就班的时候，方泽会另辟蹊径别出心裁。但如今情况不明朗，乱花迷眼的时候，方泽决定以不变应万变，依照最传统的方法，熬夜另做了一份计划书。

为了更好地去跟文森交流自己的新方案，方泽强迫自己闭着眼躺了两个小时，闹钟一响，他便机械式地起身，清洁洗漱，打开衣橱，里面有何雪之前给他分门别类折叠好的各色内衣裤、领带和袜子，旁边的竖格里是被熨烫妥帖挂起来的正装外套。这些精心放好的东西像砂纸一样，在他的心上狠狠摩擦，直到干涩，发红，渗出丝丝血花。

方泽冷峻的侧脸泛出青灰色的胡茬，从其中一个格子抽屉里拿出一件被干净折叠起来的衬衣穿上，又从另一边更小的格子里抽出一条藏青色蓝灰底条纹的领带套在脖子上。

他一向不喜欢束缚感强烈的西装革履，除了见重要客户和大老板，其他场合，全是随性的街头潮人打扮。但现在，为了这次的项目，他不得不需要一些加分的仪式感。

平心而论，镜子里的人高大挺拔，精良的黑色西装让他更显得英俊倜傥，他对自己的外貌并没有过多的关注，皮带刚扣好，便伸手关上衣柜的大门，镜子里帅气的人影瞬间成了一团黑云。

多日不见的方泽忽然回到办公室，有得知他家事的同事都三三两两地过来慰问。方泽不喜欢也不需要这样或真或假的关心和同情，他的淡漠疏离，让许多原本想探听消息的人只能讪讪闭了嘴。

文森的车子已经到了公司楼下，方泽在办公室里迅速把要提交的材料又检查了一遍，即便他昨晚已经细心再细心，现在还是发现了两个细小的遗漏。他迅速改好，又看了一遍，直到自己再看不出任何问题，才在文森进办公室的前一秒，摁下了发送键。

五分钟后，文森的内线打进来，让方泽过去一趟。

方泽坐在旋转椅上，想象着文森找他的原因，姑且不说文森是否能在五分钟内看完他发送的邮件，以他对文森这么多年的了解，到公司的前五分钟，他会先去泡一杯黑咖啡，而不是马上去看邮件，所以文森现在找他过去，询问修改方案的可能性不大，更可能是例行关心。

方泽站起来，步伐沉稳地朝文森办公室走去，他对工作很专业，不需要用私事来博同情，他现在唯一需要的，就是用新方案在文森那里争取到更多的资源。

等方泽再次回到冷清的家里已经是凌晨一点。屋里漆黑一片，客厅再没有了等他回家的亮光。他习惯性地先进卧室，月光透过玻璃窗撒到床上，让这张宽大的双人床更显凄凉落寞。

尽管连日的睡眠不足让他极其渴望能好好睡一觉，但躺在这张床上他还是失眠了，只能睁着眼看着窗外的天光由暗转白。

　　墙上的指针走到六点一刻，他准时起来刷牙洗脸，然后做早餐，他像以前那样，煎了两份鸡蛋培根，烤了两份面包，等端上桌才发现只有他自己。

　　他的失眠越发严重，为了不回那个已经没人等他的家，不睡那张让他失眠的床，不让辛苦了这么久的项目就这么打了水漂。他每天疯狂地加班，最忙的时候，在同一周时间里，他手上同时处理三个项目，一家在上会，一家在内核，一家在申报。他三天只睡十个小时，每天连轴转，看一个项目的材料看累了就换个项目的材料看，用这种方法来调节。晚上就在公司的沙发上凑合闭闭眼，醒了再继续工作，直到他开始感觉全身发热，脑中一团糨糊，然后被周滨从公司强行拉回了家。

　　高烧昏迷期间，方泽一直喊着妻子的名字。

　　周滨边叹气边帮他把踢开的毯子重新盖上："都是没老婆的人了，还不知道照顾自己。"

　　第二天，方泽的高烧总算退去，他慢慢睁开眼，朦朦胧胧中看到床上躺着一个人，他心中猛烈跳动了几下，刚要伸手过去，睡得正香的周滨一个转身，让方泽瞬间跌回现实。

　　他叹了一口气，或许他真的不了解妻子的孤单和压抑，所有的变化都不是一蹴而就的，他开始审视自己干了这些年的这份工作，这份能给他带来成就感，但会吞噬生活的工作。

　　如果他能多花点时间在家里，如果他能放下这份工作，或许现在，他可能正跟何雪在某个宁静安详的地方闲散度日。她一向喜欢安静，与世无争，她这样的性子极难跟人有冲突，如果不是自杀，这样周密的杀人方式，绝对不是临时起意。如果排除何雪那边的因素，那会不会是他曾经得罪了人而不自知，何雪成了替罪羔羊？

方泽浑身一震，太阳穴处突突直跳，以他的脾气，得罪人也不奇怪，之前一直把嫌疑人的范围都圈定在何雪的交际范围，现在拓宽思路后才觉得"细思极恐"，如果真是因为他让何雪遭遇不测，那他更要继续查下去。

等周滨醒来，看到方泽已经坐在了饭桌边，他头靠在椅背上，眼睛闭着，在晨光包裹中，看起来犹如一尊沉寂俊美的雕像。

周滨边揉着眼刺边走过去，看到桌上是已经做好的早餐。他吓得伸手摸了摸方泽的额头，嘴里嘟囔说："没烧坏吧？"

方泽打掉他的手，淡淡说："今天早上收到消息，萤石项目已经彻底被砍了。"

周滨张了张嘴，看了眼收拾干净的家和一桌早餐："你，你别是打击太大……要吃最后的早餐吧？"

方泽淡笑，把面包放进嘴里，慢慢咀嚼。

周滨看到他竟然在笑，心里更是发毛，一脸着急地开解他说："你可别乱来啊，项目流了那是常事，那些客户耗时耗力耗钱，不比你惨啊？对了对了，差点忘了跟你说，今晚我带你去个地方，听说洋城百分之四十的LSD都是从这里出去的，我们过去看看有没有什么线索，你可千万别胡思乱想啊。"

方泽咽下嘴里的东西，抬头看他："这段时间辛苦你了。"

"啊？"周滨愣住。

方泽："放心吧，我要找出凶手，不会寻死的。"

周滨瞬间有些哽咽，拿起牛奶一饮而尽，放下杯子，表情激动："这就对了。"

方泽不习惯说些肉麻感激的话，有些感情，心知肚明无须言说。他的目光越过周滨看向窗外，新鲜的空气，初升的太阳，阳光散落一室，温暖和煦，他的心里，却空荡冰凉。

　　鼎盛所在的位置是全城最繁华的CBD，附近酒吧不少，各个酒吧的消费有低有高，不同酒吧里妹子的级别也不同，中高档消费的以附近公司的白领熟女居多，中低档消费以年轻学生妹为主。

　　周滨戴上大金链子黑墨镜，带着方泽去夜店。方泽掂了掂他脖子上分量不轻的链子："你这是闹哪样？"

　　周滨一脸"你外行"的表情："这叫诚意，让姑娘第一眼就看到我的实力，你不知道那里的妹子有多正。"

　　两人走进酒吧，找了个靠吧台的位置坐下。附近坐着几位单身美女，周滨还没坐稳就兴奋地朝方泽眨眨眼："看见没？没骗你吧，要多正有多正！"

　　方泽面无表情地扫了眼四周光线欠佳的环境，混着震耳的音乐竟然让他有了睡意，他打了个哈欠："怎么都是姐姐型的？"

　　周滨瞥他一眼："姐姐多好，成熟开放，各取所需，不会出现小姑娘那种要死要活甩不掉的情况。"

　　"你还有过被黏得甩不掉的情况？"方泽看了一眼小眼方脸的周滨，表示怀疑。

　　"我说的是道理，还能不能好好聊天？"

　　方泽点点头，姐姐妹妹其实对他来说都没有意义，他本来就不是来看女人的。

　　随着时间越来越晚，酒吧里的人也越来越多，长腿领舞站在高处劲歌热舞，荷尔蒙跟精力都无处发泄的年轻男女在底下跟着群魔乱舞，音乐震耳欲聋，大白腿和黑丝长腿交相呼应，周滨在震天的音乐声中朝他兴奋高吼："有钱有颜的人在这里找到天堂，没钱没颜的人在这仰望天堂，既然来了，就要尽兴而归。"

看着时不时走过去的细腰长腿御姐，方泽有些恍惚，工作这么久，除非是客户要求，这样的场合他并不常来，因为何雪不喜欢他到这种地方玩。想到何雪，方泽心中有些烦乱，朝旁边两眼放光的周滨说："干正事。"

周滨做了个OK的手势，凑过去问侍应："我们在这点东西你有提成吗？"

戴着一顶小黑帽的调酒师指了指旁边的价格表，说："点调制的酒和买烟才有。"

周滨跟方泽对看一眼，方泽看着比外面的烟要贵上两倍的烟和那些需要普通上班族一天工资的一杯酒，他指着价位表顶端最贵的酒和架子上那排利群硬盒"富春山居"，开门见山地说："我要两万块的烟，再来两杯酒，你告诉我在这场子里找谁能买到靠谱的邮票。"

调酒师看了两人一眼，犹豫几秒，说："你先下单，我给你个电话号码，你自己联系。"

交钱买了东西，方泽顺利拿到号码，转过身，周滨用胳膊肘碰了他一下："你小子傻啊，买两杯酒他就给号码了，为什么花双倍的钱在这买烟？"

"舍不得孩子套不了狼。给他看到我们买货的诚意和实力，才能打消他的顾虑。"

周滨摇摇头："走火入魔了。"

方泽找了个稍微安静的地方打电话，对方迟疑了几秒："你怎么拿到我号码的？"

"有朋友从你这拿过货，说不错，介绍我来的。"

听是熟人介绍，对方放下心来："要多少？"

"我不要货，想跟你打听消息，会付钱给你。"

对方犹豫了几秒，跟他约了第二天傍晚在一家咖啡馆见面。

放下电话，方泽拿起烟要走，周滨赶紧拦住他："来都来了，这么贵的酒，喝完再走啊。"

方泽想想也是，坐下刚喝了一口，附近两位美女主动过来搭讪。周滨来过多少次，从来没遇到过这种情况，他兴奋得拿着酒的手都抖了。然而两位美女径直朝绕过他，朝方泽走了过去，一左一右分坐到了他两边。方泽不太习惯这样的陌生亲密，刚要站起来，周滨硬是挤过来，摁着他坐下，不停朝他眨眼说："这样的机会万年不遇啊，你就当帮帮我吧。"

看着周滨戴着大金链恳求的滑稽样，方泽闷笑出声，自从妻子出事之后，这大概是他第一次真心笑出来，心中集聚多时的郁气像是被一根针扎了个口子，开始一点点往外排。

周滨咧着嘴拍拍他的肩膀："笑就证明同意了，来，今晚不醉不归！"

有了方泽坐镇，周滨卖萌耍贱，两位美女倒也真被他逗得前仰后合。方泽乐得清闲，在嘈杂的环境中，他竟渐渐放松下来。周围的音乐轰鸣声越发响亮，周滨推了推半天都没说话的方泽，发现他竟然在美女们明晃晃的白胸脯和大长腿中，倚着沙发睡着了。

凌晨四点夜店打烊，方泽送醉醺醺的周滨回家，然后自己回去洗了个澡，顿觉神清气爽，他已经很久没睡过这么长时间的觉了，这种感觉实在太美妙了。

第二天方泽一下班就直奔到约定的咖啡馆，约好的时间到了也没见人来，他再打那个电话，对方直接爽约了。方泽心情郁闷，回家也是坐卧难眠，他干脆又叫上周滨直奔昨晚的酒吧。

男色时代，帅哥就是吸妹利器，总有姑娘主动贴过来。刚开始方泽并不感冒，直到一位"贴票"的黑丝御姐扭着腰缠过来，把嘴里的烟喷到了他脸上，问他想不想试试。

他脸色一变："我不想试，我想问你点关于'贴票'的事。"

御姐摸着他俊朗的脸哈哈大笑："尽管问，但是要先陪姐姐喝爽了。"

方泽看了她一眼，拿起桌上的酒杯刚要喝，御姐把手臂伸过来钩住他的胳膊，硬是跟他喝了杯交杯酒，引得旁边一众姐妹起哄乱叫。

午夜时分，周滨扶着吐了两次的方泽走出来："你是不是傻，女酒鬼的话也信。"

方泽干呕了一声："万……万一真找着了呢。"

周滨无语，只能架着摇摇晃晃的兄弟上了车。

从那天开始，只要不忙的时候，方泽便去夜店喝一杯，跟混夜店的各色女人聊天调情打探消息。去得多了，也就成了老手，天长日久地游走在花丛中，不是没遇见过绝色女人，但他心如死水。

很多事只会发生在青春岁月里，而他，已经不再青春。那些曾经轰轰烈烈去爱的自己，已经跟何雪一起走了，现在的他，只是一个"爱无能"的躯壳。

投行是个现实的地方，忙的时候忙死，闲的时候也能闲死。年景最好的那几年，项目多得让方泽几乎没空回家，如今时过境迁，金融形势一年不如一年。投行之间因为工作内容相似，竞争也越来越大，即便是像鼎盛这样的上游投行，受到的冲击也十分明显。

项目少的时候，方泽每天不是在一群美女中喝得烂醉如泥，就是背上行囊，或自驾或徒步，一头扎进人迹罕至的野外中荒野求生。在征服和被征服中，在职场和夜场的转场中，他时刻提醒自己不要忘记最重要的事。

从开始自己调查这件事，每一条辛苦得来的线索，几乎都会让他从最初的热血沸腾到最后的无疾而终。他累却停不下来，内心的煎熬，只能用肉体的庸碌来换取内心的平静。

"有心栽花花不开，无心插柳柳成荫"，虽然何雪的事毫无头绪，但却因为他走了很多地方，接触了各种人，这些所见所闻，给他的尽职调查工作带来不小启发和帮助，让他触类旁通。即便他现在负责的项目比其他保代都要少，但因为无人能及的敏锐调查力，在鼎盛的位置一直稳如泰山。

Chapter 8　幸运女神

一晃又过了大半年。

方泽一大早被周滨的电话吵醒，说今天限单号，让方泽上班时顺道兜上他。

方泽的车子刚到，周滨手捧两杯麦当劳的速溶咖啡坐进来，满面红光地递了一杯给方泽："不白坐你车，我特意加了两包免费砂糖。"

方泽接过来喝了一口，果然甜腻，皱着眉头把咖啡放在杯架上说："一颗老鼠屎，坏了一锅汤。"

周滨把两杯都拿到自己面前："不喝拉倒，我喝。"

车子路过一所大学门口，很多毕业生穿着毕业服正在拍照，周滨边喝咖啡边看着一张张年轻水灵的脸蛋，直至车子过了路口看不见人了，才扭过抻得有些酸痛的头，美滋滋地喝了口咖啡："一大波免费实习生又要来咯。"

方泽面无表情地往嘴里丢了颗薄荷糖，转动方向盘淡淡说："免费的都是麻烦。"

程安安刚脱下毕业典礼的衣服，手机上就接到了一个陌生的电话，里面一个语气利落的女音说："请问是程安安吗？这里是鼎盛投资银行人力资源部。"

程安安脑子里"轰"的一声，瞬间激动起来。此前她参加了银行经理推荐的那个非营利组织，但因为经济环境普遍低迷，这个项目组取消了今年的招人计划。可能是因为她在组里口碑不错，同组的同事说会把她推荐给其他投行，程安安也没抱太大希望，没想到真有投行给她来了电话。

鼎盛人力资源部的人例行公事地让她自我介绍，然后再让她说了些她在项目组里的实习情况以及长处短处，最后告诉她到鼎盛总部面试的时间。

挂上电话，程安安把帽子往上一抛，抱着旁边的同学激动大喊："我终于做到了！"

三天后的面试当天，程安安穿了一身藕粉色的衬衣搭配藏蓝色九分西裤，这一身搭配是之前项目组的小姐姐夸过的，说她穿上显得可爱亲和又不失干练，很适合外形乖巧的她。

程安安站在全市最贵的地盘最高的楼上，回想当时自己在公车上看它的样子，没想到，自己今天真的站到了这里。

面试开始，程安安被请进了鼎盛的面试房间。这是一个用透明玻璃隔起来的一个房间，面试官后面有窗，能看到对面同样高耸的建筑。房间一侧是前台和大门，另一侧是工位。房里摆着一张长形桌子，长桌的两边各有一把椅子，程安安深吸了一口气，暗示自己不要紧张，犹豫了几秒，她决定先在椅子上坐下来。

面试的人还没来，她坐的位置微微一侧，就能隔着透明玻璃，看到工位上一位三十多岁、穿着浅灰色套装的优雅女人在自己的位置上坐下来。她放下包包和星巴克的牛皮纸袋，打开电脑，从牛皮纸袋里拿出一杯咖啡和一小块蛋糕，还没来得及吃，就开始处理收到的邮件。

程安安看着奋力敲击电脑的女人，这是一种跟学校、跟商业银行的大堂完全不同的生活，她不知道这是不是自己想要的工作，但是，她想凭自己的能力，去看看父母安排之外的世界。

两分钟后，一位穿着藏蓝色西装，面容白皙清隽的年轻男人拿着一份简历走了进来，程安安条件反射地立即站了起来。

"请坐。"马靳凯扶了扶无框眼镜，语气温和，面带微笑。

"谢谢。"马靳凯异常的斯文和气让程安安松了一口气，等对方坐下后，程安安才跟着坐了下来。

他先是打量对面安静乖巧的女孩，这个叫程安安的姑娘说不上有多好看，显得比实际年龄要小，她的眼神像是一块还未被殖民过的土地，生涩而认真，给人一种特别听话特别乖的感觉。

眼缘是一种很奇妙的东西，说不上为什么，他看着她的这一刻，她的五官像是排列成了一组密码，解开了他的心灵之锁，直戳他的心窝。

"你好程安安，我是Peter，鼎盛的分析师，我们现在开始面试，全英文可以吗？"他的语气极其柔和，怕吓到这个玲珑剔透的女孩。

程安安点点头，对这位面试官的礼貌征询好感倍增。

"你觉得做投行最重要的是什么？"

程安安沉默几秒，认真答说："沟通能力，财务和法律基础，行业分析能力以及学习能力。"

"那你觉得你哪方面的能力比较强？"

程安安毫不犹豫答道："我是学数学专业的，但是通过尝试和学习，我先后在光明商业银行和投行相关的组织实习，所以我觉得我的学习能力不错。"

马靳凯看看程安安的简历，挑了个相对简单的问题作为最后的一个问题："你有什么兴趣和爱好？"

"我从小学习钢琴，多次参加国内钢琴比赛，并取得了不错的成绩。学习钢琴锻炼了我的自律能力，而参加比赛让我有了应付大场面的经验和在众人面前自如展示的自信。在锤炼自己钢琴技巧的同时，我也培养了面对各种情况的适应能力和不轻言放弃的毅力。"

这段没什么可挑剔的话让马靳凯满意地点了点头，好感这种东西是说不清道不明的，从第一眼看到她，他就希望这个叫程安安的姑娘能够顺利进入鼎盛工作，在面试的最后，他自然而然地在表格上打了勾。

第二个进来为她面试的是一位四十多岁，身体矮胖，头顶微秃的男人，他介绍说自己叫Jack廖永生，是鼎盛IBD（投资银行）部门的VP。他走过场似的问了程安安一些类似"为什么要做投行""准备怎么去做投行"之类的问题，最后才认真地问她有没有什么背景可以拉到项目。看发愣的程安安回答说没有任何背景之后，他便匆匆结束了面试。

感觉到自己的二面失利，程安安倒吸了一口冷气，对于接下来的三面忐忑起来。

在等面试官的间隙，她又侧头看了眼外面工位上的女人。她刚处理完邮件，准备吃一口蛋糕，桌上的电话铃响，她放下手中的食物，接听完后便站起来，匆匆走出这间大办公室。

程安安刚收回目光，第三个进来面试她的人就走了进来。对方是一位胸肌几乎撑破衬衣的男人。他没像前面两位面试官那样介绍自己的头衔，一上来就像朋友聊天一样地自我介绍说他叫文森，程安安也介绍了自己。文森没问她简历和实习的事，只是语气随和地用英文跟她天南地北地聊天。即便气氛随意，对面的文森还是让程安安倍感压力。

文森从天气说到共享汽车，接着又聊说面试鼎盛这样的公司应该穿多少钱的衣服，程安安感觉对方的思维跳跃而犀利，语速也越来越快，让她有些应接不暇，好在她英文不错，也磕磕巴巴地发表了自己的看法。

从文森脸上看不出他内心的想法，他看了她一眼，问了最后一个问题："洋城大概有多少个加油站？"

什么？程安安的脑子空转了几下才回过神来，她强迫自己把注意力集中到这个莫名其妙的问题上。她从小当惯了好学生好孩子，最擅长从发出指令的人那里揣测对方的意图。从她刚才跟文森对话的过程中，程安安感觉他对她答出来的最终答案并不在意，那就意味着，他只是想了解她的思路。

程安安学的是数学，数据分析她还是拿手的。她在脑中迅速展开问题：洋城有16个区，加油站主要在两个地方，一个是成熟的城市片区，一个是高速路上的服务站。她记得以前曾经看过一本关于城市规划的书，上面说根据我国城市加油站的分布特点，建城区加油站主要呈"面"分布。城市对外出入口道路的加油站主要呈"线"分布。因此，城市加油站的数量规模就应从两方面进行考虑：一是成熟区域加油站的数量规模，二是高速道路加油站的数量规模。

她知道每个区域加油站的数量规模都有一定标准，按照《城市道路交通规划设计规范》的要求，城市加油站的服务半径R=0.9～1.2千米，服务面积A＝πR²=2.54～4.52千米²，折算分布密度ρ=0.22～0.39座/千米²，她只要知道区域统计面积的合理数值，就能算出面性排列的数量。

好在程安安之前在非营利性组织的公益项目中曾看过城市区域的数据，她记得最老的太广区是12千米²，新建的青山区是468千米²，其他的十个区她打算用平均递增的估算来大概确定面积的大小，再套入公式，就能算出大概有多少呈"面"分布的加油站的数量。

而呈线性分布的加油站同样也应有一个合理的服务半径，避免加油站分布过密。加油站之间的间距应根据所服务的道路等级进行分离，一般要求加油站的间距不小于5km，以城市的中心向东西南北四个方向计算高速路的大概长度，就可以得出"线"性分布的加油站数量约等于一条道路长度除以加油站的最小间距。

答案已经在脑中，沉吟片刻，程安安说出了一个数值。文森果然没在意她说的这个数字，而是立刻追问她是怎么算出来的，判断依据在哪里。程安安把刚才脑中想的步骤说了一遍，文森听完，脸上终于露出淡淡笑意。

"今天的面试就到这里，人力资源部的同事会跟你沟通后面的事。"文森站起来，把手伸向程安安。

程安安硬着头皮把手伸过去，接触到对方皮肤的那两秒，她整只手犹如被小蚂蚁啃食般又痒又痛。她强迫自己忍着，在对方没松手前千万不能甩开他的手，虽然她不知道文森是什么职位，但在最后一关面试她，肯定能决定她是否留下，所以她不能在这一步前功尽弃。

文森松手后，程安安暗暗深吸了一口气，跟着文森从面试的玻璃隔间里走出来。

刚来到大办公室，程安安就看到刚才坐在工位上的那位穿淡灰色套装的女人正在大办公室外的玻璃门前不停地刷着自己的那张磁卡，却怎么也打不开门。她在门外不停拍打，表情愤怒，前台就在大门几米远的地方，却没有一个人去给她刷卡开门。

程安安不明所以，定定地看着刚才还优雅精致的人忽然就变得气急败坏，情绪激动。文森皱皱眉头停下脚步，斥责前台为什么不快点让保安过来赶人，然后回头跟程安安说："对于投行来说，伴随着市场的不景气永远都是裁员，如果你想在这工作，这点要考虑清楚。"

程安安大气都不敢出，她转头看了眼女人放在桌子上准备当作早餐的小蛋糕，连一口都没动，就这么孤零零地放在了那里。

两位安保人员抱着一个纸箱走到女人的工位上，把属于她的所有杂物胡乱粗暴地扔进了纸箱里，门外的女人拿到自己的东西，只能咒骂着转身离开。

整个过程不过十分钟，刚才还是金光闪闪的投行金领瞬间就成了无业游民。程安安知道投行这么做有它的道理，毕竟金融很多时候就是数字，改变一个数字，再加上杠杆，就能造成巨大的后果。一旦被裁员工心怀不轨，意图报复公司，将某些数字故意改变，或者删除任何文件，都会给投行后面的工作带来无穷的后患。所以很多投行从通知员工裁员开始，就已经不给员工回到座位的机会。

　　虽然道理上都能理解，但现场亲眼看到，程安安还是被投行的现实和冷酷震撼得背后发凉。

　　恍恍惚惚回到学校，人力资源部的人很快给程安安来了电话，祝贺她通过了鼎盛的面试，并告诉她来公司实习的时间。这个消息让程安安瞬间忘了投行的残酷，情绪很快又高涨起来。她兴奋地给家里去了电话，白梅没想到女儿竟然能自己找到比她选的路还要好的另一条路，心中的石头终于落地，立即打电话跟各位亲朋好友广而告之。

　　对于程安安来说，成功进入投行意义巨大，这是她第一次违背家里的意思做的决定，这种自己做主的感觉让她充满激情和动力。而这世上能一开始就看清自己需求和道路的人毕竟是少数，对于从小到大极少能遵从内心自己做决定的程安安来说，前面的路尤其茫然。她不知道投行这条路到底是不是最适合她的路，但既然她走出来了，就要尝试着走走看，踩下第一步，自然也就有了方向。

　　实习报道的前一晚，程安安特意上网查了投行实习生最适合的穿着打扮，她做好学生和乖孩子做惯了，总是习惯性地按照前辈们定下的规矩去做，即便是不成文的规矩，也做得一丝不苟。

　　网上说在投行工作，女生不要喷难闻的香水，每个人对嗅觉的判断不同。在无法界定又怕引起反感的时候，程安安干脆把喷香水这一步省去，还把洗澡的沐浴液换成了几乎微不可闻的淡雅型。网上还说女生在工作时头发不要碰到男生，因为这对于男生是性骚扰。她便把原本要披肩的长发盘成了发髻。网上还说裙子不要太短太紧，不然男同事很难工作，于是她把原本要穿的那套长裙，换成了毫无亮点却保证不会出错的长裤。

依照这些前辈们的框框条条，程安安小心翼翼地避免雷区，在实习报道的第一天，盘上长发，淡妆，不喷香水，选了一身白色衬衣加黑色西裤的保守装束，她本来就自带乖乖女气质，这么一打扮，整个人更是显得贤良温和。

报道当天，程安安出门前特意在右手的小手指上涂上了红色的指甲油，星座占卜攻略上说，她所属的星座在这个月里办任何大事之前，最好先在右手小拇指上涂上红色蔻丹，这样有助于增加气场和别人对她的好感度，进而提高成功率，无论管不管用，她都希望万事做足。

提前十分钟到了楼下大堂，程安安坐电梯上到鼎盛投行的楼层，发现门口早已站了好几个男生，从大家的动作表情上判断，应该都是跟她一样，来鼎盛实习的。

看到有美女进来，这些男生或朝她点头，或主动跟她打招呼，程安安听到其中一位伸了伸脖子，看向她身后说："哇，又来了一位大美女。"

程安安停住脚步转头看去，电梯门打开，里面走出一位烈焰红唇、利落短发的女人，她身上自带让人无法忽视的强大气场，紧身的黑色短裙包着匀称丰满的身体，网上说的雷区她全中，但她却毫不在乎。旁边那群男人因为她的到来明显躁动起来，却没人敢先上去跟她打招呼。

程安安看着对方先是觉得有些眼熟，脑中忽然灵光一闪，想起她就是那位在公车上踢了色狼一脚的女孩。对方看到程安安时也愣了一下，两个女孩相视一笑，异口同声："是你。"

戚蕊快步走了过去，笑容爽朗，率先朝程安安伸出手："戚蕊。"

程安安对这位性格豪爽、爱憎分明的女孩很有好感，手用力握了过去："程安安，以后请多关照。"

这次进入鼎盛实习的人一共有九人，因为受经济低迷的影响，今年的实习生比往年减少了近一半。人力资源部的同事在他们来报道的时候，都已经告知他们即将要进入投行的哪个部门实习。

投行大致可分为前、中、后台。前台包括投资银行部（IBD），销售交易部（S&T），还有资产管理部和投资研究部、固定收益部。中台包括财务部、风险管理部、公司战略部和合规部。后台有运营部、人力资源部和信息技术支持部。

同一个公司的职员，因为部门不同，薪水有可能会有几倍的差距，大部分的投行人希望自己能在前台部门，因为这是纯业务部门，给公司直接创造价值，薪水自然也比其他部门的高。

程安安、戚蕊还有一位叫陈铭的男生分到了IBD部门。如果不是进了同一个部门，程安安很难在人群中看到这位满脸痘痘、外貌普通又略显腼腆的男生。陈铭也没想到自己跟女生绝缘了二十几年，现在刚实习就跟两位美女进了同一个部门。

陈铭摸摸头腼腆地笑了笑，相对于戚蕊的霸气高冷，甜美的程安安就显得亲切好说话了许多，他不由自主地把身子侧向她那边。

"你好。"程安安友好地朝陈铭点了点头。

美女主动跟他说话，陈铭有些受宠若惊，结结巴巴说道："你好。"

戚蕊抬眼看了看陈铭，陈铭也偷偷瞄了眼一旁的戚蕊，或许是戚蕊的御女气势太过强大，陈铭愣是没敢抬头，眼睛看着她尖细的鞋头，语气谦卑："你……你也好。"

"我叫戚蕊，你可以叫我Jessica。"戚蕊一脸高冷，边说边拿出手机看了一眼。

"我叫程安安。"

"我……我是陈铭，耳东陈。"陈铭又小声补充说。

"不然还有哪个'陈'？"戚蕊快人快语。

陈铭原本就有些发红的脸，瞬间热到脖颈，让他满脸的痘痘显得又大又亮。

戚蕊看起来有些闷闷不乐，她心仪的部门是前台的销售部，没想到却是进了累死累活，专门做承揽、承做、承销项目的IBD。程安安自己倒是无所谓，投行对她来说就是个全新的未知世界，无论进哪个部门，她都充满热情，干劲满满。

剩下的实习生中有一位高个子男生分到了固定收益部，主要是做债券等有稳定未来现金流产品的部门，据说这个部门在发达国家的投行是最赚钱的部门，比IBD赚的还要高得多，但在国内，情况就不一定了。

另外两个长得有些相似，都是个头不高，样貌普通到进入人群就分不出来的两个男人。他们进了资产管理部，这个部门的本质就是信托业务，接受客户的资金或者资产委托，以某个计划的名义进行投资，投资结果返还给投资者，然后从中挣管理费和业绩提成。

除了以上六位进了前台部门，剩下的全都进了对前台提供支持的中台和后台部门。

即便是经济收缩，最需要苦力且流动性最大的IBD依旧是占了实习生最多人数的部门。销售部不缺人手，所以没有招实习生，戚蕊即便不满意现在的状态，也只能把心思收起来，先稳扎稳打地扎下根来，等以后时机成熟再找机会调部门。

所有人办好了入职手续，鱼贯进入了文森的办公室里。

戴着金边眼镜，一脸儒雅却有着能撑开衬衣扣子胸肌的文森代表公司，欢迎这些新来的实习生。他不动声色地扫过一字排开站在办公室里的所有人，心里已经从各人脸上的表情和衣着打扮上，大概摸清了他们现今的情绪状况。这些人中，有些人已经初具投行人的气质，能迅速摸清新环境的状况并融入进去，这是一种非常重要的能力。有些筛选，从见面的那一刻就开始了。

所有的实习生坐在这栋金碧辉煌的建筑物里，看着文森身后那道能鸟瞰全城的透明玻璃墙。外面一派欣欣向荣，坐在这个位置上，仿佛整个世界都掌握在手中，所有人的心中都莫名激动。

为了让气氛轻松些，文森走过来跟他们更靠近了一些。半倚半坐在宽大的办公桌上，露出经常在杂志中出现的笑容："大家好，我们在面试的时候都见过面，以后在公司里你们叫我文森就可以。首先，恭喜你们成功通过艰难的投行招聘历程，成为鼎盛的实习员工。其次，我要先给你们打个预防针，如果你们以为，在我们投行工作的内容就是动动嘴巴就会有百万上下的出入，今天东京明天罗马后天在纽约看自由女神，还能站在希尔顿酒店总统套房，对着月亮做梦梦见自己银行账户里多了多少个零，那我劝你还是及时刹车。在这里，至少在你们现在这个位置，还不会有这些东西。另外，你们可能也意识到了，今年的经济形势不太好。这么说吧，你们刚来就遇到了经济紧缩，虽然现在还没有出现投行倒闭，但只要在这个金融圈里混的，都应该意识到情况不乐观。说句不好听的，金融危机中，最朝不保夕的就要属你们实习生，所以，往年的高转正率在今年会有所缩减。当然了，你们也不要对这事太担心，认真做好自己的事情，真正优秀的人，公司是不会错过的。"

给个甜枣打一棍，新人们被这位文质彬彬的男人吓得不敢作声。文森顿了顿，接着说："进入这个行业，你们的生活节奏就会发生巨大改变。我们不仅要拼脑力，更重要的还有体力。投行的员工每周工作时间常常高于80小时，最忙碌时甚至达到110小时。公司有特别为员工设立的休息房间，这就说明了这个工作不是个轻松的活。而当你们在日夜奋战的时候，朝夕相处的就是你们身边的同事，因此，跟同事保持良好关系，能融入整个团体就显得极其重要。刚才我也说过了，现在投行的境况一落千丈，从各个方面来看，都不像前些年那么乐观了，最直观的体现是年薪没那么高，待遇没那么好，竞争更激烈，员工之间的关系可能也没有那么融洽。我知道你们觉得冤，但这就是投行。在我这里，我不希望看到任何人因为任何事，对自己的同事和战友相互诋毁，更不想看到有任何破坏团队的行为。"

　　趁着文森停顿的间隙，急于表现的戚蕊插嘴表态："文森您放心，就算现在投行不如以前那么风光了，但在我看来，对于一个刚走出校门的学子来说，投行依旧是一份非常理想的工作。我会在这里好好努力的，像您刚才说的同事之间不融洽，我觉得您不用担心，朋友们都说我乐观开朗性格好，程安安和陈铭都是明事理的人，我相信这种事是不会发生在我们IBD实习组身上的。"

　　文森脸上依旧挂着那副笑容："我说的不仅是新人之间，也指新老员工之间。你们三个人不一定会分到同一个项目组。"

　　不软不硬地碰了一下钉子，戚蕊讪讪一笑，点点头不再说话。

　　文森看向程安安，实际上他在说话的时候，大多数都在看着她。她乖巧听话的样子和大方得体的装束，以及脸上时不时露出的柔和笑容，更符合一个合格投行人应有的样子。

"我相信能来到鼎盛的人都是聪明人，在这个公司里，我们最喜欢几类人，第一类，如果你非常聪明，精通数学语言，能设计出让人看不懂的高深金融产品的人才，那么你可以在这搞技术。第二类，如果你很能吃苦，人际交往能力强于大多数的人，有足够的精力和足够的忍耐力，那你可能非常适合到处飞，去给客户售卖我们的产品和服务。第三类，既聪明又能吃苦的人，那是可遇不可求的人才，对这样的人才来说，我们投行也许也是不值一提的，因为他们能力太强，去哪里都很优秀。对于我们来说，前两类人才是公司的重点招收对象，所以你们不必面面俱到，只要在自己的强项上认真努力，公司会看到的。"

实习生们心中波澜起伏各有想法，但脸上都不约而同露出跃跃欲试的表情。文森早已习惯这样急切表现的面孔，摊开手，语速依旧飞快："实习是个测试的过程，是公司对你们能否适合这个行业工作的考核，同时也是你们对自己的测试，让你们自己明白这个行业到底是不是你们喜欢的，是不是你们愿意去坚持的，你们都是很有潜力的年轻人，以后，你们就算不再从事这个行业了，也很有可能是大企业的CEO，如果能坚持下来，继续从事这个行业，也可能是投行的精英。我真心希望，你们能坚持下来并真正热爱这份辛苦工作。"

话语鼓舞，掌声热烈。走出文森的办公室，有人摩拳擦掌，有人默不作声，大家都各怀心事，等待着即将到来的分组。

大家刚离开，文森便分别给廖永生和Rick发了邮件。廖永生早早就在等着这封邮件，点开一看，果不其然，在他强烈要求多加人手下，文森把戚蕊和陈铭这两名实习生都分到了他的组里，而把另一位实习生程安安拨到了Rick的项目组里。

廖永生对这样的安排很满意，Rick年纪比他小，又因为调研得力深得文森的器重，一直是廖永生认定的最大竞争对手。前两年Rick风头强劲，很多同事甚至把他推到鼎盛传奇的位置，在廖永生看来，这都是因为文森一碗水没端平，有好项目都先给Rick挑。

戴了有色眼镜，廖永生便处处觉得不公平。好在花无百日红，Rick最近的几个项目都受到重创之后，文森终于看到一直兢兢业业的他，这段时间，更是因为他负责的宝通项目在这么难过审的情况下拿到了IPO的发行批文，风头大有盖过Rick的趋势，文森才会拨给他两个实习生。

廖永生哼着不着调的歌曲，春风得意，拿起电话，让陈铭进来。

程安安坐在自己新的工位上，好奇地看着周围忙碌的同事，或许是天生的亲和力加上乖巧入流的感觉，程安安比戚蕊和陈铭更得同事的好感。她被安排在了一个靠窗，扭头就能看到外面景色的好位置。程安安从窗口看出去，江边高楼林立，几艘巨轮从远处缓缓驶来，漆成红色的大桥横跨大江两岸，骄阳似火，整个画面金光闪闪，气势磅礴。

这样的画面让她看得心潮澎湃，竟没注意到，一个高大挺拔的身影，正朝她走来。

Chapter 9　二见钟情

上午的阳光从全玻璃窗的墙面照射进来，马靳凯走过来时，恰巧看到程安安正一脸憧憬地望着远方。她脸上那种对未来渴望的神情被逆光的光晕羽化了边缘，让她看起来恬静美丽。

马靳凯面试过很多的应聘者，现在大多都毫无印象了，唯有那双清澈湿黑、处女地一般的眼神，会时不时萦绕在他的脑海。程安安那双细长又微微上挑的丹凤眼有种淡淡的说不出来的韵味，相比上次看到的生涩认真，这次他在她黑白分明的眼眸中，看到了聪慧狡黠，她的五官也因此显得越发生动起来。

明明长得乖萌，却配上这样灵动的眼神，这让程安安身上散发出一种矛盾的吸引。马靳凯不是没见过比她更漂亮的女孩，但第一眼看到她的时候，他就对她移不开眼。他甚至偷偷记下她的手机号码，如果她没能进鼎盛，那他就去找她。没想到她真的进来了，就像是冥冥中的某种宿命感。

他对她的执念从一开始就很莫名其妙，但后来一想，真正的感情不就是这样莫名其妙的吗？如果有些事注定迟早要开始，那就让它早点开始。

"你好，安安。"他省略了她的姓。

程安安转过头来，看到身后不知何时站着那位面试过自己的分析师。他今天穿了一套黑色西装，一如既往的斯文和气，她记得他叫Peter。

程安安立即站起来，像是学生见老师，对着马靳凯微微鞠了一躬，语气恭敬："你好，Peter。"

"不用这么拘谨，我是你实习期间的暂时负责人。"马靳凯微笑着向她伸出手。

程安安看到他修长的手指，心中紧张。她知道第一天上班还有以后的很多场合都会不可避免地要跟异性发生肢体触碰，即便她早已做好了心理建设，依旧生出一身鸡皮。

她缓慢艰难地伸出右手，迅速在他手里握了一下。他注意到了她无名指上涂了一层红色的指甲油，那单独的一抹红色如一个神秘的红色符号一般，配上她细长的丹凤眼，竟然又一股子谜一样的气息，让他对她越发好奇。

他想要再看仔细时，程安安却急急地把手抽了回去。

尽管触碰的时间不长，但跟Peter握过手的那只右手，还是开始发热发痒。她不好意思地朝他笑笑，把手放在身后。

马靳凯有些意外，一般刚来的女实习生，无一例外都急于讨好上司，热情周到得恨不能反客为主。程安安表现出的疏离让他出乎意料，他正好也不习惯太热情的人，还是规矩听话的好。

他递给她一张自己的名片，脸上的表情温润如玉："以后你有什么工作上的问题，可以随时打电话联系我。当然了，不是工作上的问题也可以联系我。"

恋爱经验短缺的程安安并没听出对方的话外音，只是觉得这位年纪相仿的年轻上司热心周到。道谢过后，她认真看了他的名片，忽然小声念出英文名下面的三个字："马靳凯。"

Peter愣了一下，在公司里，一般都会叫彼此的英文名字，鲜少有直呼中文名的。中文印在名片上面也只是为了更正式而已，没人会真的注意。实际上就算在家里，绝大多时候，他的中文名也只有父亲会叫。

"如果你愿意，也可以叫我小马哥。"他淡笑着看向她。

从他见到程安安，到说出这句带有亲密私人称谓的话，也不过短短的几分钟。马靳凯不是个冒进的人，此刻他的做法却大胆得让自己吃惊。

　　程安安对马靳凯的话并未多想，文森说过同事就是并肩作战的兄弟姐妹，她想尽快地融入这里，上司如此随和是件好事，叫他小马哥也合适。

　　"小马哥，那以后就拜托你指导了。"说完这句话，程安安觉得氛围都比刚开始要轻松了。

　　程安安的声音不大，但带着些许软糯的口音，很是好听。马靳凯嘴角含笑，如沐春风，尽职尽责地坐下来开始跟她讲一些最基础的、需要注意的事项。

　　他对她有好感是一回事，工作又是另一回事，想留在这里，最重要的还是要会做事。文森忽然把这位新人分到他们项目组，他只能尽快带她上手，不然等他的上司Rick出差回来，她还栽在一些小问题上，Rick可就没他这么好说话了。

　　马靳凯拉过一张椅子，坐在程安安旁边，一点点告诉她电脑里装着的各种软件如何使用，以及她的日常工作安排。程安安学得快，加上马靳凯轻声细语，让她如清风拂面，理解得毫无障碍。

　　看她把大概了解得差不多了，马靳凯开始切入正题："现在我们正在做男装品牌'蓝瑟'的IPO项目，已经到了起草撰写招股说明书阶段，我会带着你从这个项目开始实习。"

　　程安安用力点了点头，她虽然不太了解投行的实际操作，但上市项目的大致流程她是知道的。撰写招股说明书是在准备上市申报材料阶段，企业的招股书是对外公开披露信息的唯一途径，也是投行工作的重要表现形式，所以无论是发行人还是投行中介机构，都是铆足力来认真对待撰写这件事。

　　程安安没想到一进项目组就赶上了这个重要时刻，摩拳擦掌、跃跃欲试："招股说明书要怎么写？我也能写吗？"

马靳凯看着她认真期待的小眼神，笑意一闪而过："招股说明书一般分为三个部分：历史沿革、业务与技术和募投、财务会计信息与管理层讨论与分析。一般历史沿革部分由有法律背景或者通过律师资格考试的同事跟发行企业的律师一起合作完成。业务与技术部分，是很多投资人关注的重点。如何写好这一块，关系到市场对企业的判断和估值。如何精确地对企业进行定位，找到企业特有的经营模式竞争优势和盈利模式等等，都是非常重要的学问，所以这也是发行企业和投行最看重的地方。想写好这一块，就要充分阅读公开的可信度比较高的研究文献，研究行业发展特点，分析同行业上市公司的招股说明书、年报，充分挖掘企业的特点，这块要由具有行业研究基础的同事来撰写。至于最后一部分财务会计信息与管理层讨论与分析，由于企业有很多情况和问题在别的地方是不容易被发现的，但是在财务上最终都会体现出来，所以这一部分是需要仔细深入的尽职调查过后，才能发现问题并解决问题。所以一定要由有审计工作经验或是财务背景的同事与会计师进行深入沟通后来完成。"

程安安听完有些尴尬："是我太心急了，那我在项目里能干些什么呢？"

马靳凯注视着她暗暗着急的可爱样子，眼中笑意渐浓："你可以看一看那些写得好的招股说明书，即便现在写不了，也可以了解和学习一下。招股说明书很多框架都是规定好的，里面具体哪方面是可以披露的，哪方面是核查的，都是有规章制度规定的。基本上整篇招股说明书的内容都是被限定了的，所以发挥的地方不大，也因为如此，很多的招股说明书都是东拼西凑出来的。所以想要真正写好写出彩都非常难，我给你找几份比较经典的，你可以了解一下。"

程安安跟着马靳凯到了跟她只有一条过道之隔的工位上，不同于其他员工乱糟糟的桌面，他把所有的东西都摆放得井井有条，上面分门别类地摆放着各种文件夹和文件，除了工作的东西，没有任何私人物品。

马靳凯拉开抽屉，里面整齐叠放着各种招股说明书，他抽出其中的两三本递给她："你先看看，明天我会带你一起去招股说明书起草会现场感受一下。"

程安安掂了掂每本都差不多两百多页的招股书，面露难色："这些都要今天看完吗？"

马靳凯把语气放轻松："我跟你说一下重点，你侧重看一下，在这里很多时候是多个项目一起进行的，有些工作时间紧任务重，你要习惯这样的压力并找到其中的窍门。"

程安安边听边点头，然后转身跑回自己的工位上拿了一支笔和一个笔记本过来，这才恭恭敬敬说："小马哥，麻烦了。"

马靳凯对她的好学态度很满意，颇有耐心给她仔细讲解："如我刚才所说，财务是所有问题的所在，整个招股书中，财务报表是招股说明书的骨血。业务和技术部分可以重点看第二节公司的主要业务概况，这是对公司整个业务的提炼，这一块的好坏，可以直接判定整个业务和技术部分写的质量好坏。其次就是管理层简介和主要股东，了解拟上市公司的主要管理层和董事会成员的简历以及公司持股最多的股东。接下来就是承销，这部分指明了哪家投行或银行被指定为此次交易的承销商，各方承销的份额有多大。看明白这些，整个招股说明书也就看完了。"

程安安的笔写得飞快，边听边恍然大悟地点头。马靳凯说完最后一个字，她也马上停了笔，一脸感激地对他微笑说："谢谢小马哥，今天真是收获颇丰，有了你传授的独门技巧，我会在明天之前努力看完这几本招股说明书。"

马靳凯不自觉地被她甜美的笑容感染，也跟着笑起来："加油吧，投行业务是一个精细的工作，在这工作的所有人员或多或少都有强迫症，特别是在我们组里，因为Rick是个很严格的上司。"

"Rick？"

"对，就是我们项目组的老大。我其实只是暂时负责你的实习工作而已，真正的上司是Rick，只不过他出差了，估计明后天才能回来，所以文森让我先带你。"

温和耐心的马靳凯竟然不是真正负责她实习的上司，程安安毫不掩饰脸上的失落。她的表情毫无遗漏地掉进马靳凯的眼里，他莫名开心。

程安安犹豫了几秒，问道："小马哥，那在组里还有什么需要注意的地方吗？"

马靳凯知道她担心的事，安慰说："我跟你一个组，到时候有什么问题你都可以随时问我，只要工作时认真细心点，不出什么差错的话，Rick还是很好说话的。"

程安安想起文森说的那番低转正率的话，现在又碰上个这么严格的上司，说不担心是假的。看她一副眉头紧锁的样子，马靳凯知道自己刚才的话估计吓到她了，忙跟她说："不用担心，有什么问题，我都会提前告诉你，你有什么困难，也可以随时找我。"

程安安心里一暖，来这里之前，程安安就听有些投行前辈说，很多正式员工带实习生的时候，完全就是往死里整的，各种脏活累活丢出去，态度又差又恶劣，让实习生痛苦不堪。现在看着马靳凯这样耐心热情，她暗暗松了口气，心想自己真是幸运。

Chapter 10　各有忧虑

在廖永生的办公室里，则是另一番光景。

对于廖永生来说，他其实是最喜欢带实习生的，因为每个项目里都有大量无脑性的基础工作要做。这些实习生来了可以帮着分担各种基础工作，比如摘录、检索、校对之类的，简直多多益善。但有一条，在他的原则里，实习生他可以负责带，但他可不负责教，就算要教，他也只教那些正式入职的。毕竟一个项目要几个月甚至几年时间，实习生通常只待三个月，如果让实习生负责一部分工作并手把手地教他，实习结束之后他走了怎么办，不是白费力气和工夫？投行这个地方，靠的是自己的能力和悟性，谁也没义务教一个实习生东西。廖永生没想过要做那些乐于助人的事，所以在他这里，实习生的正确打开方式是：先测试出他的水平，然后最大限度地把他能干的活都丢过去，用完被辞退就拉倒，如果能留下，那以后再教也不迟。

廖永生现在手下带着戚蕊和陈铭，既然男劳力在，一向懂得怜香惜玉的廖永生都不会把太多的工作摊派给戚蕊。但廖永生毕竟是老油条，就算再偏袒漂亮的女下属，也要先搞明白陈铭有没有能用的实力。被实习生"坑"的事，他经历的也不是一次两次了，所以按他一贯的原则，是要先摸底细，再安排任务。

对于戚蕊，廖永生在面试的时候就特意留意过这个外貌艳丽的姑娘。他了解过戚蕊的背景，家庭条件差，连大学的学费贷款都没有还完。寒门出来的学子，有了机会更能豁得出去，这是一个优点，也是被人拿捏的弱点，廖永生也就是看上了她这个特点，才特别地关注了她。

对于陈铭，廖永生没有太过了解，这个实习生是通过网上投递简历面试进来的。一般来说，能进鼎盛的都不会太差，至于水平到哪里，廖永生只能单独把他叫来摸底。

陈铭坐在廖永生面前时，右腿微微抖动，眼神不自觉地看着地下，显而易见是紧张。

廖永生心中已经给他打了个分数偏低的印象分，他又随手递给陈铭一张自己的名片。估计是太过紧张了，陈铭接过那张名片，竟然连看都没看，就直接放进了衬衣的口袋里。廖永生的眉头已经皱起来，他不知道人力那帮人为什么要把这样的人招进公司，他有些不耐烦地让陈铭开始自我介绍一下过往的实践经验。

廖永生这样问他，一方面是想陈铭把自己的优点和经验展示给他，另一方面又是个陷阱，如果陈铭有丝毫的不诚实，等待他的将是无情的打击。廖永生对看别人吹牛被戳穿的滑稽样有些上瘾，这让他生出一种无法言语的优越感。

当他抱着看人出丑的心理开始问陈铭问题后，陈铭开始说起自己的经验。虽然陈铭看起来呆头呆脑，但因为他在学校的时候就开始尝试炒股，所以他对上市公司股票那些事都比较熟悉，对自己感兴趣的股票和所在行业，聊起来熟门熟路头头是道，说话也不再结巴，对审计基本知识和工作流程也很了解，从他的谈话中，可以看出他的基本功的确不错。

为了更进一步测试他的水平到哪里，廖永生让他当着自己的面，做了一个简单的行业研究。他主要是想看陈铭日常的学习方法和对常用工具的操作能力，陈铭出乎意料地对行业的前景和方向分析得颇有见地，这么短的时间内，能一针见血地指出重点，不说实习生，就算是正式职员，也是很不错的水平了。

廖永生心花怒放，这个陈铭看着不显山不露水，没想到还是有点能力的，怪不得能在网上的千军万马中通过重重关卡。

得到一位能干的实习生是件幸运的事，但廖永生另一个特长，就是抓住别人的小缺点来掩盖大光芒，为的是更好地掌控手下，让他们惶惶终日，所以他要时刻表现出对任何完成的事都不满的样子。此刻，他在心里已经对陈铭满意至极，但面上还是一副欠点什么的便秘样。

完成任务的陈铭看到上司不太满意的样子，从刚才侃侃而谈的兴奋状态慢慢沉默下来，又恢复了之前拘谨的样子。廖永生站起来他也赶忙跟着站起来。

"好了，你先出去吧。"

陈铭刚要离开，廖永生叫住他问："你记住我的名字了吗？"

陈铭张了张嘴巴，脑中回想刚才名片上的字，但他刚才接过名片时，根本就没仔细看上面的名字。他的嘴巴张合了几次，发不出任何声音，最后只能尴尬地愣在原地。

对嘛，就是要这个样子。廖永生在心里扬扬得意，这就是他想要看到的样子，每个人的弱点，他都摸得一清二楚。

廖永生站起来走到他旁边，拍了拍他的肩膀："记住了，我是你的上司，你可以叫我Jack，但我更喜欢别人叫我廖经理。"

"廖……廖经理。"

"这就对了，投行最不缺的就是人才，想要留下就好好听话，认真干活。"

陈铭眼神躲闪，嚅嗫地点点头。

"你和戚蕊的运气不错，进了一个胜利在望的项目组。"说这话的时候，廖永生的语气里毫不掩饰自己的得意。看陈铭只是木然地听着，连说句好听的话都不会，廖永生皱起眉头，看到这样的闷葫芦他就堵得慌，伸手拿起全家福相框旁那只微微发黄的茶盅，有些不耐烦地喝了一口茶。

　　"你作为刚来的实习生，以后在组里的工作就是制作文档，收集和整理底稿。这些东西虽然基础，但很重要，如果你工作效率不高，就会影响整个项目的进度，也会给客户留下我们不专业的印象。不要以为有些偷懒别人看不见，在这里的每一个正式员工都是从实习生走过来的，你们心里想的，大家都想过。想要留在这里就别偷懒，麻溜地干活去。"

　　听完廖永生这一大段带刺的鼓励，陈铭依旧没想到要表忠心，只是沉闷地"哦"了一声，又一声不吭了。

　　廖永生给他安排了一堆任务后，朝他摆摆手示意他可以离开了："对了，你出去后把戚蕊叫进来。"

　　陈铭又"哦"了一声，直愣愣地朝门口走去，廖永生一口气把杯里的茶喝完，对着玻璃的反光，把后脑勺的头发挪了些到前面，想让额头前已经秃顶的头发看起来更丰满些。

　　门口很快响起敲门声，廖永生下意识地收了收肚子，又用力抻了身上那套略显老旧、没有亮点也不会出错的黑西装，说了声"进来"。

　　门推开，一条白腿伸了进来，廖永生从下往上看，戚蕊身上那套紧身的黑色短套装把她紧实有肉、凹凸有致的身形包裹得该大的地方大，该小的地方小。

　　廖永生看得有些愣神，戚蕊的眼睛不动声色地扫过他桌上那张一家三口其乐融融的合照，喊了一声："廖经理。"

　　廖永生这才麻酥酥地回过神来，热情地指着对面的沙发说："来来来，坐坐坐。"

戚蕊满脸微笑："一直听说廖经理在鼎盛的威名，这次有幸能成为您的手下，真是太幸运了，我会跟着您好好学的。"

廖永生就喜欢听这样的话，满面春风地起身坐到她对面的沙发上，刚要拿起茶壶给她倒水，戚蕊快他一步，颇有眼色地拿起茶壶，往他的空杯里倒满茶。

廖永生满意地看着戚蕊，一口气喝了下去，放下来说："你的确是幸运啊，现在全球的经济环境每况愈下，有多少学金融的学子想进鼎盛啊。你的综合能力虽然不错，但听说你一直跟人力资源部表达的是想要进销售部，今年销售部没有招人的打算，你差点被刷了知道吗？"

廖永生说到这里故意顿了顿，戚蕊揣摩着他话里的意思，没有贸然开口。

"我面试你的时候就觉得你反应快有眼色，我们IBD的项目组也是要出去见客户的，所以我特地重点跟文森提了你。"

他说完，眼睛在戚蕊身上转了一圈。

像戚蕊这样穿着打扮都高调张扬的女孩，这样的眼神她看得多了。要是平日里素不相识的人，她早一个白眼翻过去开骂了，但眼前这位是她的贵人啊，戚蕊只能笑意盈盈地再次拿起茶壶给他续杯，又另外拿了个杯子倒上茶："谢谢廖经理提携，我以茶代酒表忠心，以后在组里我会认真干活，不辜负您给的机会。"

廖永生压下她拿杯子的手："这么大的事，怎么能以茶代酒呢，今晚上一起出去喝一杯，地点我下班后发给你。"

戚蕊笑着抽出手应道："好的，等您的信息。"

廖永生满意地点点头："放心吧，在我手下只要听话肯干，机会多得是。"

这样的话戚蕊听多了，长相漂亮的人除了比普通人更容易得到机会，也更容易受到骚扰。她忍着胸口的火气，脸上保持礼貌的客套："那就先谢谢廖经理了，我刚进项目组，对里面的工作都不是很清楚，不知道我以后主要负责哪方面的事？"

廖永生故作神秘地笑了笑，露出全是茶渍的牙："不急，晚上跟你细说。"

戚蕊看了眼他手上的结婚戒指和桌上的相片，心想：谅他也不太敢胡来。

Chapter 11　相逢不相识

作为新进的投行实习员工，为了节约上下班时间，实习生都被安排住在了离公司步行距离只有十分钟的一个商住公寓里，这附近都是CBD商圈，衣食住行应有尽有。

戚蕊和程安安作为唯一的两位女生，被安排住到一套两居室里。两人性格迥异，程安安性子慢，说话做事细声细语温和顺从，一副不争不抢人畜无害的样子。而戚蕊则是另一种画风，泼辣急躁风风火火，对如何保持青春靓丽极其关注，对各大一线品牌的护肤品、保养品和奢侈品如数家珍，却经常要去超市跟柜台人员索要免费小样。两个女生同住一个屋檐下，因为之前在公车上的相识，也少了初相识的尴尬，两人都是可以靠脸吃饭却偏要靠才华的人，本着惺惺相惜的心态，迅速打成了一片，友谊突飞猛进。

吃完晚饭，程安安便把自己关在房间里，认认真真地开始看马靳凯给她的招股说明书，边看边做笔记，生怕漏掉了重要的地方，明天到现场无法理解。

另一间房里的戚蕊穿上一套红色的A字连身短裙，涂上同色系的口红和指甲油，顿时成了夜场女王，气场全开。在她的处世哲学里，穿着大胆张扬，成为众人的焦点，其实是另一种保护自己的方式。

廖永生的信息早早就已经发了过来，戚蕊出了房间，看程安安的房门紧锁，她踩上细高跟，关门走了出去。

刚出差回来的方泽行李箱还在车上，就被周滨拽到了夜场。周滨撸着脖子上的大金链子摩拳擦掌："今晚大Z店庆，只要是两个人一起来的，无论男女，点双份的东西只收一份的钱。有便宜不占就是大混蛋，今晚你生日我买单，我们不醉不归。"

方泽稍显疲惫地笑笑："心意领了，我生日还是我请吧。"

周滨小眼睛一眯，笑得异常灿烂："是你自己不让我请的啊，别说我老占你便宜啊。"

方泽也笑，点了根烟放进嘴里："废什么话，走吧。"

Z的人气超高，夜夜爆满，领班看到金主方泽，立马把他们领到最好的位置上，经理还特别送来一个果盘。

"行啊，你小子在这儿的级别不低啊。"周滨扎了块哈密瓜放进嘴里。

方泽给斜对面一位看了他几次的美女点了杯酒，才转过头来说："还行吧，赊几次账是没问题。"

周滨差点被嘴里的水果呛到，他头一次知道来夜店消费还能赊账，方泽不愧是把这附近的夜店和酒店都混成家的人。周围路过的女人都有意无意地朝方泽看过来。

人比人气死人，周滨打扮一新还喷了香水，竟然还没有身边这个刚出完差回来，一身疲惫胡子拉碴的男人有吸引力。这年头的女人都喜欢男人忧郁沧桑的眼神，低沉沙哑的嗓音，随性不羁的头发。但即便他周滨弄成这样也是没戏，因为女人们管五官帅气、身形高挑的方泽叫"雅痞帅大叔"，管他叫"中年抠脚大汉"。

周滨当年带着这个失眠情种混夜店的时候，压根没想到方泽会变成今天的夜店情圣。方泽游戏人间，不谈情只说爱。周滨不知道现在的方泽是否真的没法再谈情，他只想知道，自己什么时候才能像方泽这样，想爱就爱。

这家店里的姑娘整体素质都挺高，几杯酒下肚，周滨就开始跃跃欲试地物色目标对象。

搭讪了几次失败之后，方泽淡笑着跟有些泄气的周滨提意见："以后来这儿别穿这么辣眼睛了。"

周滨甩给他一个"你懂个屁"的眼神。

扫了几圈，周滨终于锁定一位利落短发，身穿红色紧身短裙，身形凹凸有致的"小辣椒"。周滨对这类打扮呛口的女人向来情有独钟，此刻"小辣椒"正独自坐在角落里，时不时地看向门口，像是在等人。

周滨瞄了她一会儿，看她不停在看手机上的时间，手里的杯子拿在手里又放回桌上。

看样子她约的人没来，有戏！

周滨端着酒，兴奋地深吸一口气，用力收起自己的大肚子，抬头挺胸地走过去。方泽在座位上看着他在姑娘那边才说了两句话，又讪讪地转回来，一脸憋屈地坐回位置上，一言不发地开始"咔咔咔"猛嗑瓜子。

方泽喝了一口："你来这里就为了嗑瓜子？"

周滨两片厚嘴唇上下翻飞，手边的瓜子一颗接一颗地送进去，唾沫混合着瓜子仁在嘴里搅和，没有一秒钟耽搁。他边嗑边说："有姑娘谁还嗑瓜子啊，这不是泡不着嘛。"

方泽看了对方一眼，问他："你刚才怎么跟那姑娘说的？"

"我就问她有没有男朋友，没有的话就请她喝酒。"

方泽双手扶额："我要是那姑娘我就报警了！行了，别嗑了，我去给你要号码。"

周滨嘿嘿一笑，乖乖把手里的瓜子丢了回去，一脸谄媚地看着这位所向披靡的神人。

方泽站起来，刚要朝那"小辣椒"走去，忽然又坐了下来。

周滨急了："这怎么又坐下了？"

方泽朝那头努了努嘴："你看一下'小辣椒'旁边坐的是谁？"

周滨疑惑地站起来，借着酒吧里转动的灯光，看到了刚出现在姑娘身边的男人，眉头一皱："廖永生？那个老色鬼？"

方泽低笑一声："没想到你和他都好同一口。"

周滨心有不甘地重新抓起一把瓜子："老子跟他可不是一类人，我坦坦荡荡的单身出来玩叫泡妞，他拖家带口的出来叫偷情。你又不是不知道，他带过的女实习生没一个干净的……"说到这里，周滨忽然停了下来，看着方泽说："靠，这'小辣椒'不会是刚来的实习生吧？不然正常人谁会跟廖永生来这里？"

方泽抿了口酒，看向"小辣椒"："文森今天的确发了个邮件给我，说是给我分了个实习生。廖永生一直嚷着缺人，今天有新的实习生进他的项目组也不奇怪。"他收回目光说："无论是不是，今晚'小辣椒'都有主了，这里的美女多得是，换个人呗。"

周滨闷闷不乐地又满场扫了几眼，心里有疙瘩，眼睛总是有意无意地就朝廖永生那边看去。心想凭什么啊，论长相，他周滨哪点比不上廖永生？同样的膀大腰圆啤酒肚，廖永生还比他多一样谢顶呢，现在的姑娘眼睛都他妈长在脚底吗？

那桌的戚蕊原本坐在廖永生对面，没想到廖永生忽然起身坐到了她旁边。戚蕊往旁边靠了靠，廖永生点了两杯马提尼，手就搭到了她背后的椅背上。

戚蕊双腿交叉着往前坐直，端起酒杯，自带风情："廖经理，我先敬您一杯，感谢您的赏识跟提携。"

廖永生跟她碰了一下，一脸抱歉说："我的肝不行，医生让我酒要少喝，这样吧，你干了，我随意。"

廖永生的话带着算计和不大气，但戚蕊这人从不愿意在这种事上纠缠和浪费时间，满满一杯酒就这样豪气地灌了下去。廖永生很是满意，戚蕊如此听话又爽快，像是给了他一个暗示，他胆子越发大了起来，手直接就摸到了她的大腿上。

戚蕊胸口要喷火，又不能直接朝廖永生谢顶的头上拍瓶子。她太需要这份工作了，花了多少心血和精力才走到了这里，她不能一时冲动。但她也不是干等着吃亏的人，她看似无意地故意一扫桌上的杯子，杯子翻倒，廖永生没喝的那杯酒全泼了出来，她趁机站起来走到另一侧，招手叫来服务生。

看现场直播的周滨在位置上笑出声来："小辣椒，干得漂亮。"

方泽跟对面的美女眉来眼去了两下，拍了拍周滨说："别怪我没提醒你，想带走女孩要注意出手的时间。你把时间都浪费了，今晚是纯来看戏的？"

周滨哼哼说："我也不想啊，这不是半路杀出老色鬼了嘛。"

"这么多姑娘，就单单看好她了？"

说夜场里没有比"小辣椒"惹眼的姑娘那是假的，但因为"小辣椒"选择的人是廖永生，他周滨就是不服，攒着一口气，就想搞点事情。

"你说我把廖永生现在的定位偷偷发给他老婆会怎么样？"

方泽点了根烟："大家都是一个公司的，抬头不见低头见。"

他话还没说完，就看到那边的角落里，廖永生接了个电话，忽然站了起来跟"小辣椒"说了几句，急匆匆地离开了。

周滨一脸幸灾乐祸地碰了碰旁边的方泽："回去跪搓衣板了。"

方泽喷出一口烟，淡淡说："宁拆十座庙，不毁一桩婚。廖永生要是因为你发的这个信息被离婚了，你罪过就大了。"

周滨哼一声："他处处暗中给你使绊子，老子早看他不顺眼了。再说他的烂事也不是一次两次了，他老婆要真想离早就离了，他们一个愿打一个愿挨，且离不了。"

方泽把烟蒂摁灭，看周滨拿起酒杯要起身，笑了："这是要去补位啊？"

"此刻不补，更待何时。"

方泽慢悠悠道："还不知道她跟老廖什么关系，你确定要掺和？"

周滨梗着脖说："对，我就看上那个短发妞了，他廖永生有家有口的都能泡，我为什么不能泡？"

方泽抿了一口酒，看了"小辣椒"一眼："能，当然能，但她现在准备打电话，说不定老廖会转回头，你先等等看什么情况再出击。"方泽说着，跟另一个路过身边频送秋波的女人眨了眨眼，又接着对按捺不住的周滨说："想泡姑娘就得有耐心，就算老廖不回来，你也不要马上过去，先观察几分钟，确定她的下一步意向，如果她继续留下来一个人喝酒，你的成功概率就大很多。"

周滨毕竟对泡妞这事没有方泽老道，压着性子问他："这都是你自己总结出来的？"

方泽挑眉："不然呢？你以为我们每天上班干的是什么？不就是从海量的数据里找出大概率吗，所有的事都是万变不离其宗，来得多了自然就知道规律。"

周滨只能乖乖坐定，看着不远处角落里打电话的"小辣椒"。

戚蕊抿了抿艳丽的红唇，看着眼前两杯没付钱的马提尼，嘴里爆了句粗话。廖永生临时有事走了，没想到走之前竟没有买单。戚蕊出来的时候没想过还要自己买单，她账户里的钱不够付，只能握着手机不停划拉着上面长长的一列联系人名单，叹了口气，决定向新室友程安安求助。

她拨通电话："喂，安安吗，我是戚蕊，我现在在外面，出来时走得急忘记带钱了，你现在方不方便给我微信转点钱？"

程安安没想到戚蕊一开口就问她借钱，先是一愣，为了证明自己自立，自从实习后她就极少跟家里要钱了，现在卡里的钱也所剩无几，身上倒是还有些现金。

听说她只有现金，戚蕊犹豫了几秒："我就在公寓附近的一家酒吧里，走路估计几分钟，你能过来一趟吗？我把地址发给你。"

她看了眼桌面上还剩三分之一看完的资料，任务没完成，她其实是不想出门的，但戚蕊帮过她，她不能置之不理。

程安安随意地把一头及腰长发编了个麻花辫，顺手套上一件七分袖的白色连衣裙，打眼一看，像是刚从文艺杂志封面上走下来的文艺女青年，她套上门口那双单鞋，拿上钱包就急匆匆出去了。

酒吧正好位于公司和酒店之间，从酒店过去不过五分钟，可寸土寸金的路段店铺酒吧林立，等程安安找到并坐到戚蕊旁边时，已是二十分钟之后。

"坐一会儿吧，来都来了。"戚蕊虽然手头不宽裕，但作为答谢，她还是大方地给程安安叫了一杯"仲夏夜之梦"。在这个店里，最便宜的就数这种勾兑的果汁，她们虽然踏进了金领的行业，但投行实习生的薪水并不比其他行业的实习生高多少，来这儿如果没人买单的话，自己喝杯矿泉水都是会心疼的。

之前为了减少跟异性接触，人多的地方如非迫不得已，程安安是不会去的，更不用说酒吧这样龙蛇混杂的地方。但到底还是年轻，禁不住眼前眼花缭乱的热闹，旁边又有戚蕊陪伴，程安安也就答应着坐了下来。

穿着白色裙子的程安安有些拘谨地坐在红色短裙的戚蕊身边，两人一个清丽一个妖艳，不同类型的强烈对比让她们在人群中格外显眼。

那头的周滨刚去上完厕所回来，就看到"小辣椒"身边多了一位穿白裙的长发美女，顿时激动起来，推了推旁边应付美女的方泽："快看，'小辣椒'旁边又多了位美女，看样老色鬼是不会来了，二对二双打，赶紧的。"

方泽抬眼看了对面，灯光闪过，看不清人脸，只那边一白一红。单打变成了组合，这样的情况其实比单人要难搞，万一其中的一个脾气不对付，那另一个就算有意向也很难上钩了。

但这些对方泽来说都不是事，只是他现在手边就有触手可及的姑娘，他不想跟周滨这个猪队友去泡什么"小辣椒"和"白莲花"组合，但周滨寸步不离不依不饶，如果他今晚不帮这货一起泡妞，以周滨那话痨属性，非唠叨他一年不可。

看方泽松口，一旁的周滨按捺不住："你上还是我上？麻溜点，别一会儿被人捷足先登了。"

方泽竖了竖衣领："我……"

没等他说完，周滨已经站了起来："算了，我上！"说着又连喝了两杯威士忌，毫不掩饰自己的焦虑。

方泽无语地做个"请"的手势。

周滨往前走了两步又折回来："对了，第一句话我该怎么说？"

方军师在猪队友耳边嘀咕了一阵，周滨频频点头："军师放心，姑娘马上就来。"

方泽目送他去丢人，然后迅速转身，继续跟刚才那位美女调情。讲真，方泽压根没想过周滨能成功地让"小辣椒"或者"白莲花"中的一个过来找他，能力是一方面，出场顺序也很重要，时机不对，一出场就输了。

刚聊high加了美女的手机号，方泽转过头来，便毫无防备地对上一双湿黑清亮的丹凤眼。方泽打量着眼前的女人，随意扎着的麻花辫，白鞋，白裙，白净脸。

他心下一顿，一种强烈的相似感扑面而来。他怔怔地望着这位身材匀称，文静乖巧，没有多余粉饰的姑娘，他不知道她从哪里来，也不知道她是什么时候站在他旁边的，他只知道，她让他想起了多年前，刚跟他谈恋爱的妻子何雪。

已经微醺的方泽有了一瞬间的怔怔，他的理智告诉他，眼前这位脸上带着少许好奇天真的女孩并不是何雪，但他就是忍不住把她当成何雪。他的大脑被往事迅速占据，他竭尽全力地控制着自己的情绪，双眼却一动不动地盯着眼前的女孩。

程安安忽然伸出手掌，在他面前晃了晃，问道："你就是Ben的朋友吧？"

方泽一怔，忽然明白过来，周滨这个猪队友成功了。

程安安略微带着软糯口音的声音，和她微微上翘的丹凤眼让方泽从前妻的叠影中逐渐回过神来，他告诉自己清醒点，然后用余光瞄了眼不远处正跟"小辣椒"献殷勤的周滨。

说实话，即便现在姑娘已经站在他面前了，方泽还是不信周滨竟然出师了。他之前跟周滨串通过说自己因为失恋有些抑郁症，为检验成果，方泽慢慢看了"白莲花"一眼，并不说话，转而又看向自己手臂上的那块手表。

"你就是Ben说的那个得了抑郁症的朋友？"程安安自己找了个对面的位置坐下，又好脾气地问了一遍。

"是的。"方泽抬起头，面对着这位跟他前妻有些相似的女人，他忽然没来由的有些恼，恼她竟然来了这种地方，即使他知道，对面的人并不是何雪。

或许是酒劲上来了，他看着对面的女人，越发像自己的妻子。方泽身子前倾，转眼就朝程安安靠了过来，自然而然地握住她柔软白皙的手掌，声音带着浅浅的责备："为什么要来这里。"

对方没有任何预兆的触碰让程安安吓了一跳，她触电似的把自己的手从他那只修长又骨节分明的手掌里抽出来，瞪了他一眼："你干什么！"

方泽一愣，不由自主地又想到当初第一次见到何雪时的情景。那时的她，也是这般带着些许恼怒地瞪着他，让在图书馆找书时错抓了她的手的他满面羞愧。不知是对方跟何雪相似，还是往事让方泽产生了些许不自在，他完全没有了往日撩妹时的潇洒自如，略显疲态地道歉说："不好意思，刚才有些失态，想必Ben跟你说我刚失恋的事吧，你跟我的前任有些相似。"

这是一个再老不过的泡妞梗，当它真的成为事实时，就连说出来的人自己都觉得可笑。

程安安没说话，看了眼不远处的戚蕊，考虑要不要直接离开。最后还是拿着手机给戚蕊发了条信息：这两人有点奇怪，我们准备走吧。

方泽抿了一口酒，依旧保持着身体前倾的姿势："你可以叫我Rick。"

程安安看了他一眼，觉得这个名字有些耳熟，但又想不起在哪听过。看她光看手机没回应，方泽放下杯子，在她面前打了个响指："怎么称呼？"

"Anan。"出于礼貌，程安安闷闷地答他。

方泽心里过了两遍这个听起来像DJ公主的名字，忽然胳膊被人拽了一下，刚才跟他热聊加微信的美女喝high贴了过来，一脸敌意地盯着对面的程安安，喝道："他是我男人，滚开！"

程安安长这么大，第一次受到这样的欺骗和侮辱，她没想到这个男人竟然这么不要脸，明明有了女伴还骗她说失恋，她又气又恼，脸涨得通红，站起来就要走。方泽条件反射似的去拉她想解释，程安安以为他还想占便宜，又气又急，迅速拿起桌上方泽还未喝完的半杯加冰的酒，朝着他那张棱角分明的脸泼了过去。趁他一脸发蒙没反应过来，迅速转身，朝戚蕊跑去。

　　依旧喧闹的城市街头，一红一白两位女孩一路狂奔，年轻的身影轻快而敏捷，带着体香的风留在了灯红酒绿的夜光里。

　　周滨回到原位，看到一身酒味、正狼狈擦脸的方泽，一脸的幸灾乐祸和不敢相信："你……你这是被泼酒了吗？"

　　方泽面带愠色，泡夜店这么久，这是他第一次这么狼狈被人泼酒。他用纸巾擦着脸上的酒渍，柔软的纸巾碰到湿漉漉的脸，留下星星点点的白色纸屑，犹如搞笑片里的丑角。

　　周滨递给他一包湿巾，毫不留情地哈哈大笑："常在河边走，哪有不湿鞋。到处留情，总要付出点代价嘛。"

　　一脸酒味的方泽横了他一眼，狠狠搓着脸上的白点，眼睛一瞥，看到周滨手上多了个褐色的女式皮质钱包。

　　周滨边擦泪花边说："'小辣椒'跑得急，忘在桌上了。"

　　方泽丢掉手里的纸团，拿过来打开，从一侧抽出一张身份证。

　　上面的头像正是刚才那位泼他酒的"白莲花"，只是上面的她看起来更显小一些。

　　"程安安？"方泽揉了揉太阳穴，重复了一遍这个名字，原来这女人真没用DJ公主的名字骗他，她真叫安安。

　　方泽沉默几秒，"小辣椒"跟廖永生，"白莲花"跟"小辣椒"，他忽然想到了文森发给他的那封邮件。

他的手在跷起的二郎腿上敲了敲，看来他们很快就会再见面了。

两人又重新点上酒，要坐等红白双娇自己过来拿钱包。酒刚上来，方泽的手机就响了。他低头一看，是文森打来的，方泽皱了皱眉头，知道这个点文森找他，肯定是文件出了问题。果不其然，那头的文森语气不悦，让方泽马上修改数据，在明天上班之前发给他。

方泽没有多说一句，挂上电话就往外走，周滨在后面急急追出来："怎么，手下又给你惹祸了？"

方泽应了一声，这个任务他之前的确是交给了手下的分析师马靳凯去完成的。本来按方泽的性子，只要是工作上的事，无论是交给谁，他都会再亲自过一遍。但马靳凯一向事事谨慎仔细，在实习期的时候就能胜任很多正式员工的工作，方泽一路看着他走过来，对他颇为满意，也有意培养他，所以很多事情也就放手让他去做，没想到这些信任还是出了漏。

刚出差回来就要赶去通宵改文件，说不生气那是假的。但方泽怪不了别人，他是马靳凯的上司，他本应该在签字前再审核一遍，但因为被"太信任"给蒙了眼，所以这事他有责任。

"要不要让Peter也过来加班？"周滨的小短腿跟不上方泽的大长腿，拖着个肚腩在后面追得有些吃力，边擦着头上冒出来的汗边嚷嚷。想他本来满可以在酒吧里舒舒服服喝酒泡妞的，现在就这样被搅和了，怎么着也不能让始作俑者在家舒服啊。

"用不着，来了也没用。"方泽的脚步丝毫没有慢下来，颀长的身形在路灯下拉出一条长长的影子。

"你就这么饶了那小子？"周滨擦着头上的汗。

"放心，会找他算账的。"方泽说完瞥了眼一直跟着他的周滨："怎么？你今晚要跟我一起加班吗？"

"想什么呢？刚才在那边不好打车。"周滨边说边伸手拦下一辆刚好路过的出租，一屁股坐上去，不忘幸灾乐祸地朝要走进公司大楼的方泽挥挥手："好好干！"

方泽笑着送走这位猪队友，走进灯火通明的大厦里，坐电梯上到公司的楼层，在掏门禁卡的时候碰到一个鼓鼓的东西，掏出来一看，是个褐色的女士钱包，他愣了一下，本来是要等她们回来取的。他嘴边扯出一抹戏谑的淡笑，活该吧。

一路飞速逃回公寓的程安安和戚蕊发现酒吧里的两人并没有追来，两个姑娘在电梯里气喘吁吁，对视一眼之后，都哈哈笑了起来。

程安安长这么大，第一次做出这么刺激大胆的事，回到住处依旧紧张的小心脏怦怦直跳。戚蕊也没想到这个斯文乖巧的姑娘，竟然敢把酒泼到男人脸上，对她不得不刮目相看。

程安安平复了一下，问道："你怎么想着一个人去酒吧啊？"

"闲着也是闲着，去玩玩呗。"戚蕊甩着手机上的挂绳，搪塞了一句。

程安安也不深究，电梯到了所在楼层，她站在门前问戚蕊拿钱包，门卡被她放在钱包里了。

"什么钱包？"戚蕊一脸发蒙。

"我拿去帮你结账的钱包啊，就放在桌子上。"

看戚蕊一脸蒙圈，程安安倒吸一口气："你……不是没拿吧？"

戚蕊满脸懊恼地跺了跺脚："你在这儿等着，我现在就回去帮你拿。"

"等下。"程安安拦下正要往电梯走的戚蕊："算了吧，太危险了。"泼的时候酸爽，现在回想她就后怕了。

戚蕊不甘心："不行啊，你钱包里除了钱还有别的重要东西吧？"

程安安咬咬牙："门卡和身份证。"

戚蕊脸色一变："我现在就去拿，这里怎么也是法制社会，他们不能把我怎么样的。"

程安安也深吸一口气："那我们一起去。"

两人相互壮着胆又回到了乱糟糟的酒吧，原来的那张桌子早已经换了人，两人找了服务生和经理，都说没看到她们要找的褐色钱包。

无奈之下，两人只能急急去警局挂了失，再一身疲惫地回了公寓。

戚蕊满脸抱歉："都怪我，不让你去送钱就没事了。"

程安安笑笑，真心实意说："没事啦，证件都补好了，再说你是我的朋友，我怎么可能不帮忙。"

"朋友"这个词让戚蕊怔了一下，她看着程安安，慢慢笑起来："谢谢。"

忙完这些事已经过了凌晨，戚蕊去洗澡睡觉，程安安马不停蹄地开始看剩下的资料。她今晚一定要看完，明天要跟着小马哥去参加传说中的招股书的起草会。

Chapter 12   初进投行

程安安昨晚奋战到后半夜，早上闹钟一响，她便迷迷糊糊地翻身起床，迅速去洗了个澡，出来后整个人都清爽了不少。她第一次参加招股书的起草会，一想到今天要去的重要场合，她便因为激动而有些慌乱起来，在一堆衣服里纠结适合的服饰。

她的衣服多数是优雅淑女的类型，她从里面挑了一套最稳重老成的款式，把头发盘成老气横秋的圆盘。刚出房门，就看到烈焰红唇的戚蕊一身包臀深V，明黄色紧身套装，虽然衣服不是一线大牌，但胜在年轻靓丽，凹凸有致的戚蕊还是让人移不开眼。

两相比较，程安安的细腰长腿全被长袖长裤挡得严严实实，显得毫无亮点，像个无趣的教务处主任。戚蕊急匆匆地从客厅的冰箱里拿出她冰了一夜的黑色丝袜，满意地拉拉手上韧性十足的丝袜，朝她扬了扬手："等我一下，一起走。"

程安安应了一声，看戚蕊边哼歌边把手上的丝袜套在大腿上，把两条原本还显得有些肉肉的腿瞬间绷得纤细笔直。

"那个……戚蕊，你这个打扮去上班会不会太跳了？"程安安忍不住好心提点她。

戚蕊不以为然："要的就是这效果，咱们是女人，女人就该有女人的样子，就算是每天都在数字和报表里，我们也应该跟那些男人和性别模糊的女人有所区别。我觉得反倒是你这个打扮太普通了，跟办公楼里那些混久了的老油条没有什么区别，新人就应该有新人的锐气和特色嘛。"

程安安虽然觉得戚蕊说得有些道理，但她今天是要去正式场合，不求抢眼，但求妥帖。

公司离得不远，两人一路往公司走，戚蕊的穿着打扮让她毫无悬念地成为路人焦点。这个时候在这条金融街上穿行的，基本都是这所城市薪水最高的白领金领。他们像是约定俗成一样，统一把自己裹在黑白灰的衣服世界里，从城市上空俯视，犹如一只只头大身小的蚂蚁，正急匆匆地进入林立路边的高深蚁巢，而戚蕊夹杂在里面，像一颗掉进蚂蚁堆里的黄色奶酪，显得格格不入却又满不在乎。

两人刚进到一楼的大厅，戚蕊的手机响了一声，她低头看了眼短信上面的字：今晚老地方见。

信息是廖永生发来的，戚蕊面无表情地把手机装进包包里。

上班高峰期，电梯间里人不少，程安安和戚蕊排在最后进电梯，好不容易挤进去后，程安安成了离电梯按键最近的人。她伸手摁楼层，后面一个男人的手指也正好跟她摁在同一个按键上。程安安转过身，看到身后是一张满是青春痘的男人脸，陈铭不好意思地拉了拉身后的双肩包，然后腼腆地朝程安安点点头。

程安安朝陈铭笑了笑："早上好。"

"早……早上好。"陈铭推了推鼻梁上的黑框眼镜，跟女生说话，他总是没来由地紧张。戚蕊也少有地主动跟他打招呼，陈铭受宠若惊，越发结巴。戚蕊瞥了眼身穿格子衬衣和直筒牛仔裤配篮球鞋的陈铭，从今天开始，她跟这个依旧一副校园工科男打扮的男生就同在廖永生的项目组里干活了，她需要拉拢更多的队友，在非常时刻来抵御廖永生的骚扰。

打扮艳丽的戚蕊和愣头青一样的陈铭，在这个到处都是职业装的世界里，像是走错了电梯的男女，突兀又鲜明。

电梯一层层地停，不断有人进出，这个二十九层的大厦里有很多公司，鼎盛投资银行只是占了其中的一层，电梯很快到达，三位实习生都深吸了一口气，抬头挺胸，朝着鼎盛的牌子走去。

此时加了一晚上班的方泽在文森办公室里冲了杯浓咖啡，边喝边等着文森对他的报告做最后的评定。文森的鼠标滑到最后一页，脸上的神色总算缓和下来。

方泽喝了一口咖啡，又用牙咬开一包饼干，问文森："不介意我先吃了再说吧？实在太饿了。"

文森做了个请便的姿势，方泽吃完那包不太大的麦麸饼干，又喝了几口热咖啡，依旧觉得肚子空空。

文森的手从鼠标上拿开，站了起来："东西写得不错，清楚明了，不需要讲解了。"

方泽给他一个"识货"的眼神，从兜里摸烟。

"你最近状态不错。"

文森一向苛以律人，现在这么夸他，方泽淡笑："我觉得跟以前差不多。"

文森笑笑："对，你以前也干得不错。"

"你是要给我奖励吗？"方泽开了句玩笑，谁都知道最近金融圈的行情不是太好，也听闻公司高层有些变动，升职还没到时候，加薪应该也不用想了。以这些年的工作经验和对文森的了解，让方泽不认为文森的这番话，是真的想要给他什么奖励。

"你想要什么奖励？"文森单刀直入地反问他。

方泽认真想了想，扬起手中的空饼干盒："如果可以的话，在公司的休息间里多放些麦麸饼干，我刚才就只找到了一盒。"

文森低笑一声："好，我会让行政部的人去安排的。对了，Jack那边我给了他两位实习生，他一直跟我抱怨工作量大。"

方泽没想到文森还特地跟他解释，笑笑说："没事，我这边一个就够用了，其实三个都给他也没问题。"

他说的是实话，很多事方泽宁可自己做，也懒得去一遍遍教那些脑子经常不在线的实习生。

文森一脸正色："你别想着偷懒，好好教。"说完又压低声音："我给你留的是最好的。"

方泽差点失笑，想起昨晚那杯泼他脸上的酒，他谈了口气："谢谢了，如果没别的事，我就撤了。"

刚回到自己办公室，周滨就一脸激动地跑了过来："你知道我今天在公司看到谁了？我跟你说，你绝对想不到……"

"'白莲花'和'小辣椒'。"方泽关上门替他说完。

周滨一拍大腿，一副猥琐样："都送到嘴边，不拿下就对不起自己了！"

"我是这么随便的人吗？"

周滨哈哈大笑："你随便起来不是人。"

方泽叫了外卖，快递送来一份海鲜焗意粉，厚厚的芝士里包裹着鲜美多汁的肥蛤蜊，方泽拿起叉子卷了一圈，送进嘴里嚼了两下，一下就没了食欲，这家店的厨子煮的意面时间太长，偏软了，上面的芝士用的不是他喜欢的带有天然果木味的埃曼塔奶酪，而是一种羊奶味较重的博斯沃斯奶酪，这份热食竟然还没有他带来的麦麸饼干味道好，方泽皱着眉头放下筷子，立马给订餐店点了一个差评！

周滨揶揄他："就你事多，不就填饱肚子的一顿饭嘛，凑合吃完就完了，哪那么多毛病！"

方泽继续翻箱倒柜地找饼干："作为一家饮食店，把食物做好是他们最基本的责任，连这个都做不好还开什么店。你到底来干吗，有事说事。"

"我已经说完了。"

"就刚才那事？"

"是啊。"

"你知道我一晚上没睡，等会儿还要赶去开会吧？"

"知道啊。"

方泽就知道除了女人，没什么事能让这家伙如此上心兴奋。他没好气地把周滨推出去："到别处玩吧，让我安静打个盹。"

马靳凯带着程安安去到"蓝瑟"总部时，里面已经坐了好些人。看他们进来，里面的人并没有太多的反应，点个头算是打过招呼了。别说程安安只是实习生，即便是马靳凯，也只是最下层的分析师，要不是方泽出差，马靳凯也没有机会来参加这样的会议。

会议在法务部辟出来的一间办公室里召开，忽然面对这么多重要人物，作为新人的程安安多少有些紧张。好在马靳凯一直贴心地坐在她旁边，又找了个相对靠后的位置，然后细心地把她介绍给坐在旁边的几位公司负责人和投行的几位同事。

有了马靳凯为她介绍引荐，程安安这才能够大方得体地应对下来。她长相乖巧漂亮，言行举止又礼貌得体，一群原本还在抽烟的大老爷们，因为多了位美女，都主动自觉地掐掉烟蒂，转攻咖啡。

程安安小心翼翼地拿出笔记本，她要把听到的重点部分给记录下来。来之前马靳凯让她写会议纪要，她没想到自己刚进来能跟着来参加这样的会议，虽然昨晚突击了一晚上，但面对一屋子人，她依旧分不清楚项目上有几方团队。

会议一开始就进入正题，桌上的人不会因为她刚来就从头开始解释，很多人说出来的话程安安都听得云里雾里，根本不知前因后果。此时她连其中的很多术语都听不懂，更不用说记重点，只能先胡乱地把听到的都先写下来。

看出她的茫然，马靳凯边打字边见缝插针地给她扫盲："对面前排中间坐的是蓝瑟公司高管及其董事会，左边的是公司律师，右边是公司审计。我们是蓝瑟的承销商，你前面坐的就是我们团队的律师和审计。"

程安安看着前面两位西装笔挺的男人，不解地低声问道："既然我们是蓝瑟的承销商，我们有了律师和审计，为什么对方还要派出自己的律师和审计？"

马靳凯看了眼对面，压低声音说："虽然都是律师和审计，但两方尽职调查的目的以及工作内容是不一样的。有些时候，本应该是公司律师去做的事，因为公司律师不给力，最后还是得投行律师上场。公司律师不给力的原因很多，可能是因为没IPO经验，也可能是水平有限，更多时候，是他们不信任投行和投行律师。"

程安安有些吃惊："IPO的最终目标都是为了上市，拟上市公司和投行双方不是应该互信互敬，团结一致的吗？"

马靳凯推了推眼镜，低声说："理论上是这么说，但实际上，在整个IPO过程中，并不是各方都利益一致。在实际操作中，每一方都有自己的小算盘，所以会有摩擦和利益冲突，也会出现各自隐瞒。公司高层会故意隐瞒信息，而公司律师当然帮着高层隐瞒。同样的，公司审计对于一些问题也会想办法和法律法规打擦边球，因此对于审计给出来的'底'，投行也得有判断，这就需要我们自己的律师和审计。"

"那这不就意味着，我们会有大量的重复工作？"

"是的，但即便是重复劳作，也需要这么做。因为公司律师要做的是审阅所有文件、协议以确保公司的证券申请上市登记表，在法律法规框架内对必要信息进行了充分披露，确保公司IPO的各环节都在法律框架内。而投行律师说到底是为了确认投行在未来需要面对的责任风险，两者都是站在自己的立场上来工作的。"

看程安安若有所思，马靳凯接着说："一个高效的起草会议，顺利的话，只需要客户公司和投行的重要代表聚在一起，花个两三天时间就能完成。但事实上，大多数时候都是不顺利的，现在这个起草会议已经开了一段时间，各方代表在提出不同问题的同时，也在打着自己的小算盘。"

每一行都自己的门道，有了马靳凯的解惑，程安安算是对这个行业，有了粗浅的认识和了解。

会议中途休息的时候，马靳凯看她还在不停地写，身子凑过去，在她耳边说："休息一会儿吧，没事的，慢慢来，我也记了一份，回到公司可以发给你。"

这个突然拉近的距离让程安安有些不舒服，那股又痒又热的气流让她的耳朵皮肤表层出现了又红又痒的反应，程安安只能尽量把身子侧向一边，形成一个奇怪的弧度。

马靳凯看在眼里，轻声问道："是不是哪里不舒服？"

程安安脸色微红，无法告诉他原因，只能摇摇头，把身子坐直，继续忍着耳朵的红痒，低头飞速记着东西。

会议继续，中途时不时有人站起来去厕所，大家似乎都习惯了喝咖啡，上厕所，然后再回来喝咖啡的节奏。长时间的会议让大家都有了倦意，此时会议室里的门忽然被推开，原本有些喧闹的氛围顿时安静下来，程安安听旁边有人说了句"Rick来了"。

　　跟他们进来时的冷淡氛围不同，会议室里忽然就热烈起来。无论是客户代表还是投行同事，大家都热情地跟Rick打招呼，马靳凯更是马上站了起来，过去跟他简单汇报了一下工作。

　　Rick扫了在场的公司人员一眼，程安安抬起头看过去，眼睛刚好跟Rick对上，她整个人顿时就僵在了位置上。

　　Rick？昨晚被她泼酒的Rick？

　　方泽面无表情地转开视线，白天的她看起来更呆板些，在正常的光线下看，她跟何雪依旧有几分相似。

　　马靳凯回到原位，碰了碰她，提醒说："这就是我们项目组的负责人Rick。"

　　晴天霹雳，程安安整个人都不好了。

　　Rick跟大家打过招呼，再没看程安安一眼，在桌边腾出来的主位上坐了下来。程安安心里鼓声雷动，无论如何，敌不动，她不动。

　　会议有了Rick的加入，犹如注入了一支强心剂，原先半死不活的氛围迅速活跃起来，大家坐在一起就招股书所包含的内容讨论来辩论去，为各自坚持的立场据理力争。

　　程安安在笔记本上写了半天，发现内容来来回回的就那么几个点，屋里有企业的高管摸出烟，顺带递了一根给坐他旁边的方泽。方泽也不客气，接过来点燃，又给高管点上，两人开始吞云吐雾。抽烟这种事只要有一个人带头，旁边的人很快便会蜂拥跟上，毕竟相对于走过长长的楼道尽头，去到靠着垃圾桶的抽烟区闻臭吸烟，舒舒服服地坐在空调房里吸上一口，那才是真正的享受。而程安安作为屋里唯一的女性，也是地位最底的实习生，虽然不乐意，也只能无声抗议。

屋里除了马靳凯，其他的男人都在吞云吐雾，房间里很快就烟雾缭绕，马靳凯小声对旁边坐立不安、时不时用手捂鼻子的程安安说："你出去透透气。"

程安安看了眼其他人，没人注意她。她感激地朝马靳凯点点头，偷偷站了起来，溜着边刚走到门口，忽然听背着她坐的方泽说："说说重大合同的事吧。"

听到"重大"两个字，程安安身子一僵，不得不停下脚步，犹豫了几秒，又硬着头皮回到了位置上。

马靳凯转头看了她一眼，起身走了出去。

屋顶上方已经聚集了一层白烟，看谁都像雾里看花，程安安被熏得有些头晕脑涨。马靳凯再次走进来时，把手里攥着的东西塞到了她的手里。程安安一惊，迅速缩回手，看到手里是一个3M的过滤口罩。

她心里一暖，用嘴型跟马靳凯道了谢，后面的会议，她全程戴着口罩，眼皮虽然被熏得越来越沉，但鼻子算是得到了片刻的喘息。

不得不说，有方泽在，会议就有了明显的推进。虽然大多数时间他都在抽烟喝咖啡，说的话不多，但每当话题有所偏离，他便会适时出声，在一堆乱糟糟的话头里找到最关键的点，三言两语间便能把大家的注意力拉回来，引导着所有人朝他既定的方向前行。就这样，讨论了好些天的招股书内容终于基本确定了下来。

等所有人都陆续往外走之后，程安安摘下口罩，慢慢收拾东西，她不想离方泽太近，故意落在最后。

马靳凯陪着她，贴心说："一会儿我带你去跟Rick打个招呼。"

既然Rick是她的实习导师，迟早都要见面，她只能硬着头皮跟马靳凯走了过去。

方泽刚跟出来送别的企业高管挥手告别，转身就看到马靳凯和"白莲花"。

"Rick，这位是新来的实习生程安安。"

"你好，Rick。"程安安强装镇定，眼睛看向这位高大挺拔、拿眼睛睨她的顶头上司。

居高临下地盯了她一眼，方泽又眼神散漫地移开目光，鼻腔里发出"嗯"的一声。

程安安从他那张棱角分明的脸上看到了极淡的、带着些许嘲讽的笑意。

她心中一沉，他记得她，他肯定"记"得她！

公司只派了一辆车子过来，司机占了一个座，剩下五个人，律师和审计先坐了上去，即便挤一挤，也还有一个人要自己打车。

方泽拉开副驾驶的车门，转头看着后面的马靳凯和程安安。

程安安不想跟方泽坐同一辆车子，赶忙说："小马哥你坐吧，我自己打车回去。"

马靳凯立马接话说："Rick，我跟安安一起打车回去，你们先走吧。"

方泽面无表情地扫了他们一眼，开口跟马靳凯说："尽快把招股书底稿定下来。"

马靳凯应下来，方泽顿了顿，转头看向程安安："虽然你是新人，但既然你来参加了起草会，那招股书的发行人基本情况你来写。"

程安安先是一愣，下意识说："我刚来，不太会写。"

方泽坐进车里，不咸不淡说道："那你会不会抄？先抄百来个案例，如果还不会……"他顿了顿，看向她："那就不用再来实习了，鼎盛不收笨蛋。"

绝对是个公报私仇的浑蛋！

程安安脸上虽然没什么变化，心里早已愤愤咒了他一千遍。

方泽关上车门，余光扫了她一眼，眼神中透着一股淡淡的、痞痞的傲慢和疏离，让人捉摸不定，又心中一凛。

等车子开走，马靳凯转头安慰她说："招股书是申报材料的重头戏，你刚来Rick就让你写，这说明他看重你，很多人想写都没有这样的机会。"

程安安苦笑一声，马靳凯不知道她和Rick之间的过节。重视？只要不给她穿小鞋，她就谢天谢地了。

看她还是愁眉不展，马靳凯笑笑说："Rick工作时对自己和下属都严格要求，但工作之外还是很好相处的，招股书的事我会帮你的，别担心。"

马靳凯的话语总算让程安安舒了一口气，她感激地道谢，盘算着回去找案例，既然多看几份就能写出来，那她也就没什么好怕的。

马靳凯拦了一辆车，说了公司地址，两人上车，程安安拉开后座的门，她以为马靳凯会坐在副驾驶，没想到他一弯腰，跟着她一起坐到了后排，她只能往里面挪了挪。

或许是昨晚没睡好，今天又吸入了太多的二手烟，一路上程安安的脑袋有些发沉，昏昏欲睡。马靳凯贴心地没再说话，让她好好闭目养神。车子快到公司时，他嘱咐司机靠边停车，一脸温和地转头看了还在睡的程安安，然后转身轻轻开门，下车进了街边的一家餐厅里。

十几分钟后，他从店里提了几个颇为考究的便当盒子上车，车子启动，不知是忽然的车体晃动还是便当的香味，程安安猛地睁开眼睛，看着马靳凯和他身边的几盒东西。

"到了吗？那是什么？"

马靳凯看她迷迷糊糊，脸上闪过一抹淡笑："快了，我刚才下去买了些盒饭，我们一会儿上去吃。"

程安安愣了一下，小声问道："今天晚上要加班吗？"

马靳凯一脸平和地跟她解释："一般Rick让我交任务，如果没有特别说明时间，那提交给他的时间就是明天上班前。"

程安安吃了一惊："这么急？"

看她一脸焦急，他笑笑说："你是新人，又是写招股书，如果实在觉得为难，可以自己跟Rick再确认提交的时间。"

程安安犹豫了几秒，拿出手机翻找Rick的电话号码，在马靳凯告诉她Rick是他们的上司后，她就已经从公司的总表上把他的电话给记了下来，只是没想到这个Rick就是那个Rick。

她正考虑是发短信还是打电话，手机忽然响了，屏幕上显示Rick的名字，她身子一僵，神色微变。

调整了呼吸，她接通电话，那头传来一个低沉的、有些霸道的男声："我是Rick，报告后天上班前给我，东西放在你的抽屉里。"

他说得干脆利落，丝毫没有要询问她这么短时间能不能写出来的意思。程安安也没再多要求，按马靳凯说的期限，Rick说的时间已经算是对她照顾了。

看她不说话，他问："还有没有什么要问我的？"

"没有。"

"好。"

他话里的余音里带着一股子痞痞的味道，她有些心慌地挂上电话，抬头对上马靳凯探究的目光。

"Rick说可以后天交。"

马靳凯笑笑："那你可以放心了，两天时间，你能写出来的。"

对于小马哥的信任，程安安只能无奈地扯扯嘴角，偷偷在心里叹了一口气。

马靳凯对Rick亲自打电话给实习生这件事有些意外，同时对程安安的态度也有些疑惑。他见过很多实习生，甚至很多同事，包括他自己，在面对Rick的时候，或多或少都会去套套近乎。但程安安似乎对这个上司没什么讨好的兴趣，甚至还有意地避开，这么淡然的实习生，他还真是第一次见到。

Chapter 13　桃花朵朵

　　两人一前一后地进了办公室，程安安刚坐下便拉开自己的抽屉，她的钱包果然躺在里面。她把钱包拿起来放进包包，抬头便看到马靳凯将饭菜推到她的面前。

　　"累一天了，先吃饭。"

　　"好。"程安安也不跟他客气，拿起其中一盒就吃起来。

　　看她风卷残云般吃完盒子里的食物，马靳凯眼中笑意渐浓，把另一盒也推到她面前："我怕办公室还有其他没吃晚饭的同事，就多买了一份，你不够的话就多吃点。"

　　程安安不好意思地放下筷子："我吃饱了，这家店的味道真不错。"

　　"那家店叫'合家欢'，你要喜欢，下次我专门带你去吃。"

　　程安安嘿嘿笑了两声："好，下次我请你，不过估计得先完成这个招股书再说了。"

　　马靳凯盯着她看了片刻，忽地笑了。

　　程安安下意识紧张地摸了摸自己的下巴，以为沾上了米粒，抹了几下，没找到东西。

　　"你笑什么？"

　　马靳凯的笑意缓逝，眼神清亮，他很少相信缘分和天意这类东西，但自从遇到程安安，发现自己对她不断攀升的好感后，他不得不相信，甚至感谢这种冥冥中安排好的机缘。

"安安，放松点，招股书你能做好的。"

这突如其来的鼓励，让程安安有些受宠若惊。加上一直相处让两人熟悉了不少，她有些不好意思地开口问道："我自己都不太确定，你为什么会对我这么肯定？"

"直觉。"马靳凯说完这个词他自己都笑了，他从来都是个数据控，"直觉"这样的词，他以前一直觉得像是笑话，没想到他也会有用到它的一天。

看程安安一脸疑惑，他干咳一声，开始自圆其说："投行的压力大，也不是一份生活方式健康的工作。如果项目到了后期，熬夜是常有的事，时间和精力经常被榨干。相信你在选择这份工作的时候已经有所了解，你看清了它还依旧选择它，这就是勇气，带着破釜沉舟的勇气，还有什么做不好的呢？"

她跟他相视一笑，对他的暖心鼓励心生感激。

马靳凯顿了顿，继续说："投行不仅风险大，还要有家人的充分理解，有很多结了婚的投行人因为没时间跟家人相聚而离婚。没结婚的也因为聚少离多而经常闹矛盾，久而久之就分手没了对象。而本来没对象的就更可怜了，天天耗在办公室，很可能就因为分身乏术要孤独一辈子。"

"孤独一辈子"这句话让正收拾碗筷的程安安愣了一下，她觉得无法触碰异性的自己就是要孤独一辈子的，没想到现在这份工作也有这样的潜质，真是命中注定啊。

看程安安不搭话，马靳凯问出心中的问题："你呢？属于哪种类型，已婚？未婚有男友？未婚没男友？"

程安安笑笑，大大方方地回答说："未婚没男友。"

这正是马靳凯想要听到的答案，此时此刻，他已经完全相信，程安安就是命中注定要跟他相遇的人。

程安安刚收拾完碗筷丢进垃圾桶里，就看到陈铭手里拿了个鳕鱼汉堡和一瓶可乐走了进来。

程安安跟他打招呼，看了眼他手上的东西，问道："你晚上就吃这些？"

陈铭有些不好意思地点点头，马靳凯不知什么时候站到了程安安身后，跟陈铭说："这里还有一盒便当，你吃了吧，加班吃你手上那些东西可不顶事。"

陈铭推了推鼻梁上的眼镜，赶忙摆摆手："我习惯了，谢谢，再见。"

看陈铭匆匆走开的背影，马靳凯转过身，眼神温和地看着程安安："我们开始吧。"

投行的工作很多时候都是多线的，特别是像马靳凯这样有能力的员工，更是能者多劳。程安安知道他手中事情多，在他帮她找出重点和值得借鉴的案例后，她便开始自己摸索试写，毕竟在这里每个人的时间都是宝贵的，她不想马靳凯为了帮她，回去还要自己熬夜，他只是热心同事，帮她找到有用的资料已经为她节省了很多时间，她不能再利用他的善心，无休止地依赖。学习新东西是每个投行员工必备的技能，她要想在这里站稳脚跟，就要在最短的时间内上手。

文件数据繁多，程安安光是查阅资料就几乎要看成斗鸡眼。好在马靳凯在前一天晚上已经让她提前看过招股书，也跟她分析了重点和要关注的点，这才让她在一堆文件里迅速找出可以借鉴的地方，她把这些点全都誊在另一个文件里，想着明天根据这些例子来自己试着写。

等她把资料都翻完，发现已经接近凌晨，她昨晚为了看完马靳凯给的资料熬了夜，现在眼皮沉重得像两座大山。她看了眼旁边还在伏案的马靳凯，忍不住捂着嘴偷偷打了个哈欠，然后慢慢靠在桌子上打瞌睡，她实在太困了。

马靳凯转过头来，看到她满脸疲惫，头还像钓鱼似的在硬撑，心里软得一塌糊涂，站起来收拾东西说："走吧，明天再做。"

程安安有些迷糊地点点头站起来，再不走她可能要在这里睡着了。站起身的时候，她看到远处陈铭的位置上还亮着灯，丝毫没有要下班的意思。

从公司到住的地方并不远，程安安本想自己走回去，马靳凯坚持要送她回家。她跟着他来到一辆牌号极好的老款凯迪拉克轿车前，程安安特意看了看那一串8，这个车牌，绝对比这辆旧车值钱得多。

车子开动，跟一个男人在封闭的空间里待着，多少让程安安有些拘谨，她想要找出一些有趣的话题来化解这样的尴尬，但脑中已经一团糨糊。她扫了一眼中控台，上面有几张宣传册，顺手拿起来看，发现是他们今晚吃的那个"合家欢"的广告册子。

程安安翻了翻里面色香味俱全的图片，价位让她微微咋舌。她没话找话："看来你真的很喜欢这家餐厅的食物。"

马靳凯转头看了一眼图册，笑笑说："对啊。那是我家开的，这些是新印制的宣传册。"

程安安张了张嘴，宣传册上印制遍布洋城的分店列了满满一页，少说也有三四十家。她没想到这么温和低调的马靳凯，竟然是个富二代。

吃惊加上太累，一路上程安安都没再说话。好在车子从车库出来，拐个弯再直行几分钟就到了她住的酒店式公寓。看她匆匆下车，马靳凯把头从车窗里伸出来，温柔地嘱咐她："小心点，到家给我发个信息。"

程安安一怔，随即笑笑转身。她不傻，马靳凯无论是在工作中对她的帮忙，还是下班后对她的关心，都超出了一般同事的范畴。她能感觉到他对自己的热情，但她完全没做好恋爱的准备，这样忽然出现的桃花，让她手忙脚乱起来。

Chapter 14　职场新人

　　刚推门进家，坐在沙发上敷面膜的戚蕊便一跃而起，跑到程安安面前连珠炮似的急急问道："等你一晚上了，怎么现在才回来？是不是被那个Rick公报私仇了？"

　　程安安苦笑两声，一屁股坐到沙发上："是福不是祸，是祸躲不过，只能问心无愧地努力工作了。你今天怎么样？我看你们组的陈铭刚才也一直在加班，你怎么回来这么早？"

　　戚蕊在她旁边坐下来，边往手脚上涂抹乳液边说："在投行这种地方，你要么放大自己的女人属性，用雌性魅力四两拨千斤。要么就彻底忘记自己的女人属性，把自己当个男人使。陈铭加班，那是能者多劳，我可不想每天累死累活的。"

　　程安安叹了一口气，又打了个哈欠："看来我是只有当男人使的命了，不行我要睡了，明天还要早起干活。"

　　第二天到了公司，程安安发现马靳凯的位置一直是空的。她知道他手里还有其他项目要忙，于是她学着自己解决遇到的问题，模仿着写了一遍发行人基本情况，发现似乎都大同小异。想到Rick那张戏谑的脸，她心里就憋了一口气，想要写出让他眼前一亮的东西。

　　投行的工作很多时候都是并线同行，程安安本以为这一天可以竭尽全力地把东西给写出来，没想到铺天盖地的邮件让她手忙脚乱，一个上午也没能好好写下几个字，还因为漏看了邮件错过会议，又被Rick批了一顿。

下午Rick让她做个工作小组联系名单，程安安本以为复制粘贴这种小事不会再出什么差错。没想到因为电话变动，整张单子错误百出，她又不得不去面对Rick的黑脸。

一天的时间，各种堆积成山、杂七杂八的小事情让程安安应接不暇。直到快下班的时候，她才有时间好好坐到位置上开始写，此时她才明白了为什么投行这么多人加班，因为琐事太多，占用了上班时间，正事只能加班来做。

程安安写了删，删了写。她很想问问别人自己写得怎么样，但小马哥不在，她又不想去打扰身边行色匆匆的同事。Rick的办公室倒是一直开着门，但她怕去问他会显示出自己的无能，还可能又招一顿骂。而且Rick比小马哥还要忙，制作招股说明书只是工作的一小部分，作为保代，他还要操心材料递交上去后的各种工作，像准备公司的演示材料和财务模型，准备回答联交所的问题等等一系列的大事。所以她不愿意因为这样的小事去打扰他，只想自己麻利地把活儿干完，交上去的时候能让他眼前一亮。

招股书的框框条条太多，一晃又过了两小时，除了一堆整理出的材料，程安安发现自己什么都没写出来，越着急脑子就越乱，她只能强迫自己争分夺秒。

方泽从独立办公室里走出来，看到程安安还坐在那里埋头写。

他眉头微皱，脸上掠过一丝嘲讽。他安排她写招股书，是想看看她的沟通能力和学习能力，他当然知道作为一个新人面对这么重要的文件，编写时会手足无措，所以他希望她能意识到这是一个团队合作的项目。在这样的项目中，她首先要学会的就是跟上司沟通，只有沟通了，他才能知道她做到哪一步了，有困难也能立刻帮她解决，做错的地方可以迅速纠正。

虽然会麻烦些，但他至少能对她做的工作踏实放心，而不是像现在这个样子，她闭关修炼，他对她工作的所有进度一概不知。

都是从实习生过来的，她的心思他不是不懂，但位置不同，想法就不一样。他还是分析师的时候，也曾有过她那样的想法，不多说不多事儿，不声不响地把事情做完做好，既显示了个人能力，又不浪费别人的时间。但有了下属后，他发现自己更喜欢那些有问题就问，有新想法也毫无顾忌跟他沟通的下属。虽然有时候会打断他手头的工作，但只有这样的时时沟通，他才能感觉到对方的工作热情，也让他看到他产生的价值，并更能感受到他工作的能力和激情。

而那些布置完工作之后就不声不响闭关修炼的下属，那些像她这样不太愿意"麻烦"上司的下属，才会更让他担心。担心她到底有没有在做，是不是停在原地浪费时间，会不会做错了但没有意识到。

他一天都开着办公室的门，就是想给她进去发问的机会，然而她除了低着头受训，根本没想过张口问过他一句。

这样的下属，不是他想要的下属。

烦躁不堪的程安安被敲工位挡板的声音吓了一跳，刚抬起头，便撞进一双冷冽深黑的眼睛里。方泽乌黑的短发和眉眼，配上一身帅气有型的潮牌衣服，显得高大挺拔又年轻生动，根本不像一个奔四的中年人。

有那么一瞬间，她竟然觉得这样的场景有些似曾相识，好像在什么地方，她也曾在惊吓中这么抬头看过一个男人。

在方泽散漫疏离的表情里，程安安迅速把扯远的思绪拉回来，略显慌乱地站起来："Rick。"

"写得怎么样？"他的眼神掠过她桌上的那些资料，定在电脑屏幕里稀稀拉拉的几行字上。

程安安脸色有些发红，声音小下去："还在写。"

方泽面无表情："给我看一下。"

程安安愣了一下，站起来，让出位置给方泽坐下。她忐忑地看着他那张冰脸，咽了下口水，开始结结巴巴地跟他解释收集那些细节有多烦琐。

方泽一直没说话，她说得越来越干巴巴，连自己都觉得傻，最后只能闭上嘴巴。

方泽的眉头皱起来，终于发话："你不懂为什么不问？你知不知道你的自以为是，是在拖慢整个组的进度？"

程安安也觉得委屈，明明自己做得很努力，结果因为怕打扰上司没有沟通，反而给自己落了个没能力没效率的印象。

"在我的团队里，你要是学不会沟通合作，那就别再浪费时间了。"

方泽的话让她感到委屈不甘的同时又懊恼愤怒，这些感情纠结在一起，让她瞬间红了眼眶。程安安咬着嘴唇，努力把眼泪憋回去，调整气息，极力语调平和地接受他的批评："谢谢提醒，我会调整自己的工作方式，报告也会在明天准时发到你的邮箱。"

她的反应让他有些意外，本以为她这样的"白莲花"会脆弱得经不起任何打击当面哭出来，没想到她比他想象的要坚强些。

"吃饭了吗？"他瞥了她一眼。

她摇摇头，因为他忽然地转变话题而有些发蒙。

"什么时间做什么事，不合时宜地争分夺秒，只能说明你统筹能力薄弱。"

她深吸一口气，恢复镇定："我马上就去吃。"

旁边几个吃完晚饭回来加班的同事走了进来，众人跟方泽打招呼，他笑着回应，目光划过大家，再没看程安安一眼，径直走了出去。

程安安轻轻吁了一口气，收拾东西准备出去吃饭，没想到一抬眼，看到戚蕊走了过来。

"走吧，一起去吃点东西。"戚蕊手里拿了根棒棒糖，边放进嘴里边说。

程安安有些意外："你今天怎么也加班了？"

"事多呗。"戚蕊挽着她的手就下了楼。

上班这么久却第一天加班的戚蕊想找个好吃不贵的餐馆去消磨时间，可赶时间的程安安只想随便叫个外卖。拗不过戚蕊，程安安只能跟着她一起下楼，想着到楼下的餐厅转一圈认认门。谁料这条金融街上价位适中的餐厅全都人头攒动，装修看着不错的却价位又太高，根本不是她们这种实习生能消费得起的。

逛了一圈，两人只能在离公司大楼几条街外的麦当劳买了个外带汉堡，一人揣着一杯蜂蜜柚子茶往回走。

刚到公司门口，就看到穿着白衬衣黑西裤的马靳凯，他刚打完电话，一手拿着手机，一手提着几盒外卖，晃晃悠悠地走过来。

看到程安安，他清俊的脸色闪过一丝笑意："安安。"

程安安快走两步过去："小马哥你今天外出了？"

马靳凯扫了旁边的戚蕊一眼，目光落在程安安身上："我给你发了微信，说今天要去客户公司核对财务资料。"

程安安这才想起她今天忙着赶招股书，根本就没看过手机。她有些不好意思地笑笑："我手机一直放在包里，忘拿出来了。"

说完她拉过戚蕊介绍说："小马哥，这是戚蕊，另一组的实习生。戚蕊，这是我们组的小马哥。"

马靳凯朝戚蕊淡淡一笑，身体却往程安安那边靠了靠。平行站着的程安安头顶正好到他的下巴，她的头发有些微微偏褐色，眉毛和头发的颜色有些相近，脸颊处因为浅笑，挂着若有似无的酒窝，狭长上翘的丹凤眼配上小巧饱满的嘴巴，加上那修长笔直的洁白脖颈，让她身上那股子古典的味道越发迷人。关键是这样的她还总是一脸乖巧听话的样子，让马靳凯是越看越喜欢。

他所有的注意力都在程安安身上，一旁的戚蕊成了空气，这样的情况对戚蕊来说极其少见，她似乎意识到了什么，看好戏似的看着对面这位外表斯文、目不斜视的男人。

马靳凯微微往上提了提手上的东西，跟程安安说："你要加班的话，光吃这个可不行，我给你订了一份晚餐。"

看马靳凯把饭递了过来，程安安一愣，随即笑着摇头推辞："不用了小马哥，我已经快吃饱了。"

一旁火眼金睛的戚蕊，先是看了看态度殷勤的马靳凯，又看了看故意跟对方拉开距离的程安安，心中猜到了七八分。

马靳凯似乎料到她会拒绝，也不勉强，拿着两份饭笑说："好，那就先放我这儿，晚上如果饿了就过来拿。"

没等程安安说话，旁边的戚蕊就笑了："我说小马哥，你可是偏心啊，虽然安安是你们组的人，但我们都是同一个部门的，我和安安都吃的汉堡，为什么你就只问她不问我？"

马靳凯转过身看了眼打扮和说话同样张扬的戚蕊，这样的女孩他见过不少，说实话他对这一类的女人并不感冒，甚至对她们的自来熟还有些反感，但到底是同事，即便不喜欢，他也会保持面上的绅士。笑笑想要问她一句，却发现自己竟然想不起她叫什么名字。

戚蕊到底是玲珑人，迅速把话接了上去："我是廖经理手下的

Jessica，以后还请小马哥多多指教。"

马靳凯满脸是客气的疏离："Jack是部门精英，你有什么问题直接问他就行。"

他说完把手中其中一盒饭往前递了递："安安喜欢菠萝咕咾肉，你拿这份黑椒牛柳吧。"

程安安微怔，她上次吃时随口说的一句话，没想到他还记得。

戚蕊笑着瞥了程安安一眼，又转头看向马靳凯手腕上从衬衣袖子里露出来的百达翡丽。

"谢谢小马哥了，我虽然很想吃，但是最近要减肥，我是没有口福咯，还是留给吃什么都不胖的安安吧。"

马靳凯还是那副淡淡的表情："随你，那你们聊，我先进去了。"

看他转身走远，戚蕊拉着程安安拐进了旁边的小会客室里。

"你可以啊，刚来就把老员工搞定了。"戚蕊一手搭在程安安的肩膀上，朝她眨了眨眼。

程安安拿起桌子上的柚子茶吸了一口，半玩笑半认真说："没有的事，别胡说了。"

戚蕊托起腮帮子继续分析："那个小马哥可是个有钱人啊，你要是真跟他对上眼了，尚东区就离你不远了。"

程安安看她一眼："尚东区？"

"你是真不懂还是装不懂啊？他家就住在大名鼎鼎的尚东区。"

看她不说话，戚蕊又补充说："他是做餐饮起家的，现在他们家的'合家欢'已经是整个洋城高端餐厅的代表了，这个马靳凯是个混在装得跟富二代一样的投行民工中的真正富二代，你跟他一个组的，不会不知道吧？"

程安安若有所思地看了戚蕊一眼，不知道另一组的她是如何把她这一组的人摸得如此透彻的。

戚蕊咬了一口汉堡，继续说："像他们这样的人，很多会先来投行积累人脉，当然了，投行也对这种本身就自带人脉、能为公司拉到项目的富二代欢迎至极，大家相互借力，各取所需。"

程安安笑了笑，她当然也听过这类的事例。戚蕊用胳膊肘碰了碰她，脸色暧昧道："你对他有没有感觉啊？"

程安安实话实说："不知道。"

戚蕊用力咽下嘴里的食物，一副经历风雨过来人的样子："别怪我没提醒你啊，男人都是靠不住的，即便在一起，也别为了爱情，什么都放弃。"

程安安一愣，想到自己无法靠近的爱情，随口问道："你曾经为了爱情放弃过很多东西？"

戚蕊忽然哈哈一笑，往椅子后一靠："我是这么傻的人吗？总之，靠山山倒，靠人人跑，只有靠自己最可靠。"

"我这辈子也只能靠自己了。"程安安把汉堡的包装纸揉成一团，用力扔进了角落边的垃圾桶里。

戚蕊也咬完自己手上最后一口干巴巴的汉堡，说："这都什么东西啊，太难吃了，早知道就不跟他客气了。哎，以后老娘转正赚了大钱，绝对不会再吃这种难吃的汉堡。"

程安安笑笑："那你要吃什么？"

戚蕊想了想："合家欢，每天两份，吃一份，送一份给新来的帅哥实习生！"

程安安哈哈笑，附和着点点头。

戚蕊看了眼周围没人，小声告诉程安安："我上大学的时候就在那家店做过兼职，一个小时10块钱，每天在中饭和晚饭高峰期送餐，一天的车子骑下来，走路都内八了。"

程安安愣了一下："没想到你还干过这么累的活。"

戚蕊轻哼一声："这还辛苦？比这苦的活我干多了，那份活只是我当时干的三份兼职中的其中一份而已。"

"同时干三份工作？"程安安一脸吃惊。

戚蕊喝了口柚子茶："不然呢？没人供我上学，为了读到毕业，我只能靠自己。学费靠奖学金，生活费靠兼职，好在都熬过来了。"

说完，她嘴角向上弯了弯，淡淡的笑意里有不愿回首的艰辛，也有自食其力的骄傲："总之，这样的感觉呢，是你这样丰衣足食家庭里出来的孩子没法理解的。"

这么艰辛的生活，程安安的确没法理解。上学这么多年，只要涉及她的学习，再贵父母也会让她学，再远也会送她去。虽然她不用像戚蕊那样，连生活费学费都要自己操心，但随之而来的，是父母无限制地把意志强加于她，让她越来越找不到自己内心的声音。

而自己这次违背父母意愿，老妈几乎要追到洋城来兴师问罪，所以能不能转正，成了她心头的一块巨石。

想到工作的事，程安安赶紧起身要继续去完成Rick交代的任务。谈兴正浓的戚蕊颇为扫兴，百无聊赖地悻悻跟着回了办公室。她加班真没什么事，只是看陈铭天天加班，她要是不留下也做做样子，那就显得廖永生太区别对待了。

两人刚从会议室走出来，就看到手拿着鳕鱼汉堡和可乐的陈铭走进来，看到戚蕊他似乎有些意外，朝两人腼腆地笑笑。

"你每天都吃一样的东西吗？"程安安好奇地看着他，她记得昨晚他也是吃的这两样。

陈铭挠了挠头："不好吃，但是方便。"

说完话他马不停蹄地往自己的位置走去。戚蕊看着他的背影摇摇头，撇嘴说："不会来事的人都是劳碌命。一天就知道埋头干活，也不知道跟人交流，有问题也不会找人帮忙自己死扛。噢，估计组里的人他到现在都没认全呐，这样的人也不知道以后怎么跟团队合作。"

这话一下戳到了程安安，她其实比陈铭好不了多少，戚蕊在这方面无疑是他们当中做得最好的。程安安虚心请教道："可是同事都这么忙，要怎么做才能迅速跟他们熟悉起来？"

戚蕊是个直肠子，也不藏着掖着，跟她说："进一个组里，首先要讨好的当然是上司。怎么讨好，多交流啊，让他知道你每天都做了什么。比如如果我成功地约了一个很大的客户见面，我会很开心地走到上司的桌边跟他high five，顺便告诉他这件事，这样既让上司知道了我的进展，又不会感觉像邀功那么明显。还有就是工作上拿不准的事情多问上司，但是不要傻问，要事先想好几种解决方法，然后想好你倾向的选择以及理由，让他指点一下就好了。这样既帮你解决了问题，又让他看到你的深思熟虑。至于其他的组员，你需要做的就是要在团队里刷存在感，即使你的级别不高，还是要让别人看到你，听到你，显示你有做领导的潜质，机会来的时候才会想到你。"

如果之前跟Rick没有泼酒的过节，按戚蕊的方法程安安是可以做到的，但现在情况特殊，她的前路似乎只能跟陈铭一样埋头苦干了。

程安安一脸苦闷，继续讨教："如何刷存在感？"

戚蕊对着会议室玻璃墙的反光，边整理自己飒利有型的短发边说：

"刷存在感有很多小细节。比如早晨进办公室跟邻座的同事打招呼，寒暄几句。呐，我们组的陈铭就是个十足的反面教材，他每天都是悄悄走进来，悄悄坐下，然后开始埋头工作。可能他是抱着不想打扰别人工作的想法，但是时间久了就容易被当空气。就像现在这样，除了我们，没人认识他，更没人把他当回事。再比如中午和同事一起出去买饭吃饭也是特别好的交流方式。但是陈铭同学从来都是自己出去买一个鳕鱼汉堡一瓶可乐，也许是为了节省时间好干活，但正是因为别人没有机会和你互动，没人了解你，慢慢的你在团队里就会变得越来越无足重轻，只有干活的时候别人才会想起你，这是个恶性循环。老实说我对干苦力是没什么兴趣的，我虽然不加班，干的活也少，但我在其他地方活跃啊，比如帮忙张罗组里的午饭，比如组织大家去楼下新开的蛋糕店买甜品吃。你以为我的那些一手消息都怎么得到的？只有这些放松的场合大家才会说八卦，别看这都是跟工作无关的事情，它可是从另一方面展现了你的组织能力和影响力，这一定会在上司和同事心中加分的。所以不要只是埋头苦干，要时不时地刷刷存在感。"

程安安听得茅塞顿开，感激戚蕊的仗义执言。

戚蕊是个热心肠的人，但也不是谁都帮。虽然她们现在算是竞争关系，戚蕊依旧愿意提点她，因为道理谁都懂，但不是人人都能做到。这就像一个班里老师讲的都是同样的东西，但全都能学会用好的尖子生能有几个？职场的路还长，以后说不准就有需要程安安帮忙的地方，她现在讲讲道理就能收获人情，何乐而不为呢？

Chapter 15　柳暗花明

　　程安安告别戚蕊回到座位上，坐在斜对面的马靳凯原本在飞速敲着键盘，看她走过来，脸上浮起笑意，停下手上的工作来到她身边："今天的招股书写得顺利吗？"

　　程安安瞥了眼他桌面堆着的文档，说："还行，我一会儿写完了估计还要麻烦你帮我看一眼。"

　　"不麻烦。"他盯着她，眼神清亮，语气柔和。

　　面对他明明白白的眼神，程安安心里一颤，这样的情况对恋爱经验不丰富的她来说有些棘手，她一方面希望得到马靳凯的帮助，一方面又因为自身的原因不敢跟他太过接近。她不敢对上他含情的目光，只能低着头坐到了位置上。

　　办公室靠东边的区域只有马靳凯和程安安两个人还在加班，程安安刚输入电脑密码，就听到马靳凯放在桌面上的手机在震动，他先是看了她一眼，才拿起来小声接听。

　　挂上电话，他犹豫了几秒，走过来说："我家里有点事需要回去一趟，你如果写完了可以发到我邮箱，我会尽快给你回复。"

　　程安安赶紧站起来："谢谢小马哥，你先忙，我没关系的。"

　　马靳凯收拾了东西，匆匆走出门又折回来跟她说："你一个人回去要小心，如果打不到车就给我打电话。"

　　程安安愣了几秒，她住的地方离公司也就几分钟，她相信，她要是给他打电话，他真的会赶过来送她回家。

程安安走出办公室的时候已经快凌晨，她本想发邮件给马靳凯，但想起他这么着急地离开一定是有重要的事，她不想在这个时候麻烦他，再说她感觉自己写得还不错，所以最后还是没给他发邮件，而是直接发给了方泽。

第二天一早，程安安刚到公司，就被方泽叫进了办公室。

有了上次的教训和戚蕊传授的经验，这次面对方泽，程安安就学精了。她先是把所有数据都整理好，并且根据数据做出了总结，这样方泽就能一眼看出她的工作量。其次，她把不太确定不太明晰的地方截取了出来，然后自己特意在例文的基础上，又加了一些自己发挥的想法和措辞。

为了确保万无一失，她在来之前已经事先将清思路，把要说的东西提前说熟说顺，就怕到时候说不清楚。除此之外，为避免独处时Rick问起酒吧事情的尴尬，她还准备了一些解释的说辞，这才深吸了一口气，推开Rick办公室的门，发现里面竟然空无一人。

她疑惑地在这间十多平方米的办公室里看了一圈，确定没人后，她轻手轻脚地走到他的办公桌前，桌面上打火机、烟盒，还有机车钥匙都随意地摆放着，跟马靳凯桌面的井井有条相比，就显得有些杂乱，跟他的风格一样，无拘无束。

她扫了桌子一眼，拿起上面的名片认真看起来。

方泽从外面进来的时候，看到桌前的背影，不由得愣了一下。披肩长发，一身藕色裙装的程安安就连背影都跟何雪有些相似，让他有一瞬间的恍惚。

方泽抑制住自己的胡思乱想，慢慢走过去。

"好看吗？"

低沉磁性的男音忽然从头顶传来，程安安吓了一跳，一转身，方泽近在咫尺。

他居高临下地看着她，程安安摸着差点被吓出胸腔的心脏，看向眼前那张俊脸，极力恢复镇定。她想要解释自己的行为，鼻尖忽然闻到一股似曾相识的烟草和咖啡混在一起的味道，她微微一怔。烟和咖啡混在一起的味道她时常闻到，但他身上的这种，竟让她生出一种熟悉感。她看着他，寻思着自己什么时候曾经在哪里闻过。怔忪间，两人竟然就这么脸对脸地站了好一会儿。

在女人堆里游走的时间久了，方泽对女人的这种伎俩自然是了如指掌，他虽然喜欢在夜场玩，但却一向公事公办。在什么地方做什么事，如果想用夜场那一套来解决工作上的问题，抱歉，他不吃这一套。

"看够了吗？"他眼里是毫不掩饰的散漫和戏谑。

程安安反应过来，方泽从鼻腔里轻慢地哼出一声，转过身，走到办公桌边坐下来。

那股味道散去，程安安清醒过来，她学着戚蕊的样子，恭敬地喊了声"方经理"。

方泽皱眉瞥她一眼，话中带着几分疏离："叫我Rick就可以了。"

对方不吃这套，程安安尴尬地应了一声，红着脸等他的指示。

方泽指着办公桌边的一沓文件说："你拿最上面的这几张去复印二十卷，打好孔再拿回来，底下这些，一会儿拿出去给Peter。"

程安安赶紧应了一声，乖乖立在原地，等着他说招股书的事。然而方泽说完话便低头开始看资料，并没有要说其他事的意思。

程安安等了几秒，鼓起勇气问道："Rick，那个……招股书你看了吗？"

方泽停下手中的东西，目光浅淡地看了她一眼："看了。"

程安安一脸期待地等着他说情况，没想到他戛然而止。

她只能又硬着头皮问道："有没有需要修改的地方？"

方泽沉默几秒，说："没有。"

程安安顿时心中一喜，还没来得及说"谢谢"，就听他说："从今天开始，蓝瑟项目你不用再参与了。"

"啊？"程安安定在原地，这样的情况完全超乎她的意料，之前准备好的那些说辞完全派不上用场，她只能神色局促地追问："为什么？是不是我做错什么了？我可以改的。"

看她神情紧张，他淡淡说："或许你在怎么写这个招股书上是下了点功夫，但比起那些创新，我更需要你的细心和耐心。"

耐心和细心？程安安两道清细的秀眉拧在一起，他没有明说她错在哪里，她不能确定他是不是公报私仇。

程安安仰起头，语气有些不服气："能不能说得明白一些？"

方泽眼中浮现出轻慢的笑意："你连客户公司的名称和最后的日期都写错了，我还指望你能做好什么？"

程安安一怔，张了张嘴，说不出话来，招股书的内容她检查了很多遍，偏偏公司名称和日期这种她认为不会出错的地方没细看。

他像是知道她心中所想，目光移到她绞在一起的手上，话中有话："自己错漏百出的时候，根本都不需要别人出手。"

程安安被讽刺得无地自容，只能恼自己的粗心，她知道自己的这次失误让原本就跟她有过节的方泽对她印象更差，但她毫无办法，只能吃一堑长一智。

看她低垂着眼眸，咬着嘴唇不敢吭声，他的语气终究还是软了下来，耐着性子解释说："蓝瑟的项目已经到了关键时期，不能因为这些低级错误再出别的问题。从今天开始，你跟着我开展另一个新项目。"

程安安先是一愣，脱口而出："你……你要亲自带我开展新项目？"

他瞥她一眼："怎么，不想学？"

程安安："想学，我能问一下是什么项目吗？"

"渭市的江宁汽车外饰件制造公司的上市项目。"

程安安不开车，自然对汽车外饰没什么概念，看她一脸茫然，他淡淡说："一个小时后开江宁项目会议，你把文件打印出来，先去了解一下。"

只要有时间去学习和了解，程安安就不怕任何未知的东西，她信心满满地用力抱起那沓厚厚的文件："好的，那我先出去了。"

他应了一声，没有要帮忙的意思，跟着他学东西，如果连这点体力都没有，那趁早别耽误时间了。

程安安抱着这沓文件刚出了方泽的办公室门，不远处的马靳凯便快走两步过来接了过去："我来吧。"

程安安本想说不用，但马靳凯的手臂刚触碰到她，她便条件反射地松了手，只能顺水推舟地笑笑说："谢谢小马哥。"

说完这句话她愣了一下，忽然想起刚才她跟Rick好像一直挨得很近，但她却没有平时触碰异性时的难受感觉，难道是因为他是上司，她太过紧张的缘故？

马靳凯边走边问："你交上去的招股书，Rick怎么说？"

听他问了第二遍，走神的程安安这才反应过来，把刚才方泽跟她说的话转述了一遍，然后有些懊恼地小声问道："我这次的失误会不会影响转正？"

程安安被调出蓝瑟项目组，马靳凯是有些不舍的，这意味着他会失去很多与她共处的机会。但既然Rick要调她去新的项目组，他作为手下，也没有什么说话的立场。他把文件小心地放在程安安的桌子上，安慰她说：

"Rick既然愿意教你，说明他觉得你值得教。细节的确是一切投行工作的基础，你能从第一步开始跟Rick学，这是多少人盼都盼不到的好机会，别想太多，努力去做吧。"

程安安点点头，除了用尽全力，别无他法了。

文件要在开会前送到Rick的办公室，程安安拿着一沓刚复印好打完孔的底稿去找马靳凯帮看一看。吃一堑长一智，程安安想让马靳凯先帮她把把关，没问题了再给方泽送去。此时马靳凯位置上没人，她刚要转身离开，就看到马靳凯一路小跑着赶过来，脸上带着淡淡笑意："有事吗？"

他的呼吸因为跑动有些粗重，气流喷到她的脸上，她感觉到了男性荷尔蒙的气息，不由得微微调了个角度，把文件递过去："小马哥，麻烦你帮我看一下有没有问题。"

马靳凯应了一声，接过来刚看了一眼，就觉得这孔打得像是有些歪，把它放到他自己先前打的那些底稿上，果然比他打的孔歪出了几个毫米。

其实这么点差距，要在别的地方，根本不会有什么影响，但这里是做精细工作的投行，在人人都有强迫症的这里，打错别字和打歪孔这样的错误，就代表了不细心不认真不专业，是需要重新打印后再打孔重来的，而这样浪费时间和精力的事，就是上司最不想看到的事。

看出马靳凯的表情不对，程安安心里"咯噔"一下，小心翼翼问他："我是不是有什么地方没做对？"

马靳凯把两沓底稿放在她面前，孔不在一条直线上，说："你的孔打歪了。"

"那怎么办？要不然我再重新打？"想到方泽那张冷脸，程安安顿时有些不知所措。

马靳凯看了她一眼，安慰说："没事，我来处理。"

程安安犹豫了一下，如果她想在这里立足就要迅速学会这些技能，不能次次都麻烦马靳凯。

"不用了小马哥，你告诉我怎么做就可以了。"

马靳凯低头看了眼时间，这个复印打孔的活看似简单，但真要做好也没这么容易，况且这些都是要送给要求严苛的Rick，他不希望她再受到苛责。

"你马上就要开会了，我现在教你恐怕来不及，还是我来吧。" 马靳凯不由分说，拿着东西已经麻利地开始重新复印。操作的间隙，他转身看了程安安一眼，嘴角含笑，语气温柔："以后我再慢慢教你。"

"好。"程安安只能感激地点头。

在马靳凯轻车熟路地打孔时，程安安上网先查询了汽车外饰件的知识，有备无患。

不得不说，马靳凯的确是个训练有素的员工，不过一会儿的工夫，复印好的文件就整齐地码在了桌上。他抬头看了眼查阅东西的程安安，停下动作，招呼她过来看他打孔。

程安安迅速站了过去，马靳凯把打孔机递给她让她试试，程安安有些犹豫，正不知下一步要如何的时候，马靳凯忽然握着她的手用力把打孔机摁了下去。

程安安心里一惊，纸上已经出现了一排平行标准的孔位，她手上瞬间也起了一片鸡皮。

"这个就是最佳距离。"马靳凯低着头，在她耳边轻声说了一句。程安安耳朵边顿时红了一片，有些不知所措地站在原地。

方泽从办公室开门出来，抬头就看到马靳凯的手覆在程安安的手上，两人貌似亲密的举止让他眉头微皱。作为上司，他最不希望看到的就是下属在不合适的地方做不合时宜的事。

听到脚步声，马靳凯和程安安同时转过身来，看到黑口黑脸的方泽，程安安以为自己让马靳凯帮忙的事被发现了，紧张不已。方泽把她的紧张理解为跟同事调情被上司发现，他扫了眼满脸涨红的程安安，语气冷淡："东西弄好了吗？"

她脸色通红，赶紧拿起弄好的文件心虚地递过去："弄好了。"

"送到我办公室里。"

程安安"哦"了一声，赶紧拿起东西开溜。

方泽的目光从她身上转到马靳凯身上："下班前把招股书要改动的地方重新梳理好，发到我邮箱。"

马靳凯点点头，没有丝毫的慌乱，脸上只见面对上司时的尊敬和客气："好的。"

等程安安从他办公室出来，方泽才转身离开，朝会议区的其中一间小会议室走去。程安安赶紧拿了笔记本跟上去，脸上全是小心翼翼的样子。

小会议室里已经坐了一男一女，女人一身黑色套装，头发盘得油光可鉴，一丝不苟。虽然坐在同一间办公室里，却不跟旁边的男人聊天，眼睛一刻没离开过桌上的会计备考书。

另一边穿白衬衣打领带，长得有点像年轻赵本山模样的平头男人百无聊赖，刚要拿起茶杯喝茶，抬眼看到方泽，立马放下杯子，笑容满面地跟方泽打招呼，眼神却飘到了他身后的程安安身上。

方泽跟两人打过招呼，在圆桌边随便拉开一张椅子，坐下来，说："介绍一下，这是我组里的实习生程安安，这位是负责这次江宁项目组的会计张丽，这位是律师事务所的律师郭春。"

程安安乖巧地喊了一声："丽姐好，春哥好。"

张丽不冷不热地应了一声，又低下头继续看书去了。郭春倒是热情地拍拍身边的位置："坐这？"

程安安摆摆手，在Rick旁边拉开椅子坐了下来。郭春看了两人一眼，像是看出了什么门道，嘿嘿笑了两声，话里有话唱道："近水楼台先得月。"

方泽瞥了他一眼，郭春又笑嘻嘻说："听说这个项目是鼎盛公司一个高层的裙带关系拉到的，还不是近水楼台吗？"

方泽拧开桌上的一瓶矿泉水，喝了一口，放下。语气听着轻松平常，却让人不敢忽视："我们这个团队虽然刚组起来，但我希望各位都能各司其职，少说废话。在对江宁公司进行尽职调查之前，我们照例先理清思路，便于工作顺利开展，实现'雷霆'尽职调查。"

郭春嘴角动了动，没说话。

Rick扫了三人一眼："我们是帮助和协作委托人做决策和提供专业意见的中介公司，所以我希望我们的团队能给予目标公司和委托人专业、尽职、高效的感受，并得到他们的尊重、理解和支持。所以在尽职调查之前，我希望大家不要完全被动地等待江宁公司提供资料。在与对方接洽之前，大家可以通过各种渠道，如工商部门网站、信用网、上市公司的招股说明书等等，了解目标企业的主体资格信息、所在行业的发展脉络和最新情况、目标企业的产品特点、发展瓶颈、发展前景、在媒体上最新报道等等。这些信息在与目标企业第一次开会时，都能传达我们的敬业形象。"

郭春和张丽都是有经验的员工，这番话完全是说给程安安听的，好在她还有点眼色，认真地记了下来。

程安安知道尽职调查的流程一般是先立项，然后成立工作小组，等确定人员后，再拟订调查计划，之后开始进场整理和汇总资料，在充分了解拟上市公司的投资目的和企业组织架构基础之后，撰写调查报告，最后参与投资方案设计。

　　而尽职调查其实就是投行部门在与目标企业达成初步合作意向后，经协商一致，投行人对目标企业的历史数据和文档、管理人员的背景、市场风险、管理风险、技术风险和资金风险做一个全面深入的审核，这通常需要花费好几个月的时间。

　　方泽讲话的时候，除了新人程安安听得认真，其他两人对于这种例行公事的话语并不十分在意。

　　方泽看着一直低头的张丽，顿了一下，用力敲了敲桌子："张会计，不会耽误你很长时间，请注意听一下你的任务。"

　　张丽不大情愿地抬起头，项目组里的会计工作相对更独立点，会计师的审计结果是招股书分析的前置工作，因此会计师都是约好时间进场审计，审完就匆匆赶去下个项目。而其他人则继续留在现场进行全面尽职调查、收集底稿，同时制作材料，所以相对来说，会计师对眼前这个团队的老大，并没太在意。

　　好在方泽也是不拘小节的人，只要工作干好了，什么都好说。他打开投影，用激光笔点着页面上的几处地方，跟张丽说："这次初步尽职调查，你主要关注几个方面的问题：一，公司的基本情况，包括历史沿革、治理结构、主要产品等；二，财务情况，去摸清楚江宁的真实收入和利润到底如何；三，会计的核算情况；四，内部控制情况；五，税务情况；六，关联方和关联交易；七，财务独立性。"

　　张丽看他不说话了，应了一声，又把头埋进书里。

方泽淡淡加了一句："你们也知道，我的团队原则一向是结果至上，谁负责的东西出了问题，我都会追究到底。"

两位老油条同时抬眼看向面无表情的方泽，大家都知道他做事一向不留情面。张丽不情不愿地合上参考书，在笔记本上记下方泽刚才说的重点。

方泽接着看向郭春："郭律师，你重点关注：一，股东情况；二，主要财产权属；三，重大合同；四，环保和产品质量；五，劳动用工问题；六，诉讼、仲裁和行政处罚情况。江宁公司是生产汽车附件的大生产企业，从目前看得到的情况显示，他们在股东、关联交易和财务独立性上还是有些问题的。"

郭春点头记下，方泽继续说："尽职调查清单我们过完一遍后，你先发送给江宁公司。虽然我们的清单逻辑清楚，但其中一些需要准备的材料，江宁公司可能因对法律术语不了解，或者对于材料准备的完备度不清楚，你要跟进并负责跟他们沟通解释。另外，尽职调查的过程，是一个需要与目标企业内部各层面员工沟通的过程，没有老板的授权，员工提供资料的速度将非常缓慢，大大降低我们尽职调查效率。因此，在尽职调查清单发出前，你要先要求江宁公司的董事长召开各部门负责人的协调会议，同时要跟他们和投资方签订保密协议。"

郭春对方泽的考虑周全不得不佩服，这些都是律师应该考虑的问题，没想到他比他想得还要详尽。

"你们两位需要知悉的内容已经讲完了，有什么问题可以问，没问题你们可以先走。希望大家能缩短尽职调查周期，防范风险遗漏。"

"我没什么问题了。"张丽率先站了起来，说实话，她很喜欢方泽这种速战速决、不拖泥带水的工作方式。

看张丽收拾书本走了出去，郭春看了眼方泽和程安安，意味深长地笑笑，也站了起来："那我也先出去了，你们慢慢聊。"

会议室里只剩下方泽和程安安，她有些紧张地咽了咽口水，问道："Rick，我的任务是什么？"

方泽盯着屏幕，慢慢说："我们要在关注财务状况、经营合规、资产权属、同业竞争、关联交易等问题的基础上，重点再看看企业的主要问题和风险揭示，像是有没有IPO的实质性障碍，以及企业下一步的改制方案设计等方面的问题。"

他说的不是"你"，而是"我们"，这让程安安松了一口气。她拿出笔一一记下来，她想起马靳凯跟她说过的公司和投行各自为营的事，不由得开口问道："我们尽职调查的主要目的，是为了防止对方给我们挖坑吧？"

方泽眉头微皱，转过头来看她："谁跟你说的？"

程安安一怔，小声说："我……自己猜的。"

方泽看着她，表情认真："每个人都有自己的私心和利益诉求，并且都有为某个利益集团服务的冲动。但如果我们想要对方对我们的意见重视并尊重，我们就要对他们的意见重视并尊重，而不是一味地相互怀疑和揣测，做一个项目不是树一批敌人，想要在这行走得远，心就要放宽。"

程安安愣了几秒，没想到从Rick嘴里听到的，竟然跟从马靳凯那听到的是不同的态度。她疑惑地刨根问底："那我们让会计和律师去尽职调查，跟对方的会计和律师做重复的事又是为什么呢？"

"之所以重复，一是很多时候，投行人员和拟上市公司因为站在不同的角度分析问题，认识往往会出现偏差。我们可能高估也可能低估了企业的内在价值，因为企业内在价值不仅取决于当前的财务账面价值，同时也取决于未来的收益，对企业内在价值进行评估和考量必须建立在尽职调查基础上。 二是，因为任何项目都存在着各种各样的风险，所以尽职调查还有个重要的责任，就是判明潜在的致命缺陷及对预期投资的可能影响 。三是，拟上市公司对自身各项风险因素有很清楚的了解，而我们没有。所以我们要通过实施尽职调查来补救双方在信息获知上的不平衡，一旦通过尽职调查明确了存在哪些风险和法律问题，双方便可以就相关风险和义务应由哪方承担进行谈判，同时我们还可以决定在何种条件下继续进行投资活动，为投资方案设计做准备。"

程安安慢慢消化着方泽的话，平心而论，相对于马靳凯说的，她更同意Rick的看法。

——记下了刚才的重点，她抬头问道："我们什么时候开始去尽职调查？"

方泽看了眼手表，站起来说："没这么快，这段时间你可以先看看资料了解一下。"

程安安应着，乖乖地跟在方泽后面走了出来。

回到座位上，程安安刚要打开电脑，忽然听到一声温润如玉的声音，她抬起头，发现马靳凯已经眼中带笑地站在她桌边。

Chapter 16　各有心思

"小马哥。"她抬头看着马靳凯。

马靳凯笑意缓逝，温和地看她："我刚才托朋友查了江宁公司的资料，汇总发到你邮箱了。可能有些长，你回去慢慢看。"

程安安愣了一下，立刻打开邮箱，的确看到一封马靳凯发来的邮件。

这份资料对于她来说简直是及时雨，程安安真心实意地跟他道谢，他逗她："怎么谢？"

程安安对这样带有暗示的话不知怎么接，看她窘迫，马靳凯噙着淡笑："要不……请我吃饭？"

程安安松了口气，爽快答应道："好，你什么时候有空？"

马靳凯看她那两道秀气黛眉，笑笑说："择日不如撞日，就今晚吧。"

程安安有些为难地朝方泽的办公室看了一眼："不知道晚上需不需要加班。"

马靳凯眼神柔和地看着她："即便加班也要吃饭啊。不行我吃完饭再跟你一起回来。"他指了指自己桌上的一沓文件："我也有一堆事没忙完。"

程安安想想也是，点头答应下来。

临近下班，加班的人开始拼单订外卖。马靳凯要在下班前把报告完成并检查好发送给Rick。上次因为他没仔细检查，导致Rick大周末的来加了通宵的班，他不想再惹怒Rick，只能竭尽所能地把他交代的事情办好。

等马靳凯终于能起身的时候，转头发现程安安坐在位置上边看材料边等他。

他有些自责，他只要一进入工作状态，便会聚精会神忘了时间。他快步走过去，不好意思问道："饿了吧？"

程安安小脸可怜巴巴，老老实实地点头："饿。"

马靳凯盯着她看了一会儿，被她老实可爱的表情逗乐："走，今晚我请。"

程安安一愣："不是说好我请吗？"

"你那顿留到下次。"

马靳凯没有什么商量的意思，程安安只能答应下来。

两人一起进了电梯，马靳凯摁了楼层，问她："有什么特别想吃的吗？"

要说特别想吃，饥肠辘辘的程安安倒是想来一份热气腾腾的容城鸡丝小馄饨，但这里不是容城，况且这附近都是高大上的场所，各国料理眼让人花缭乱，怎么会有小城市不知名的小吃呢。

她对这附近的美食了解不多，乖巧说道："小马哥，听你的。"

这话正合马靳凯的意，他的确已经想好了地方。程安安以为马靳凯就跟她在公司附近随便吃点，谁知马靳凯开车带着她去了城南一家"合家欢"西餐厅。

已经不是用餐高峰期了，店外依旧排了长队。马靳凯带她从侧面走了进去。程安安跟着熟门熟路的马靳凯上了顶层，坐到了一处闹中带静的天台边，这里不太像正规的用餐区，只摆着一张桌子，像是特意隔开的私人空间，头上万里星空，凉风习习，好不惬意。

一位服务生满脸堆笑地过来跟他们打招呼："Peter，今天店里的烟熏三文鱼不错，要不来一份？"

马靳凯也不看菜单，转头跟她说："就三文鱼吧。"

程安安听话地点点头。

"两份烟熏三文鱼，配蔬菜沙拉，酱汁不要淋上去，单独放在旁边，两杯白葡萄酒。"马靳凯一口气点完菜，又问程安安："这样的搭配可以吗？"

程安安摸了摸瘪下去的肚子，想着要不要再多叫一篮子烤面包，但马靳凯没有这个意思，她便最终压下了这个念头。程安安有个说不上毛病的习惯，只要是她听出对方引导性的意思，便会身不由己地忽略自己的内心需求，顺着对方的意思去做，虽然不是心甘情愿，但习惯成自然，好孩子好学生当久了，也就养成了这种顺着别人意思的毛病。

马靳凯给她倒了杯水："喜欢这里吗？"

程安安扫了眼周边，点点头："环境很好。"

"这里是我父母白手起家的第一家店。"

程安安又认真看了看这座老旧又重新装修过的小楼，随口问道："你家这么多店，为什么还要到投行工作？"

话一出口她就后悔了，人各有志，打听私事不合适。

马靳凯喝了口白葡萄酒，抬眼看她："我家里人员复杂，母亲去世后父亲再婚，家里同父异母的兄弟姐妹众多但感情淡薄，盯家产的人太多，我就自己出去喘口气。"

程安安一愣，没想到马靳凯会把这么私密的事情告诉她，她有些尴尬地喝了一口酒，赶紧转移话题："你'合家欢'做这么大，上市了吗？"

马靳凯漆黑的眼眸里透着些许遗憾，慢慢说："没有，对于家族企业来说，自己做主比有众多股东加入要更有执行力。如果股东利益分配不均，最终会树倒猢狲散，到时候自己好不容易打下的江山，就会烟消云散。"说完他又笑笑："再说我父亲是个倔强的人，别人的话他听不进去。"

看程安安不知如何接话。马靳凯轻咳一声："不说这些了，聊聊你实习的事吧，这些天有什么感觉？"

程安安轻叹了一口气，老老实实地跟他说："感觉很无力，担心Rick对我的印象越来越差。"

马靳凯明白她的意思，安慰说："刚来谁都会失误，当年我还不如你。"

程安安半信半疑。

马靳凯一脸认真，心想当初他要真是这样，现在早不知道上哪凉快去了。他没告诉她实情，只是一本正经地鼓励她说："万事开头难，往后再细心一点就可以了。上司都要立威信，Rick的话不用太往心里去。"

相对于方泽带给她的压力和紧张，马靳凯朋友般的轻松语气和安慰话语，瞬间便让程安安宽心不少。毕竟两人的年纪相差不多，聊开后气氛很快就轻松随意起来。这个戴着无框眼镜、亲切斯文的男人，看着白净清秀，喜怒都写在脸上的她，脸上是掩盖不住的笑意。

"我去个洗手间。"程安安用餐巾擦了下嘴巴就要站起来。

马靳凯怕她不知道地方，放下筷子："正好我也想去。"

程安安起得太快没站稳，不小心绊到桌脚，一个趔趄，脸正好撞进走过来扶她的马靳凯胸前。

突如其来的肢体接触让马靳凯愣了一秒，他迅速用手揽过她的肩。她的头顶刚好抵到他的下巴，他的手便自然而然地为她把几缕飘散的头发别到耳朵后面。

他手里的温度在她耳边扩散开来，她下意识地往后缩，他的手却没有松开的意思，依旧牢牢地揽住她。

看程安安有些不知所措，他深吸了一口气，像是下了决心，低头注视着她，目光里满是柔情："我们认识的时间不长，或许这么说有点唐突，我不是容易动情的人，但我对你一见钟情。我是真的喜欢你，不知你愿不愿意跟我在一起？"

突如其来的告白让程安安的脸部迅速发烫，一半是马靳凯的触碰让她的皮肤有了反应，一半是因为他的情话让她心神荡漾。

作为一个恋爱经验匮乏的理工科女生，心理上她对体贴周到的马靳凯并不反感，况且马靳凯条件不错，长相俊朗，温柔体贴，最重要的，他是个低调的富二代。

年轻的女孩，或多或少都做过灰姑娘的白日梦，而马靳凯就是现实版的白马王子，优秀内敛得恰到好处。这样的身份，让他的表白多了一份冲击力，让程安安感觉到心中隐隐有些东西在翻腾，像葡萄酒杯里一个个翻滚的气泡，华丽得有些不真实。

这样的爱情她是渴望的，但皮肤上的烧热又时刻提醒她，平常人看似正常平淡的恋爱对于她来说有多难。

"我……我可能……"

马靳凯看她满脸纠结，抢先一步说："不用马上答复我，来日方长。"

程安安不动声色地从他的怀里退出来，实习期还没过，能不能留下还另说，工作是她现在最大的事，其他的事，以后再说。

回去的路上，车里的气氛有些尴尬，马靳凯点开电台，两人静静地听着。丝丝凉风吹进来，电台里的女声在低低吟唱，两人一路无语。

程安安不去公司，马靳凯直接送她到了公寓酒店门口，他熄了火，走出来为她开门。

程安安赶紧从车上下来："谢谢你小马哥，时候不早了，你早点回去休息。"

"不着急，我先送你上去。"

程安安刚想说"不麻烦了"，马靳凯已经不由分说去推开了大堂的玻璃门。

她只能跟在他后面一起走进去，心里忐忑，做贼心虚似的怕被人撞见。

两人一路坐电梯到了住的房间，马靳凯终于停住脚步："早点休息，我先回去了。"

程安安松了一口气，本来还在想着他如果要进屋她要怎么拒绝，现在他不进去，她也不用为难了。

电梯门关上，她转身开门，心里重重地吁了一口气。对于马靳凯的帮助，程安安是感激的，她是初来乍到的新人，他是热情优秀的老员工，她对这个体贴温柔的小马哥并不反感。这是一个好的开始，虽然她有异性过敏症，但她并不想孤独终老，如果有机会，她还是愿意去尝试和克服。

程安安打开门时特意看了看表，十一点整。她轻手轻脚，怕吵到戚蕊，却在换鞋的时候，发现戚蕊的高跟鞋并不在鞋架上。

她走到戚蕊房门前轻轻敲了敲："戚蕊？在不在？"

此时正在酒吧里跟廖永生对饮的戚蕊猛地打了个大喷嚏。

"廖经理，我要回家了，今晚穿得有点少，估计有点感冒了。"她趁机要开溜。

廖永生盯着她短裙里的两条白嫩大腿，拿起酒杯："不着急嘛，你刚才不是还问我实习录取的事吗，来，喝完这杯酒，我跟你仔细说说。"

戚蕊知道这只老狐狸打的什么主意，拿起酒杯，一饮而尽。

"我就喜欢你这样的性子。"廖永生说完又给她倒了一杯："来来来，再喝一杯。只要你听话，我保证让你如愿以偿……"

隔了几桌，坐着周滨和方泽。周滨眼睛一直瞄着"小辣椒"跟廖永生，暗暗啐了一口，他就看不起廖永生这样依仗着公司平台便利，占姑娘便宜的行为，真他妈不是个男人。

方泽喝了一口酒，斜眼瞥周滨："我好不容易加完班，你就拉我来这里看廖永生泡妞？"

周滨哼笑一声，盯着对面："好戏在后头。"

灯光旋转，廖永生开始借着酒胆，不安分地对戚蕊勾肩搭背。周滨拿出手机，把廖永生放在戚蕊大腿上的手拍了下来。

不过半分钟的时间，廖永生的电话狂震，他心有顾忌地环顾了四周一圈，心有不甘地跟戚蕊说："我家里有点急事，我们改天再喝吧。"

戚蕊听他要先走，也松了口气。她虽然为达目的可以不顾一切，但现在留下来的名额毕竟还没确定，她不能白白便宜了这个老色鬼。

看廖永生提着包包就要走，似乎又"忘记"买单这件事，戚蕊可不会再做这样的冤大头，她撒娇似的跟廖永生说："廖老师，这种高级的场所我一个实习生可消费不起，您可别像上次那样忘了结账哦。"

廖永生一拍脑袋讪讪笑："哎呦你看我这记性。"

看廖永生结完账离开，周滨一脸的不解恨："地址都发过去了，他家的母老虎怎么没冲过来撕他呢？"

方泽无语地瞥他一眼，放下酒杯，拿起一旁的包站起来："我明天还要出差，你自己慢慢玩吧。"

周滨同情地拍了拍他肩膀："好好干，老子要去泡妞了。"

桌上那瓶酒才喝了一半，这酒相当于戚蕊实习期小半个月的工资，她酒量不差，不想浪费，干脆自己喝完。

刚灌了几口，身边就多了个人。

"嗨，又见面了。"

戚蕊抬眼就看到周滨脖子上那条晃眼的金链，上次程安安泼了Rick一脸酒，现在在这里又碰上，虽然知道都是一个公司的，但到底还是有些戒备。她余光扫了眼四周，抓起桌面上自己的手机："怎么又是你？"

周滨摊开手："不用紧张，我没打算帮Rick出头，只想跟你好好喝酒聊天。"

戚蕊打了个酒嗝："我想一个人喝。"

"我保证，你跟我喝酒一定比跟Jack喝要有意思。"

戚蕊又喝了一口："怎么证明？"

周滨嘿嘿一笑："至少，我没结婚，不会中场被老婆叫回家。"

戚蕊拿着杯子的手一抖，两眼定定地看着他："你跟踪我？"

周滨哈哈一笑："我还没那么闲，恰巧遇到而已。"

"你怎么知道Jack被老婆叫回家？"

周滨自顾自地给自己倒了一杯："他可是有名的'妻管严'，你一个美女，跟谁找不着乐子？何苦跟一个有妇之夫'玩'呢。"

戚蕊加重力道把酒杯放下："不要乱说话，小心我也泼你一脸！"

周滨哈哈大笑，对这个"小辣椒"的火爆脾气是越看越喜欢，他把杯里的酒一饮而尽："这么好的酒，泼了多可惜，我这做销售的就看不得浪费。"

戚蕊抬眼看他："你是销售部的？"

周滨清了清嗓子："销售部经理。"

戚蕊的神情瞬间变化，态度有了本质性的转变，给他的杯里倒满了酒，笑意盈盈："重新认识一下，我是一心想要进销售部，却不得不在

IBD实习的Jessica，很高兴认识你，今晚我们不醉不归。"

程安安刚洗完澡出来，看到手机上Rick的未接来电，赶紧回了过去。

"Rick，我是程安安，刚才我在洗澡所以没接到电话。"面对上司，她有些紧张，急急地要解释清楚。

那头顿了顿，带着若有似无的笑意，淡然说："明天早上八点的飞机，跟我去渭市做江宁汽配公司的尽职调查。"

程安安愣了一下："这么快？"

"有问题？"

她支吾道："没……没问题，只是你今天说没这么快……"

"过了十几个小时了，还快吗？"

程安安无语。

"登机信息在邮箱，准备一下，明天不要迟到。"

挂上电话，从错愕中回过神来的程安安叫苦不迭，赶紧翻开马靳凯给的资料。作为从来没有做过尽职调查的新人，这第一次又是跟出了名严厉的Rick一起去，她难免会紧张。本来想着趁这几天好好看一看资料，没想到明天就要上战场，此时她算是体会到Rick的雷厉风行了。

好在马靳凯给的资料帮上了大忙，让程安安在最短的时间内对江宁外饰件制造公司有了大致的了解。它是一家主要从事研发、生产和销售越野车外饰件业务的公司，产品包括车身踏板，汽车前后杠，车顶行李架，尾翼和车内迎宾踏板等，是国内越野车品牌的外饰件主要供应商之一。公司目前主要为吉普、大众、丰田、本田、福特等等有越野车型的知名整车厂做OEM（原始设备制造商）的配套专供服务，以及为车厂下属的零部件一级供应商和各大4S店供货。

除了了解江宁公司，程安安还在网上查询了 尽职调查需要涉及的方面。尽职调查在实际操作中其实并没有一个统一的模版供新人照本宣科，会有很多资料列举尽职调查清单，种类名目繁多，涉及的内容有些长达十几页，不同网站的还有所差别，但几乎都大同小异。

这些内容无非就是涉及几个方面：一是拟上市公司的简介情况。二是公司组织结构和管理结构。三是公司的供应情况。四是客户公司目前所从事的主要业务的增长情况，利润比重，产品结构和新产品开发情况。第五就是客户公司的销售情况，有哪些客户，主要客户的有关情况。第六就是客户公司的产品研究与开发情况。第七就是客户公司主要固定资产和经营设施，第八是公司财务，公司的收入、利润来源及构成。第九是公司的主要债权和债务。第十就是看公司有没有投资项目。

这十个点基本就是尽职调查最主要的点，剩下的就是看与同行业竞争对手相比，拟上市公司目前主要的优势在哪，以及整个行业的背景资料。程安安是个心细的人，一并把这些注意点都一一列到了笔记本上，以防Rick问到的时候，自己一问三不知。

等戚蕊醉醺醺地回来时，发现程安安房里还亮着灯，她敲了一下门，便大大咧咧地推了进去。

程安安正趴在桌上抓耳挠腮地看资料，抬头就看到一身烟味酒气、摇摇摆摆的戚蕊。她赶紧站了起来，把收拾好的出差衣物往边上一推，让她坐下来。

"又喝酒了？我去给你倒杯水。"

戚蕊打了个酒嗝，笑嘻嘻地拉住她的手："谢谢亲爱的，还是你对我好。"

程安安把手抽出来，去给她倒了水拿过来："你今晚到底喝了多少？"

戚蕊伸出手指，完全数不清楚，然后一抬头，指着程安安爆出一阵大笑："你冲Rick泼酒，他没给你穿小鞋？"

　　程安安想了想："说实话，他还挺公事公办的。"

　　戚蕊一脸不信，喝完水，又打了个嗝，看了一眼脚下敞开的两个行李箱："你明天要出差啊？"

　　"嗯，跟Rick去调研。"

　　"哈哈哈，我说什么来着？"戚蕊一脸早就猜到的表情，摇摇晃晃地站起来，喷着酒气拍了拍她的肩膀："记得自己保护好自己，男人没一个好东西。"

Chapter 17　尽调遇险

　　程安安把醉话连篇的戚蕊送回房间，又回来继续收拾东西和看资料，等一切看完，已经过了后半夜。她赶紧躺下睡了一会，就被闹钟给吵醒，迷迷糊糊中她翻了个身，实在太困，又睡了过去。

　　等程安安再次被手机震醒的时候，屏幕上显示有好几通Rick的未接来电，她瞬间睡意全无，一下坐起来看了眼时间，哀号一声："完了完了。"

　　她急忙给方泽回了电话，那头的语气淡漠中带着戏谑："睡醒了？"

　　"对不起Rick，我昨晚睡得太晚，我……"

　　方泽打断她的话："我已经登机了，你马上改乘下一班飞机过来。"

　　挂断电话，程安安懊悔不已，自己这三天两头的失误，又是在这么严厉的上司手下，真是前路堪忧啊。

　　她迅速定了最近的一班航班，刚下单成功，马靳凯就打电话进来，她看了眼时间，疑惑地接起来。

　　"是我，起来了吗？"电话里他的声音听起来心情很好，"我在你楼下，顺路载你去公司。"

　　程安安有些不习惯他的过分热情，她说了自己要去出差的事，电话那头沉默几秒："你现在下来，我送你去机场。"

　　她吃了一惊："你不去上班吗？"

　　他的语气不容置疑："时间来得及。"

　　程安安刚出门，就看到马靳凯站在楼道里等她，脸上是一如往日的温和笑意。他顺手接过她手上两箱行李，程安安有些尴尬地小声说了句："谢谢。"

两人刚进电梯，戚蕊便在后面追上来，边跑边揉着脑袋："等一等，哎哟，宿醉真是要人命。"

马靳凯眉头微微皱了一下，瞬间又恢复了平日的表情。他的手挡在电梯门边，等戚蕊进来。

戚蕊看看马靳凯又看看程安安，了然一笑："这么早啊小马哥。"

马靳凯也不躲闪，大大方方地直接说："我送安安去机场。"

戚蕊肩膀碰了碰程安安："嗬，专车司机啊。"

没确定跟马靳凯在一起之前，程安安并不想别人对他们的关系有过多的误会，她不自然地笑笑，没说话，她知道这时候越解释越乱。

到了楼下，戚蕊识趣地跟两人告别，临走时还朝程安安眨了眨眼。

马靳凯打开车门让程安安坐进车里，因为戚蕊的调侃，程安安有些尴尬，马靳凯倒是感觉不错，发动车子之前，给副驾的程安安递去一盒面包："吃早餐吧。"

误机加上刚才的误会，程安安没什么胃口，推脱说："谢谢，我还不饿。"

马靳凯不由分说，把面包放进她的手里，语气温和却不容反抗："乖，早上要吃东西，一天才能有精神。"

程安安愣了一下，有种老妈在跟她说话的错觉。对于这类"为你好"的句式，她向来无法拒绝，只能听话地接过来慢慢吃掉，

马靳凯满意地看她吃下去，然后递给她一瓶水："喝点水，对肠胃蠕动有帮助。"

程安安又是一怔，条件反射地伸手接过来。

一路上马靳凯不停跟她说些经验，程安安只是认真听着，没说话。直到送她进了安检，马靳凯才叹了口气，收回目光，朝机场的停车场走去。他不知道自己是怎么了，明明看出了她有压力，却还是忍不住想要加快靠近她的速度，他知道自己的表现有些着急，但是他就是想让她知道他的心意。

等程安安风尘仆仆地赶到渭市他们下榻的酒店，站在这家跟快捷酒店相差无几的酒店门口，她看了几遍出差信息，才确定这个地方偏僻、装修简单的酒店就是他们住的酒店。

程安安有种隐隐的上当受骗的感觉，这跟她听到的传闻不太一样啊，都说投行人员出行都是商务舱加五星级，为什么轮到她就是经济舱和廉价酒店？

怀着巨大的心理落差，她刚在前台拿上门卡，方泽的信息就发了过来，让她放下行李，马上按公司的地址打车过来。

来的路上程安安有些晕机，本想着在酒店躺一会儿恢复一下再去，这下她不得不马上换了一套看起来极为正式的黑色套裙和细高跟，为了让自己看起来更成熟稳重，她又把长马尾盘成一个老气横秋的"圆盘"。补完妆，程安安从镜子里看了一眼，皮肤紧致，眼神清澈，容妆精致，她抬头挺胸，对镜中微微一笑，对自己说了声"加油"，这才急急拿起自己准备好的资料下了酒店电梯。

程安安是个方向感不太好的人，出了酒店大堂，看着满眼陌生的地方，她头皮有些发麻。

像江宁公司这样的大型生产企业，一般都坐落在城郊，为了方便，他们选的下榻酒店离客户公司不远。这样的地方当然不是什么繁华地带，再往远点的地方看，甚至能在车道上看到有人晒着金黄色的谷子。

这一带路上的出租车并不多见，程安安用打车软件连续加价也没人接单，眼看时间一分分过去，她只能返回酒店大堂，问坐在前台、嗑瓜子看韩剧的黑瘦女孩，在哪儿可以坐车去江宁外饰件公司。

女孩瞥了她一眼，指指门外："出门右拐第三个路口有公交车站，江宁在东面，你在道南等车。"

程安安好不容易搞清楚东南西北的方位，看了眼脚下的细高跟，暗暗叹了一口气，转身出来的时候，顺手拿了本架子上摆放的免费本地地图和公交路线车次表。

提着手提电脑穿着细高跟，程安安好不容易走到一个老旧公交牌前，上面的车次数字已经被各种牛皮癣广告给贴住了，她看一眼手上的车次表，暗暗庆幸自己的机灵。

她查看了一下车次表上的路线，发现221路是经过江宁公司的。旁边又三三两两来了几个等车的人，公交车过了几辆，但都不是221，又等了一会儿，一辆半旧的丰田考斯特开了过来，前挡风玻璃上面，贴着一张221的公车路线号。

程安安愣了一下，不知道为什么前面那些公交车都是正常的城市公交款式，而221就成了这样的车型。正犹豫，考斯特停在了她面前。

一个留平头的男司机探出头来问："上车吗姑娘？"

程安安疑惑地看了一眼能坐十来个人的车子，问道："你这是经过江宁外饰件公司的221吗？"

"没错，经过那边。"

"为什么会是这个车型？"

"最近开了很多新路线，公交总公司的车子不够了，比较偏远的路线就先用这些小型车来代替。"

程安安看了眼平头，觉得他说得好像也有几分道理，车上还坐着几个乘客，这让她稍稍放了点心，加上不想让Rick等太久，她便拉开车门，坐了上去。

车上有两位姑娘在说说笑笑，程安安挑了个靠窗的位置刚坐上去，离她最近的一位马上坐到她旁边攀谈。

程安安并不擅长交际，对方突如其来的热情让她有些难以应对。加上一路奔波的确疲惫，她便靠着车窗闭上眼假寐，女人看她反应冷淡，自讨没趣，便拿出手机自顾自玩起来。

考斯特刚开走不久，一辆221的公交车便在刚才程安安站的地方停了下来，可惜已经上车的程安安看不到了。

考斯特在路上转了两个弯，程安安隐约感觉方向有些不对，但她对自己的方向感一向没有信心，只能一路看着路边越长越高的杂草，安慰自己说快到了快到了。

方泽带着张会计和郭律师坐在江宁公司临时给他们腾出的办公室里。桌上已经摆好一大沓公司准备好供他们查阅的资料，方泽并不急于查阅这些东西，而是跟几位公司高层聊天，很多从资料里看不到的东西，从聊天中却能聊出来。

一个上午匆匆过去，中午公司准备了接风宴，方泽看了眼时间，发了条短信给程安安，让她到了之后赶过来一起吃饭，跟大家都认识一下。

程安安在上飞机前给他发过航班时间，方泽看了眼手表，此时已经接近十二点，程安安的飞机十点前就到了，从机场坐二十分钟的车就能到酒店，从酒店过来也顶多半小时，她收到他信息时已经回复说准备坐车过来了，这都过了一个小时了还没见人。

公司的人都在等着，他给程安安又打了个电话，没想到她竟然关机了。

方泽眉头皱了一下，俊朗的脸上一片阴沉。因为何雪的事情，他对关机失联的情况特别敏感，况且公司有规定，出差期间除非手机没电，一般不能关机以防止消息沟通不顺畅。如果是因为电池，他一定不会轻易让她通过考核，但如果不是因为电池呢？

方泽让会计和律师先去参加宴会，自己推说有事，开着上午租来的车子，一路打着程安安的电话回到酒店，没见她人影，也没见她开机。

在前台确定了程安安几个小时前的确入住并出门之后，方泽神色冷冽。

酒店大堂的黑瘦前台是最后一个看到程安安的人，在方泽的追问下，她努力回忆着程安安跟她说话时的情景。

"她穿着黑色套装，问我江宁公司怎么走，我就让她出门右拐去坐车，然后她就走了。"女孩说完，看着眼前穿着白色潮恤和黑色九分休闲裤的帅气男人。

"她还有没有提到别的事或者当时她有没有什么奇怪的举动？"

女孩想了想，说："没有。"

方泽皱着眉头，一脸焦急，正犹豫要不要跟公司汇报这个情况，忽然看到铁架上的地图和公交路线表，他拿了一张地图看了两眼，发现有些不对劲，这张满是广告和旅行路线的本地地图印刷的质量很差，很多字迹都重影，上面标注了本地一家旅行社的名字和经营许可证号，他偷偷用手机在渭市的地税网站查了一下，发现根本查不到这家旅行社。

他又拿了一张公交路线表，发现册子最下方也印着这家旅行社的名字，他的心没来由地往下一沉。

"她走的时候有没有拿过这里的地图和路线表？"方泽手上拿着这两样东西问前台小妹。

女孩的眼神躲闪了一下，说不知道。她的神情一丝不落地被方泽看在眼里，他拿着册子坐进车里，又仔细看了一遍这些宣传册和地图。上面标注的旅游线路价位极其便宜，他知道有很多黑旅行社为了弄非法的一日游，会在一些快捷酒店和旅馆边发放类似的传单，现在应该是跟酒店合作，登堂入室了。

还没到二十四小时，他没法报警，又不想把事态扩大，让江宁觉得他们不专业。他给江宁外饰公司的负责人打了个电话，说下午有事处理，明天再去公司。挂上电话，他又迅速拨打了地图上留下的一个电话号码，既然怀疑程安安是被黑旅行社骗了，那最快找到她的方式就是报名参团。

一个本地口音的男人接了电话，听说他要参团，问明了位置，让他去路口的公交车站等一辆丰田考斯特，说二十分钟后会有车去接他。

方泽挂了电话，从租的车里出来，发现男人说的车站正是前台告诉程安安的车站。

十多分钟后，果然有辆面包车在车站停了下来，一个矮胖男人探出头来喊："参团的上车。"

方泽背着随身的包包，一下跳了上去，胖男人朝他伸出手："一人250。"

方泽看了眼车上像是来旅游的几个人，拿出钱包交了钱，车子开始朝西面驶去。他坐在靠近门边位置，掏出手机看实时定位，车子开了大半个小时，没到目的地就忽然在半道停了下来，矮胖男人把车上的人全都赶下来上厕所，厕所旁边，就是一家卖本地手工艺品的简陋小店。

没人愿意掏钱，矮胖男人骂骂咧咧，让他们重新上车。就这么走走停停下车购物，方泽每到一处都仔细观察，发现都是一些卖当地旅游物品的小店，并没发现什么异常，这才更让方泽担心。

回程路上，方泽试着跟胖男人套近乎，递了根烟过去，胖男人一眼就看出是好烟，拿过来叼在嘴里，脸色这才好看了些。

方泽开口说："兄弟，这些东西哪都能买，出来玩就是图个新鲜，你这儿有没有什么本地特色让我开开眼？"

他特意加重了"特色"两个字，都是男人，使个眼色，大家便心知肚明。

胖男人吸了口烟，喷出白雾："本地特色有是有，但我们旅行社没这个服务，如果你真想开眼，我可以给你介绍个好地方。"

看他笑得一脸猥琐，方泽从包里摸出两张票子塞给胖子，胖子爽快地给他写了个号码："就说是陈胖介绍的。"

方泽照着号码立刻拨了过去，对方听说是陈胖介绍过去的，爽快地跟他说了个地址，胖男人嘿嘿一笑："就在前面不远，送佛送到西，我送你过去。"

天色渐暗，车子开进一个老旧小区里，胖子指了指其中一栋："三楼，301。"

方泽掂了掂包里的东西，犹豫了几秒，慢慢走进了楼洞里。

面包车还没走，隔着玻璃，方泽看到胖子边看着他边打电话，方泽背对着车子走上老式的楼梯，在转角车子盲区，刚要摸出手机给郭春打电话，抬眼看到一个穿POLO衬衫的平头男人就从上面急急往下走，方泽顺手把手机放进口袋里。

平头男人看到方泽就迎了上去："你就是陈胖介绍过来的吧？我姓梁，你可以叫我梁老师，来来来，跟我上去。"

方泽点头，边应付来人，边单手插进口袋里给郭春盲发了条信息和定位，告诉他如果两个小时没接到他的电话就报警。他希望这个郭律师能及时看到信息，并不要把这条全是错别字的短信当玩笑信息。

信息刚发出去，方泽就迅速关了机，他怕一进去对方会收走他的手机看到里面的内容，他的手机需要密码指纹开锁，即便被偷被抢，开不了机就是块砖头。

男人拉着方泽进了一套三室两居，里面装修陈旧，家具残破。

姓梁的男人跟大家介绍说："这是新来的朋友，大家欢迎，来到这里的都是我们的'家人'，以后大家有钱一起赚。"

一屋子的男男女女热烈鼓掌，一位戴着眼镜、鼻子上贴了块创可贴的中年女人笑意盈盈地跟方泽说："自我介绍一下吧。"

方泽扫了一眼屋里的人和桌上摆放的《经营之路》《民间资本》之类的非法出版物，心里已经有了数，这八九不离十就是个传销窝点。他心里暗骂了一句把他推进来的死胖子，本想要去找程安安，没想到自己倒是进了陷阱。

既然来了，就只能兵来将挡水来土掩。毕竟是见过场面的人，方泽这点应变能力还是有的，他学着他们亢奋的样子，大声激动地自我介绍："大家好，我叫廖永生，之前没上过几年学，现在刚到渭市还没找到工作。我家里比较穷，我想找份赚钱多的活，但一直没找到，希望跟着大家能赚到大钱。"

眼镜女人听得眉开眼笑："你来对地方了，英雄不问出处，看你机灵又一表人才，跟着我们，保准你能赚到大钱。"

方泽做出激动的表情，跟着附和了几句，眼镜女人听得高兴，看他觉悟高，竟没收走他的手机，而是热情地带着他四处参观介绍。方泽看了眼自己的衣着打扮，好在他一般不喜欢穿太招摇的名牌，身上这些小众的潮牌不是行家看不出来，所以没人对他起疑。

不知是不是长得比较帅的缘故，眼镜女人对他尤为照顾，带着他去见了这里的几个负责人。这时方泽才发现，整个三层都被他们包下并打通了，每个房间里都是人，这里的每个人都跟打了鸡血一样情绪亢奋，即便住在连冲厕所都要靠偷走水表的地方，也依旧坚信自己很快就能赚得盆满钵满。

这些敞开的房间里的人不是在喊口号就是在学习那些非法刊物，这打通的细长过道里，只有倒数第三间的房门是关着的。

方泽装作好奇的样子，边走边虚心请教。走到关闭的房门前，他忽然快速伸手去推门，眼镜女人脸色一变，眼疾手快地挡在他前面："这门不能开。"

此时屋里一个女人的声音叫喊起来，不停地拍门说放她出去。方泽先是脸色一变，马上听出那是程安安的声音。他不动声色地看着眼前的女人，心里总算松了一口气，虽然还被关着，但至少人找到了。

眼镜女人咳了两声，跟他解释说："这是禁闭室，一些'家人'犯了错误或是思想没跟上，就要进去单独学习，在没纠正错误之前，不能跟其他人交流。"

方泽隔着门听着里面还不算虚弱的声音，放在腰间挎包上的手又放了下来，对方人太多不能硬拼，他现在只能等郭春报警。

打定主意，方泽故意用屋内程安安能听到的声音问眼镜女人："如果一直不进步，就这么一直关着吗？"

"对，关到她想通为止。"

屋里的程安安听到熟悉低沉的男人声音，身形一震，这个在办公室里让她感觉压力和紧张的声音，在这里却亲切至极。她沉默半秒，想着Rick怎么也在这里？难道他也是被骗来的？可听他们的对话，她感觉Rick像是自己找来的，难道是他发现她失踪了，所以找到了这里？

程安安犹如溺水的人抓到了救命草，她要尽快让Rick知道屋里的人就是她。她刚要大声向门外的Rick呼救，忽然门被大声地敲了三下，方泽的声音在门外响起来："一起赚钱是好事，希望你能早点想明白，晚上能出来跟大家一起学习。"

程安安一愣，捶门的手停在半空，这是暗语吗？他现在肯定也是被控制住了，他说的话，意思是让她少安毋躁？

看里面没了声音，眼镜女人满意地看了方泽一眼："要是每个人都像你这么有觉悟就好了，走，我们再去看看别的地方。"

方泽暗暗松了一口气，他冒险让程安安听出他的声音，也担心她要是心理承受力不行，忽然大声朝他呼叫，那他就只能硬拼了。没想到她的反应还算机敏，这倒是让他对她在危机时刻的镇定高看了一眼。

方泽听话地跟上女人，走之前又瞥了眼老旧的褐色木门，别的房间都是有些锈迹的"一"字形横把手，唯独这间关人的房间是新的圆球形把手，估计是被关在里面的人又踢又挠，把原来的锁踢坏了，新换了个圆形的上去。

房里的程安安在思考后迅速冷静下来，自从在高中被挟持之后，她便发现自己越是在紧急关头反而越冷静。她在考斯特车上发觉路线越开越偏僻之后，曾经想要报警，但车上有个男人在她上车后不久，就以打电话给家里说急事为由，借走了她的电话，等她要求对方还回来的时候，对方要起了无赖。她意识到事情的严重性，要求下车上厕所想要以此脱身，没想到车上两个姑娘也跟着一起下来，一步不离地跟着，她干脆朝相反方向跑，但脚上穿的细高跟太高，跑了一小段就被抓住了。

这些人把她拽到了这个地方，没收了她所有东西，非要让她加入传销组织，几个负责人轮流给她洗脑。程安安虽有急智，却是个死脑筋，无论是哪位"老师"来洗脑，她坚决不听不参加。推搡争执中，她还把一位戴眼镜的女负责人的鼻子给碰出血了，女人一气之下，把她关进了这间没有窗的小黑屋里，放言说要一直关着她。她在知道捶门叫喊毫无作用之后，正心急火燎地等待机会逃跑，就听到了Rick的声音。

程安安把Rick刚才的话又思忖了一遍，确定他是听到了她刚才呼救的声音，而他没有马上破门而入救她出去，说明他可能是只身前来的。

她与他无亲无故，他竟然为了她来冒险，程安安瞬间有些动容，这个男人给她留下的第一印象并不好，夜店里的多情浪子，职场上的苛刻上司，没想到竟会不顾安危前来救她，她有些理解不了中年男人的复杂。

虽然此时还被关着，但知道有Rick在，程安安便莫名地安下心来。她知道他不会坐以待毙，她把高跟鞋脱下来丢在旁边，现在她要养精蓄锐保存体力，等Rick过来救她的时候，她才能跟着一起逃出去而不是拖后腿。

外面的方泽也没闲着，他每走到一处，都记下位置和到门的距离，熟悉地形规划逃跑路线就是能否成功的重要一步。他不是个喜欢把鸡蛋都放在一个篮子里的人，把全部希望都寄托在郭春身上他还是不放心，他得有个备用计划，如果郭春没看到信息或是把那条全是错别字的信息当成开玩笑，那他就要自力更生，寻找机会逃出去。

参观完所有的房间，那些所谓的"家人"拿着从菜市场捡来的烂白菜帮子炒了几盘菜，眼镜女人招呼方泽吃午饭。方泽看了眼手臂上的户外手表，还有几分钟就到两个小时，他听话地坐下来，拿起饭碗，不动声色地看了眼球形把手的木门，低头夹起一块焦黑的白菜，继续听眼镜女人喋喋不休地洗脑。

"永生啊，虽然我们刚认识不久，但我觉得你是个能干大事的人，我们手上现在揽的都是国家项目，而且都是高铁和机场这些大项目。但我们现在手头上没这么多钱，所以需要集资，人多力量大，我们把集资的钱投到国家项目里，国家还能让我们赔钱吗？"

"不能。"方泽附和说。

女人很高兴："对！这是国家的重大支柱命脉，国家是不会让我们这些功臣赔钱的，你要想成为我们中的一员，你就要先交八万九千八。"

方泽故意露出为难神色，眼镜女人转头让人拿来一个印有"红头文件"四个大字的牛皮纸袋，然后从里面拿出盖了红章的各种文件递给方泽看。方泽瞥了眼手表，已经两个小时过了十分钟了还没动静，他沉住气，装作专心致志看文件的样子，等着警察破门而入。

然而直到桌上的白菜被吃光，女人唾沫横飞地讲到上线下线组织递增和个人收入的时候，门外依旧没有任何动静。

方泽的心一点点凉下来，看来郭春是靠不住了。而此时的郭春正在饭桌上跟江宁公司公关部美女在拼酒，完全没注意到包包里手机的信息。

吃完饭，方泽继续观察情况，几个"讲师"接着"授课"，几个身形高大的男人一直坐在门边的位置上。方泽不想冒险开机，只能跟着其他人一直喊口号折腾到了晚上十一点，这期间他注意到一直没人给小黑屋里的程安安送过饭。

屋里的一切事情都要统一步调，等到眼镜女人说可以休息了，所有人这才回到各自的房里。人多床少，只有几个负责人能睡在床上，剩下的人全都拿出自己的凉席往地上一铺，就这么盖上薄被躺在地上。

眼镜女人颇照顾方泽，跟他说今晚有个负责人出去了，让他睡在空出来的床上。

方泽道了谢，躺到房里一张最靠里面的硬板床上，把自己随身的包包枕在脑袋下面。屋里关了灯，他在黑暗中又看了眼时间，已经接近凌晨。

折腾了一天，周围很快响起呼噜声。

方泽睡的房间有个小窗，他听到外面淅淅沥沥地下起了小雨，不一会儿竟然越下越大，雨滴落在遮雨棚里，砸出噼里啪啦的响声。

这是老天帮忙，夏天的雨水来得快去得也快，他得赶紧行动。

摸着黑，方泽轻手轻脚地起床，避开地上躺尸一样横七竖八的被洗脑者，凭着白天的记忆，慢慢走到了伸手不见五指的过道里。

他一个个地摸着门把手走过去，直到摸到那只圆的，他才停下来，从随身的包里掏出一把钥匙形状的工具和一块小铁片，这是一套"万能钥匙"，极具讽刺意味的是，这套"万能钥匙"是他在一家专卖防盗用品的店里买的，除了需要液压钳才能开的锁，其他的锁它开起来毫不费力。

东西不分好坏，关键是看使用的人。方泽喜欢冒险，又经常不走寻常路，非常时刻，这个东西十分有用，所以他才一直备着。他伸钥匙进去扭动了几下，果不其然，半分钟不到，这个劣质锁芯就开了。

一直在里面等着的程安安听到门外有动静，心脏怦怦直跳，蹑手蹑脚地走到门边，靠在墙后屏住呼吸。门开的那一刻，估计是门轴很久没上油了，发出"吱"的一声，在这漆黑寂静的夜里尤为刺耳。

两人都吓了一跳，房里传出有人翻身的声音，程安安吓得差点叫出来。方泽闪进来，一把捂住她的嘴巴，他身上特有的那股混合着烟草和咖啡的味道漫过来，程安安终于确定对方就是Rick。她松了口气，方泽跟她鼻尖对着鼻尖。程安安看着眼前的Rick，只觉得激动又紧张，她下意识地用力抓住了他的手，方泽怔了一下，反手握起她的手，在门后观察着屋外的动静。

或许是雨声太大了，翻身的声音没了动静。黑暗中，两人一前一后手拉着手，慢慢向门口靠近。怕有人逃走，靠近大门的地方还睡了一位彪形大汉，雷声越来越密，方泽担心雷声太响会吵醒屋里的人，他往前走了几步，白天的时候他记得在房门角落里看到过一罐红色的干粉灭火器。闪电越发频密，打闪的瞬间，方泽找到了那罐灭火器，转身交到程安安手里。

"拿着，把上面的栓拔掉，我去开大门锁，如果旁边的人醒了，你就直接喷他。"

程安安点点头，在入职前，后勤部培训过如何使用这类灭火器，但现在要灭的是人，她心里多少是害怕的。但现在不是怕的时候，想要出去就要两个人同心协力，程安安有些哆嗦地接过来，背着身站在Rick后面，把红罐上的栓拔下来，把喷头先对准了躺在地铺上的壮汉的脸。

方泽争分夺秒地开锁，这个大门的防盗锁比里面的房间锁要难开些，但卖给他万能钥匙的老板说了："没有打不开的防盗门，市面上再厉害的防盗锁也只是延长万能钥匙的开门时间而已。"

老板没骗他，几分钟之后锁芯终于弹开了，方泽轻轻推开大门，看到了门外的自由，程安安激动又兴奋，立刻把手上的灭火器放到地上，转身跟着方泽走出去。没想到灭火器没放稳，晃了几下，"咣当"一声，倒在地上。

这个巨大的声响一下吵醒了好些人，睡在门口的男人看到敞开的门，骂了句粗话，立马爬起来，朝着屋里大声嚷嚷："人跑了，赶紧起来！"

屋里迅速响起叫骂声和翻身起床的声音，方泽沉着脸，拉着这个成事不足败事有余的程安安快速跑向楼梯口。在楼梯上下处程安安刚要往楼下跑，没想到方泽用力拉着她往相反方向的楼上跑去。

程安安刚要发问，被方泽一瞪眼憋了回去，为了不让楼层的声控灯亮起来，两人一路轻手轻脚地往上爬。不过十几秒的时间，他们就听到楼下一阵慌乱的脚步声从三楼冲了下去。两人在五楼的楼梯间停了下来，透过老旧的镂空砖，他们看到一群人在雨中兵分两路，一撮人上了考斯特，往大道上追去，估计以为他们逃去了车站，往车站方向追去了。另一撮人则在楼下附近的道路不停搜寻。程安安吓出一身冷汗，好在Rick反应快往楼上跑，如果往楼下跑，他们肯定已经被抓回去了。

还未脱离险情，她紧张地看了他一眼，往他身边挪了挪，僵硬的小手紧紧握着。感觉到她的害怕，他用力握了握她的手，像是在传递一种力量。不知道为何，此时的她站在他的旁边，竟然会生出一种似曾相识的熟悉感，像是在某年某月，他也曾跟她一起，并肩面对过危险和困难。

这已经不是第一次了，他的味道，他偶尔带给她的熟悉感，都让她无法理解，明明在鼎盛实习之前，她并不认识他。

透过楼下的光亮，方泽看到在楼下找他们的一群人已经陆陆续续回来了，估计是下雨的缘故，他们也不愿意在外面多待了。看到最后一个人进了楼道，几分钟后传来了防盗门的关门声，方泽朝她使了个眼色，程安安跟在他身后，轻手轻脚地下了楼梯。

经过三楼的时候，她的心几乎跳到了嗓子眼，生怕那道门又忽然打开。他们迅速走了下去，在一楼的楼洞里，几辆电动车停在门口，其中两辆上面搭着雨衣。

方泽犹豫了几秒，拿起其中一件让程安安穿上，然后自己拿了另外一件套上，盖住了头和身子，两人这才走了出去。

刚踩到外面浮着的一层积水路面上，程安安就倒抽了一口冷气，方泽听到声音转过身来，借着路灯，他才看清她竟然没穿鞋。

他语气有些急："你鞋子呢？"

程安安像是做错事的小孩，怯怯说："我怕高跟鞋有声音，没穿下来。"

方泽怔了一下，没想到她想得还挺细。静了几秒，腿一弯，把自己的鞋子从脚上退下来，放到她面前，说："穿上。"

程安安一怔，连忙推辞说："不用了。"

因为着急，方泽显得有些咄咄逼人："别耽误时间，我不是怜香惜玉，是怕你连累我跑不掉。"

她知道他说的是急话，要是怕被连累，他根本就不会只身过来救她。程安安闷头乖乖穿上了他那双长了小半截的鞋子，一股暖意传来，让她心中也跟着暖起来。

两人刚出了小区，就看到一辆考斯特从远处开过来，车子跟穿着雨衣的他们擦肩而过。程安安清楚地看到驾驶室里那位平头男人，她紧张地快走了几步，方泽伸手拉住她颤抖的手，两人并肩走在漆黑危险的雨夜里。

考斯特没有停下来，而是直直开进了小区里。方泽松了一口气，马上开了手机，报警举报了这个传销窝点，然后光脚踩在湿凉的地上，拉着程安安继续在大道上快步行走。

夜里的路灯下静悄悄，两人的身影拉得斜长。

走了大概十几分钟，几辆警车从他们身边飞驰而过，朝小区的方向开去。程安安转头看了一眼，小声问道："他们是去抓人的吧？"

方泽呼出一口气："应该是。"

程安安犹豫了一下，搓了搓脚上那双不合脚的鞋，停下来说："要不然……我们回去一趟？"

方泽停下脚步看她。

她脚上的两只鞋子相互搓在一起："我想拿回我的东西。"

他看她脚上的动作："拿鞋？"

程安安摇摇头："我的手提电脑被他们拿了，里面有江宁的资料以及尽职调查的注意重点。"

"警察收缴了赃物要核对，不是你去认领就能马上还给你。"他顿了顿，声音冷清："尽职调查是一个不断进行中的问题，并不是说你照着清单解决了某一项就算完成了对这一项的尽职调查工作。实际操作中，随着对公司情况的深入了解和越来越多的信息得到披露，对先前的问题可能会有新的发现，而且各方对同一个问题的理解也会不同。另一方面，每个企业的情况不同，尽职调查需要涉及的点也就不尽相同，要根据具体情况来看的，照本宣科在这里没有任何价值和意义。"

方泽一口气说完，用手点了点自己的脑袋，语气中带有淡淡的嘲讽："重要的东西要用脑子来记，记不住的，说明你没上心。"

程安安心里委屈，心说还不是你安排的时间太紧我才没能好好记下来？如果时间再宽裕些，我也不用自己坐飞机来这人生地不熟的地方，不用单独行动上当受骗，导致半夜还要走在雨中受他埋怨。

她心里的苦情戏已经演到了高潮，但脸上还是毕恭毕敬，一副乖乖听训的样子。好学生做久了，乖孩子的面具也练得炉火纯青。

他眼毒，瞥了她一眼，戏谑说："想说什么就说，别憋出内伤来。你电脑被人拿走，是不是因为你观察力不够，才会拿错地图上错了车？就算你初出社会没有经验，你可以跟有经验的人一起走啊，你之所以没跟我一起走，是不是因为你起晚迟到了没赶上飞机？所以归根结底，是不是你没上心？"

程安安哑口无言，她内心再不服，Rick毕竟是自己的上司，她再郁闷，也不会在面上表露出来。她故意走在他后面，暗暗在心里嘟囔："起晚还不是因为你给的时间紧，我要熬夜看资料？"

方泽像是有读心术，接话说："如果你觉得是我给的时间不够，没能让你好好看资料学习，那从明天开始，我会好好地教你。"

方泽特意加重了"教"这个字，程安安一脸无语，她还以为有了这段生死交情，他们的关系会从此融洽起来，现在看来，她真是想多了。

看她闷着头不说话了，他走了几步又开口说："我刚才报案的时候说了你被强制收缴的物品，警察搜查清点清楚了会联系我，到时候你拿身份证跟我去警局认领。"

程安安这才放下心来说："谢谢。"

方泽低哼一声，语气轻慢："不敢当，你少给我惹点事，我就谢天谢地了。"

程安安一脸尴尬，抬头看他依旧是一副傲骄的冷脸，她重新低下头看路，她知道他要求严苛，现在她跟着他，工作还没开始，就惹了这么大的麻烦，她咬着嘴唇懊恼不已，只希望能顺利熬过实习期。

两人又走了一段路，终于遇到了一辆出租车，方泽招手叫车，五大三粗的司机多看了程安安两眼，她敏感地往后一缩。一朝被蛇咬，十年怕草绳，她想让Rick跟她一起坐在后面，又不好意思开口。这想法刚冒出来，她自己都吓了一跳，从高中之后，她就再没有主动想要跟男性靠近的想法，而刚才她几次拉着他的手，她低头看了眼自己的手，好像……并没过敏。

难道，是因为危险的情况和紧张的情绪让她暂时克服了过敏这件事？

方泽瞥了面色凝重的她一眼，打开后座，让她先坐了上去，随后自己也跟着坐了进去，手臂无意中跟她的手臂轻碰了一下。程安安盯着他看了一瞬，又把目光转向自己的手臂，慢慢等着那股熟悉的皮肤瘙痒感，然而并没有。车子开始启动，她一切如常。

这个发现让程安安愣了很久，难道说经过今天的危险事件，她的异性过敏症已经以毒攻毒地被治好了？她双手紧紧绞在一起，想到自己背负了这么多年的压力，和以后终于能跟正常女孩一样恋爱结婚，她一时五味杂陈，手臂环抱着自己，脸上神色悲喜交加。

方泽的余光看到她的动作和脸上的表情，不知道是因为她小猫似的缩在一旁的样子实在楚楚可怜，还是觉得这个新手刚入行就遇到这种事着实倒霉，他有了刹那间的心软。

沉默几秒，他转过脸去看着她头发凌乱的样子，没有了刚才的咄咄逼人，语气难得地柔和说："别怕，没事了。"

他的声音是成熟男人特有的低沉而富有磁性的声音，在寂静的夜里听来，有种午夜抽烟时忽明忽暗的致命诱惑。

程安安愣了几秒，才反应过来他在安慰她。

一向对她冷脸的Rick竟然会安慰她？程安安的脑袋一片空白，只能条件反射似的"嗯"了一声。

方泽也没再多说话，车子行进，只看到路边黯淡的路灯和不停往后飞速倒退的黢黑树影。

车子到达下榻的酒店，车内灯亮起来的时候，程安安这才看到Rick脚底渗出来的丝丝血迹。她吓了一跳，紧张问道："要不要去医院看一下？"

方泽低头看了一眼，淡淡说："明天还要早起去公司，回到酒店用水洗洗，消毒一下就行了。"

程安安愣了一下："明天还要去公司？"

方泽瞥她一眼："明天为什么不去公司？客户没义务为你的意外买单，别人付了一天的钱，我们就要干一天的活。明天不只要去，还要把今天的工作量补回来。"

方泽开门下车，程安安愤愤跟在后面，悄悄用嘴型说了句："工作狂！"

方泽转过身来，面无表情地看她一眼："要不要我让你看看什么是真正的工作狂？”

程安安嘴角抽动几下，低眉顺眼，再不敢讲这个顺风耳的坏话。

进了酒店已经凌晨两点，经过假地图事件，程安安觉得这个酒店实在不安全。方泽当然知道这一点，但现在拖着行李去找别的酒店不现实，再说这里是郊区，即便在附近再找一家，估计跟这家也相差无几。

两人乘电梯到了五楼，方泽从包里拿出一个简易的门阻递给她：“锁好门后装在门下面。”

程安安看着手里这个钢塑结合的物件，疑惑地看着他，不知如何使用。方泽也懒得跟她费劲解释，直接让她把门打开，在她惊讶的目光中帮她装好，这才站起来说：“晚上自己锁好门。”

程安安看了眼多加的锁，心中害怕，问道：“丽姐和春哥呢？”

一说到郭春，方泽就来气，没好气道：“四楼。”

程安安看了眼外面又长又暗的楼道，又问：“他们为什么不住五楼？自己人聚在一起，多少安全些。”

方泽瞥她一眼：“你很害怕？”

程安安老实地点点头。

“五楼没房间了。他们只能住四楼。”方泽顿了顿，从包里翻出一条古铜色链子递给她：“你要真想干这行，以后可能会碰到比这更可怕的事，害怕是没用的，无论什么时候，都要想办法保护好自己。”

程安安深吸了一口气，接过来细看，发现链子上有只小哨子形状的坠子。

“我住对面，有事就吹它，别想太多，早点休息。”方泽说完转身出去，走向楼道斜对面的房间。

“谢谢。”她不是容易接受别人馈赠的人，只是现在非常时期，只要能保证人身安全，她也顾不得这么多了。

有了这个门阻和哨子，程安安终于能放心地好好洗了个澡。从浴室吹干头发出来，她赶紧去扒拉两个行李箱，没费多少事，就在井井有条的箱子里面找到了一个黄色的小闹钟，定好了三次闹铃时间，这才躺了下来。

刚闭上眼，没两分钟又睁开，犹豫了几秒，她叹了口气爬起来。到底Rick是因为把鞋让给她穿脚才受伤的，她心有不安，只能下床再去打开行李箱，从一堆肠胃药感冒药里找出一瓶消毒喷雾。她从小就是个特别心细的人，自己房间里的所有东西都收拾得井井有条清清爽爽，到哪儿都要把自己可能会用到的东西备上。因为在陌生的地方会让她感觉紧张，她对气味敏感，如果用的不是自己用惯的洗发水和沐浴露，那种气味会让她在意很久，所以要不是飞机限重，她能把半个家搬来。

程安安拿着喷雾去敲了Rick的门。刚从浴室出来的方泽围了条浴巾在腰间，听到声音，他条件反射地先看了看猫眼，发现门外是程安安，他皱了皱眉头，他不是廖永生，除了工作，私下里他并不想跟公司里的女下属有过多的接触。

犹豫了几秒，他隔着门问她："什么事？"

"我给你拿了瓶消炎药。"

"不需要，回去吧。"他的声音疏离淡漠。

程安安也没多说话，转身就走了回去。她的不纠缠倒是有些出乎他的意料，他眼睛离开猫眼，刚转身，忽然顿了一下，从猫眼上面扯下一个黑色的塑料粘贴盖，打开门朝她的背影喊道："等一下。"

已经走到自己房门口的程安安转过头来，看到光着上身，只围了条浴巾的Rick站在门口，顿时有些不知所措。

"过来。"方泽看了眼楼道两边，倚在门边朝她招手。

程安安愣在原地，眼前的Rick身形颀长，肩膀很宽，肌肉线条饱满流畅，她不由得紧张地咽了下口水，耳边响起出差前一天戚蕊跟她说的话：保护好自己，男人没一个好东西。

　　她浑身打了个激灵，他只身前去救她的那些好感，顷刻间消失殆尽。她其实一早就应该料到的，她第一次就是在酒吧见到了他拈花惹草的本性，如今他终于原形毕露了。

　　方泽光着身子，语气有些不耐烦："过来啊！"

　　程安安虽然想要这份工作，但还不至于到需要出卖自己的地步。她攥紧拳头瞪着眼前救过她的男人，愤怒加上害怕，她忽然转身，快步跑向自己的房间。

　　方泽愣了一下，关了门顺手拿上手机，抬腿追了出去。在她即将打开房门那一刻，一把抓住她的手，拉着她一起进了她的房间。

　　程安安尖叫一声，感觉他往她手上塞了个硬塑料似的东西。她刚要开灯，被他拦住，借着窗外街边的霓虹灯和月光，他居高临下地盯着她："叫你没听见？"

　　程安安手里拿着带黏性的塑料片，目瞪口呆地看着光着膀子近在咫尺的Rick。这是她长这么大，第一次这么近距离地看到男人光着的身材和肌肉，他因为跑着过来，气息还有些不均，她条件反射地往后退了一大步，瞪着他："你……你要干什么？我不是随便的人！"

　　方泽毫不客气地横她一眼："我虽然不是什么好人，但也不是随便什么人都可以，你这样的，我没兴趣。"

　　程安安表情尴尬，呆了几秒，不甘示弱地责问道："你来干吗？"

　　"管闲事。"方泽郁闷地自嘲，转身去把窗帘拉上，房子里顿时漆黑一片。

程安安紧紧贴着门，准备随时跑掉："你别乱来啊！"

方泽不答，打开自己手机上的录像功能，在屋内慢慢走了一圈，屏幕上没看到什么发光的小红点，他这才走过去把大灯打开，屋内一下亮起来。

程安安有些不适应地用手挡住光线，方泽又看了看灯罩、烟雾感应器、插座、电视架等面对床铺的安插摄像头的重点位置。程安安总算看明白了他的举动，偷拍摄像头的玻璃镜头会反光，带夜视功能的在一片漆黑里会发出小红光，他关灯是为了帮她排查那些藏在暗处的偷窥摄像头。

她窘迫地看着还在忙着的Rick，不知要说些什么来化解刚才的误解。

检查了一遍，没发现什么异常，方泽这才转过头跟她说："把刚才我给你的硬塑料贴在猫眼上防猫眼克星。"

程安安一脸茫然："猫眼克星？"

"猫眼克星俗称猫眼反窥镜，是一种专门针对猫眼设计的窥视工具，它可以通过猫眼从门外窥视室内情况。"

程安安浑身一颤，今天的事加上此时的害怕，她没忍住怒气，朝他嚷道："明知道这里不安全，我们为什么还要住在这样的酒店里？"

方泽抬头看了她一眼："我还以为你只会憋气，原来你也会发出来啊。"

程安安不知要如何接话，这个男人总是有办法让她无法保持乖巧可爱的形象。

方泽从她手里拿过挡猫眼的塑料片，自顾自地在她门后的猫眼上安装好，这才继续说："很简单，节约成本。现如今我们只是尽职调查和辅导而已，企业上市还远在天边。如果企业最终没能上市，那么我们出差的成本就血本无归。对于企业来说，提前投资都代表着风险，我们现在住的地方，对他们来说已经算是高端酒店。"

他说完又扫了眼她带的那两大箱东西："尽职调查和辅导阶段对投行

人员来说是体力活。大多数的生产企业都在市郊，住的地方你也看到了，出行不方便，高档礼服和高跟鞋这种东西以后就不要再带出来了，我们出来是干活不是走红毯。"

他瞥了眼桌上的空气清新剂和洗浴用品，皱了皱眉头："出来尽职调查就要一切从简，把重心放在工作上，别做些多余的事。"

程安安咬着嘴唇："我是想让客户看到我们的专业。"

方泽从鼻腔里低哼一声，戏谑道："你穿专业套装被骗走，可真是给专业长脸。"

看她蔫了下去，他转身开门，刚迈出去就打了两个大喷嚏。

程安安犹豫了几秒，张口弱弱问道："我有感冒药，要不要吃？"

方泽知道自己今晚要是不吃药，明天的工作肯定受影响，他没了刚才的神气，闷声点了点头。

程安安赶紧给他拿了感冒药，又把消毒喷雾递过去："这个要吗？"

方泽看了眼自己还隐隐发疼的脚板，来都来了，他又点点头。

程安安把东西递给他，语气轻快起来："我带的东西也不是没有用的吧？"

方泽顿了顿，心中暗笑，没想到她的报复心还挺强。

关上门，程安安一扫刚才的郁闷，一下蹦到床上，抓着那枚哨子，忍不住得意地笑了起来。

方泽回到房间，穿上衣服，吃了药躺在床上，迷迷糊糊睡了过去。梦中他看到了穿着白色裙子的何雪在黑漆漆的山谷里，慢慢地往冰冷的深潭走去。他着急地呼喊，她像是没听见一样，依旧一步步往前走去。他奋力追上去，好不容易抓到她的手，眼前的何雪竟然变成了丹凤眼的程安安。

方泽被吓醒，揉了揉隐隐发胀的太阳穴，心想最近是不是太累了，竟然做出了这么不靠谱的梦来。他打开灯，拿起床头的烟盒，抽出一根慢慢点上。

自从何雪走后，他的睡眠一直很差，时常要依靠药物才能入睡。他躺在床上，一手枕在脑后半眯着眼，一手拿烟搁在床边，边想着今晚的怪梦，边迷迷糊糊地打着盹，直到手边传来一阵刺痛。

"靠！"方泽瞬间翻身坐了起来，把手边的烟屁股丢进烟灰缸里。从在夜店里第一次看到程安安打着麻花辫穿着白色连衣裙的样子，她的形象便淡淡地悬在他脑中挥之不去。他对她并没有特别的想法，更不是什么"心心念念"，她更像是要在他不经意的时候，忽然跳出来提醒他些什么。

他没忘记，也不敢忘记。

Chapter 18　菜鸟上路（一）

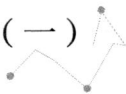

　　第二天方泽刚到酒店大堂，就看到程安安早早等在那里。他眼皮一跳，她今天没穿套装短裙和高跟鞋，扎了个干净的马尾，修长的眼眸光芒流动，一身休闲服和运动鞋衬得身材高挑纤细。到底是年轻，只睡了四个小时，第二天却连黑眼圈都看不见。

　　看到穿一身灰白相间的休闲服走出来的Rick，程安安也愣了一瞬。眼前的男人短碎的黑发加上年轻的穿着，俨然一名街头时尚潮人，跟她想象中的精英上司的形象差距甚远。但不得不说，这身打扮的确让他看起来帅气耀眼，让人无法想象他昨天光脚走路和只穿浴巾追出来的狼狈样子。

　　没有了手机联系，她只能先早早地等在这里。今天是她正式跟Rick尽职调查的第一天，她提着一个背包迎了上去，语气恭谨："Rick，早上好。"

　　她说话时两排细密整齐的牙齿像是海贝般光亮洁白，方泽看了她一眼，点点头，算是打了招呼。

　　程安安乖乖地跟在方泽后面，走到他租的黑色福克斯旁。程安安把前面的副驾驶位留给前辈，识趣地坐到后座，等着会计和律师下来。

　　"我不是你的司机，坐到前面来。"

　　程安安一愣，发现Rick正对着后视镜里的她在说话。她赶紧下车坐到副驾驶位上，边扣安全带边说："春哥和丽姐不来吗？"

　　"他们坐江宁的专车，从明天开始，你可以跟他们一起坐专车。"

老实说，Rick虽然不算好相处，但跟几乎不拿正眼看她的张会计和说话含沙射影、笑得不明所以的郭律师相比，程安安觉得还是跟着眼前这个毒舌男好一些，毕竟他是自己的师父，跟他在一起，再不济，也能学到些毒嘴功夫。

"我不想坐专车，想坐你的车。"

方泽从后视镜看了她一眼，没说话。一脚油门，车子飞驰在市郊的沥青路上。

"一会儿我们是先看公司结构还是公司简介？"好学生程安安拿出一个小本子，认认真真地问道。

方泽的声音不咸不淡说道："先吃早饭。"

车子停在一个街市的小铺前，熄了火，方泽边开门边说："这家的青团不错。"

程安安其实在包里放了一盒夹心饼干，但看着眼前一个个刚出锅、香喷喷、胖乎乎的青艾团子，忍不住咽了下口水。

"老板，来四个艾团子，两碗豆浆。"

那头胖胖的老板娘边给别的客户找钱边应了一声。

两人刚坐下来，方泽的电话就响了起来，他看了眼号码，漫不经心地接起来，语气是在酒吧里才会有的懒散轻慢："怎么这个时候打给我，是刚醒还是刚睡？"

程安安像是看着街上的行人，耳朵却无比认真地竖着听。

"想你了，昨晚怎么没来找我？"女人的声音嗲嗲地从手机里传出来，连程安安听着都麻酥酥的。

方泽瞥了一眼对面的程安安，说："昨晚去别的地方喝了。"

"你不会又泡上别的姑娘了吧？"手机里满满的醋味。

方泽低低笑了一声："你知道的，我从不泡姑娘，都是姑娘泡我。"

"那你可别理她们，不然我伤心死了。"

"我这人脾气不好，你要是伤心了，我是会狠狠批评我自己的。"

程安安眼珠子差点掉出来，眼前说着软绵绵情话的男人，跟昨晚骂她没带脑子不上心的男人真是同一个人？

电话里又缠了一阵，好不容易挂了电话，方泽刚要吃东西，另一个电话又进来，还是女人，但声音明显不是刚才那位。

"亲爱的，今晚有空吗？"

方泽拿出烟盒，往嘴里放了根烟，含糊不清道："没有。"

"你在哪？"

"出差。"

"是不是忙得想不起我了？"

方泽点上烟，想都不想，张口就来："我以为我忙起来就能不想你，但我发现，我一直在忙着想你。"

程安安再次石化，电话那头感动得要融化。

又缠绵了几分钟，对方终于恋恋不舍地挂了电话，程安安看着眼前五官俊朗、身材高大的男人，佩服得五体投地。

在灶前忙碌的老板娘终于端着刚出锅的团子过来，放下后看看程安安又看看方泽，欲言又止，又转身回去端豆浆。

方泽拿起团子一口咬下去，香甜的黑芝麻混合着艾草和糯米的清香，让他嘴里满满实实，棱角分明的唇边沾了一抹黑亮的芝麻。此时他没有了平时的苛刻样子，嘴里塞满东西的样子让他多了份质朴憨实。程安安没想到高冷的金领竟然也会吃这些街边小食，她被他脸上意犹未尽的美味表情感染到，也用力咬了一口眼前热乎的青团。

好吃！

软糯香甜的口感让她惊喜不已，又连吃了两口，老板娘端着两碗豆浆过来，这次忍不住问道："小伙子，你以前是不是来吃过青团？"

方泽没想到老人家竟然还记得，笑笑说："老板娘您记忆力不错，每天来来往往这么多客人，竟然还记得我。"

老板娘看真猜对了，笑得开心："我当然记得，那天下大雨，你们夫妇撑一把伞早早就来了，你全身湿透了，她头发都没潮，我还让我老头拿干净衣服给你换了一下。"

方泽笑起来："对，那天多亏了大叔帮忙我才没感冒。"

老板娘是个爱说话的人，聊起话来就收不住，跟方泽说完又笑着转头看向程安安："你真是越长越水灵了，那天你还问我这附近有没有送子观音庙，这么大的雨，你们去成了吗？"

"啊？"程安安愣住。

方泽怔了一下，当时他去结账，没想到何雪还问了这事，她估计怕他有压力没有跟他说，只是说想去附近的庙里逛逛。

"老板娘，你认错人了。"程安安尴尬地笑笑。

老板娘愣住了，那边的老板在灶台前叫她，她又仔细看了看程安安，这才不好意思地笑笑："哎呀我真是老糊涂了，你们吃，我去忙了。"

老板娘走回去的时候，还特意看了看方泽。

气氛有些尴尬，方泽不说话，程安安也不敢说话，只是八卦地暗自思忖：他结婚？因为风流成性要不了孩子，所以要求神拜佛？正心中唏嘘，忽然觉得不对，这老板娘是把自己认成了他老婆？

难道自己跟他老婆长得很像？程安安浑身打了个激灵，看了眼吃饱喝足、走到前面去付账的方泽。他颀长高大的背影立在来来往往的人流里，她看得有些出神。一个跟她长得相似的女人，他的妻子，到底会是怎样的一个女人呢？

等他转过身来，她看到他惯有的傲娇高冷模样，这才匆匆低下头继续吃东西，他的事她管不着，她只希望他能不公报私仇，公平公正地看待她的实习，其他的，与她无关。

上了车，方泽忽然转头问程安安："你是容城人？"

程安安还在想着那些笔记，抬头"嗯"了一声。

方泽若有所思地点点头："我八年前去过容城。"

程安安一怔，说："八年前我刚上高二。"

方泽脑中下意识地就闪过那个穿着校服、倔强单薄的高中女生背影，也不知道那个女孩现在怎么样了。

两人都陷入沉默，路边出现了江宁汽配公司的标志，车子径直开了进去。

还没到上班时间，车间里上夜班的工人正在收拾东西准备下班，方泽没有把车停在综合办公楼前面的停车位上，而是把车直接开到了靠近车间的停车场里。

程安安第一次来，只能紧紧跟着方泽，一起进了嘈杂的车间里。

虽只是早上七八点，铁棚搭建的车间里已经闷热难耐，刚踏进去，身上就铺了一层薄汗，加上里面的机器轰鸣嘈杂，不一会儿已经让人耳膜生疼。

程安安知道尽职调查第一步是要了解公司的成立背景，股权结构变化以及公司的生产能力、盈利能力和产品结构的主要变化情况。但网上说这都是公司提供给他们的资料，没有说还要自己下车间检查。

机械切割钢材的巨大的刺耳声让程安安坐立不安，太阳穴隐隐发胀，她看了眼丝毫没被噪音影响到的方泽，只能忍住难受，继续跟着。

方泽在几个大车间里走了一圈，除了那些机械设备，还看了车间里的原材料种类及其他辅料，大半个小时后，她才跟着他从车间里走了出来。

耳鸣还未消，方泽便转头问她说："看出什么了吗？"

程安安也是个细心人，把刚才方泽停下脚步看过的机械和钢材型号，全都一一记在了本子上。现在他这么一问，便把本子拿了出来，说："他们使用的原材料基本上是不锈钢304，小部分是201，还有6063铝……"

方泽打断她的话："知道304和201的区别吗？"

程安安想了想，说："304不锈钢和201不锈钢用肉眼几乎无法分辨出来，但实际成分不同，304质量好一些，但价格贵；201差一些，相对便宜。304为进口不锈钢板，201为国产不锈钢板。"

方泽点点头，程安安松了一口气，好在来之前她查看了小马哥给的资料，里面提过这个企业大量使用的不锈钢型号，没想到还真用上了。

方泽边走边说他看到的情况，程安安只能边走边听边记。

"我们从车间里可以看到这家公司主要原材料主要供应的情况，那我们接下来就要重点去看公司有无与有关供应商签订长期供货合同、各供应商所提供的原材料在公司总采购中所占的比例、公司的进口原材料比重、公司对主要能源的消耗情况。"

看程安安要记下他说的话，方泽看了她一眼："笔记都是死的，要学会活用你的脑子，调动你的一切感官，去看，去思考，去衡量。"

程安安习惯了用笔记本记东西，为了跟上方泽的部分，她只能训练自己用脑子记忆的能力。

她理清思路，收起本子，继续问道："我们的第一步是不是要先查阅公司资料，了解公司的历史前沿？"

方泽看了她一眼："在现场的时间有限，完全按照尽职调查的模板来，不切实际也会降低效率。即便我们通用模板提前发给企业让他们准备资料，到了现场你也会发现对方提供的资料不尽人意，和我们想要的去之甚远。想要提高效率，在尽职调查之前就要了解这家企业的情况，学会根据项目对尽职调查资料清单进行侧重调查。"

程安安把这些经验之谈都记在脑子里，不可否认，眼前的男人虽然喜欢不走寻常路，但越是接触，她越是被他的专业所折服。虽然前路辛苦，但只要能学到东西，她不介意吃点苦。

Rick带着她进了综合楼，他跟企业的高管介绍她时，特意加重了"他的徒弟"几个字，不知为什么，她竟然还挺受用。

时间尚早，办公室里人不算多，方泽跟江宁高层的二把手走到吸烟区。方泽拿出烟给对方递了一根，两人点上烟。吞云吐雾间，方泽直截了当地问道："王总，从现在开始，咱们是要进入漫漫长路了，项目组的人员从今天开始正式尽职调查，接下来的几个月甚至更长的时间里，我们会朝夕相处，为江宁出谋划策和改正错误，也希望公司认真面对。"

王总吐出一口烟雾，点头说："那是那是。"

方泽弹了弹手上的烟灰："任何一个公司走到现在都不容易，谁都有个不知深浅的时期，如果在以前做错了什么，勇于承认，有问题大家一起想办法解决，千万不要避而不谈，等到最后露出马脚，只会前功尽弃，功亏一篑，伤已伤人。"

对方不说话，方泽把烟头摁进烟灰缸里，接着说："如果想要在最短的时间里达到最好的效果，相处的过程就需要我们坦诚相见，不要隐瞒任何的过去和缺点。同时发现问题之后，要积极改正，清理不规范行为，争取让公司做到大方得体，上得了台面，而且要表现出极大的成长性潜力才能让项目顺利地进行下去。另外，在相处的这个过程中，我们难免会有意见上的分歧与争吵，但毕竟现在大家都是踏在同一条船上，凡事应该建立在双赢的基础上，你说是吧？"

对方把烟屁股丢进烟灰缸，喷出最后一口白烟："行，知道了，听说你是鼎盛最厉害的保代，希望你能带着我们成功上市，互利共赢。"

方泽笑笑："过奖了，只要能相互信任，没有过不去的坎。"

江宁专门配合上市项目的员工在他们IPO办公室隔壁，每天按要求过来送资料就走了，上市项目公司的员工只是负责配合并提供资料，主要的工作，还是要投行部门来担当。

郭春和张丽跟着专车姗姗来迟，程安安乖巧地跟大家打了招呼，郭春似笑非笑地看了她一眼，走过去颇有深意地拍了拍方泽的肩膀："早啊。"

方泽懒得理他，昨晚的事过去了他也不想再提，他拿起桌上的一瓶矿泉水，拧开喝了几口。

三人昨天已经有了固定的位置，张丽节奏快，不喜欢被打扰，走到离大家最远的位置上。郭春则选了个可以躺的皮椅，今天才来的程安安环顾了一圈，挑了个离Rick几米远的位置坐下来。

方泽看她一眼："你先把江宁公司提供的资料整理出来敲进电脑。"

程安安应了一声，把一沓资料放到自己桌前，开始工作。

资料录入电脑这件事情虽说简单，但是也有很多拿不准的地方。她一会儿一跑过去跟Rick确定内容，这么来来回回地跑了四五趟之后，为了节省时间，她终于暗搓搓地把自己的位置移到了Rick身边。

企业的资料不停地送来，Rick正在查看江宁供应商的情况。一个IPO能否过审的重点指标好有几个，首先就是企业规模和业绩情况，上市前三年要连续盈利。如果净利润在3000万以上且最近三年主营业务收入增长率在年均30%以上，可以上创业板。如果净利润在5000万以上，可以上中小板。这些数不是硬性指标，但有很强的参考意义。

其次要看行业是不是限制性行业，行业的毛利水平，企业在行业中是否占有龙头地位或者有一定的竞争优势，行业是不是有成长性。

再次看企业的历史沿革，出资、股权之类的是不是清晰；民营企业是不是涉及集体企业改制问题；实际控制人最近三年是否发生过变更。

然后看经营，是否依赖大客户或者单一市场，抗风险能力如何，是否依赖关联交易，有没有同业竞争，如企业能有点技术含量最好，专利、商标、土地、房屋权属是不是清楚，上市募来钱准备投什么项目……

再就是合法性，公司最近三年是否受过重大处罚，包括税收、环保、土地、社保、海关等等各个方面。

从江宁公司提供的内部资料上显示，江宁公司通过与几家知名汽车集团合作，建立密切的独家供应业务合作，延伸了公司的产品线，为近年来经营业绩的提升提供了有力的支撑。但这种业绩的提升绝大多数依附在车企的车型销量上，如果车辆销售情况下降，必将影响到江宁的业务量。这就说明，江宁汽配的客户集中，相对风险较高，如果客户出现问题，它也会受到严重影响，而且这个风险在未来很长一段时间内都会存在。

能够实现营业额健康稳定地增长是项目审核通过的一个重要标准，如果江宁想要加大成功比例，势必要在其他盈利投资方面加大力度。

方泽微微皱起眉头，刚拿起一根烟要放进嘴里，程安安又凑了过来，拿着一张文件问他要不要录入。

他有些不耐烦地抬起头，这样的问题她完全可以自己考量后去解决。他把烟拿在手上站起来，语气淡漠："你自己看。"

程安安怔了一下，她就是不知道怎么看才问的他。看Rick不理她，自顾自地拿着烟走了出去，她无助又委屈，只能咬牙继续埋头苦干。

半小时后，一身烟味的Rick回到位置上，他并没有要看她做得如何的意思，而是拿起手机，跟大家丢下一句话："我出去转转。"

方泽刚走，江宁公司的资料又送了一沓进来，程安安身边已经放了好几堆资料，她埋在里面，焦头烂额。

中午大家都在江宁公司的食堂用餐，张丽基本到哪都捧着书，全神贯注到让人不敢浪费她一秒钟的时间。郭春跟Rick则边走边交谈意见，男人腿长，程安安只能一路加快脚步来跟上他们的步伐。

吃饭时张丽拿着自带的饭盒打了饭就走，剩下的三人坐在一桌。两个男人吃饭快，程安安喜欢细嚼慢咽。两人吃完不好意思先走，为了不让他们久等，程安安只能吃了个半饱，便急急把餐盘送了过去。

吃不饱的后果就是还没下班就已经饥肠辘辘，偏偏Rick做事一向不按常规，别人看现成的资料，他却喜欢自己出去找，过了下班的点也没回来，郭春和张丽已经跟着专车先走了，程安安忍着胃壁的撕磨等Rick回来，直到快饿过点了，他才一脸疲惫地回到办公室。

他连喝了两大杯水，像是渴极了，然后拍了拍头上身上的浮尘，坐下来倚在椅子里休息。

老大不动，程安安也不敢动。方泽在椅子上闭着眼倚了一会儿，再睁开眼时，跟还在一堆资料里的程安安说："把你整理的资料发过来。"

程安安一怔，看着面前的一堆资料，说："我还没整理完。"

方泽皱起眉头："这么长时间，你都干什么了？"

程安安心里委屈，他走后江宁公司的员工又送来了一沓，她连一分钟都没休息过，他一个大男人看着都一脸疲态，何况她一个女孩子？

"除了干活还能干吗？"她又饿又委屈，即便语气还是保持着礼貌，话语间他还是听出了她的情绪。

在夜场，方泽或许会怜香惜玉，但在职场，无论男女，他一视同仁，从来不惯下属毛病。现在程安安做不出东西脾气还不小，他的声音也冷下来："在投行，女人就是男劳力，男人就是牲口力。如果你觉得自己是女人，所有人都应该照顾你，那你来错地方了。你要觉得这个活超出你的能力范围，那我今晚就跟公司说，明天会有另一位能胜任的员工过来接替你。"

程安安要辩解，他疲惫地摆摆手，不由分说："限你半小时之内把东西整理出来交给我，出不来今晚你就订返程票。"

程安安心里又气又急，看着还有将近三分之一的资料，咬着牙争取时间："一个小时可以吗？"

方泽看了眼手表，面无表情："你现在还剩二十九分十五秒。"

神经病啊！

程安安虽然在心里咒骂，面上却是一副乖乖听话的怂样，迅速埋进那堆资料里，不敢有丝毫懈怠。她好不容易争取到这个机会，不能就这么被淘汰了。

他们组员拉了个工作群，群里有郭春和张丽刚整理出来的文件。时间紧，她点开想要直接借用一些重点数据，毕竟会计、律师和她看的都是同样的资料。

方泽像是看出了她的想法，冷冷地说："律师和会计跟我们尽职调查的内容虽然有重叠，但各自侧重点不同。而且律师归司法部管，会计师归财政部管，我们是证监会监督，如果在证监会层面出了问题，我们需要承担全部法律及财务问题所导致的后果。所以，最好是各干各的活，别妄想走捷径。不仅如此，我还要告诉你，律师和会计师做的尽职调查内容，我们全部都要做，除此之外，还要对公司所处的行业、公司核心技术及募集资金投向进行分析。"

程安安忍着搜肠刮肚的饥饿感，可怜巴巴地问道："即便侧重点不同，那重叠的部分数据，我们不可以借鉴吗？"

"2012年之前，我们的确是可以不用重复工作，合理利用律师、会计师的工作成果的。但2012年财务大检查之后，监管层强调'独立'核查后，我们需要将律师、会计师执行的尽职调查程序全部重新执行一次。我们的工作最重要的就是实事求是，工作虽然繁重，却能避免因为偷懒而引用了虚假陈述要承担的责任。"

Rick既然已经把话放出来了，繁重重复的工作是逃不掉了，虽然时间紧迫，她也只能乖乖地自力更生了。

她在忙得飞起的时候，Rick拿着烟又出去晃了。程安安紧赶慢赶，在最后一刻忐忑地把整理好的资料发了过去，以为他不会准时回来，没想到刚发送成功，他便推门进来。

"发过来了？"

程安安点点头，从他让她自己查开始，她就没再去问过他，也不知道自己这份资料能不能过关。

果不其然，方泽看了没有几分钟，便拿起旁边的空烟盒看了一眼，语气有些急躁："你这整理的是什么？"

程安安摸了摸干瘪的肚子："资料啊。"

"重点呢？"

"重点？"她有些发蒙，她整理出来的不都是重点吗？她局促不安地看着冷下脸的Rick，赶紧问道："哪里才是重点？"

方泽瞥她一眼，语气稍带了些刻薄："你问我重点？要不要我把重点在文件上给你画上红线？"

程安安倍感委屈，昨晚才刚虎口脱险，没睡几个小时就忍饥挨饿地干了一整天，他作为上司一天不知道跑哪去，一回来就跟她过不去，她越想越气，瞬间红了眼眶。

他看她低头不说话，即使话语还是冷冰冰，但声音还是降了下来，没脾气地教她："客户的需求是什么，他们想看的想达到的目的又是什么？人的表达都是带着诉求的，这些信息，会从他们的谈话动作甚至眼神中体现出来，这些就是我们的重点。不要一天到晚只知道埋头看资料写八股做无用功，我们是人，不是机器，你做事要用点脑子。"

好学生程安安咬了咬牙，用力憋回快要夺眶而出的泪水。从小到大，她的勤奋认真换来的只有称赞，这是她第一次听到别人这么直接又毫不留情地打击她的勤奋。

看出了她的情绪，他皱了皱眉，语气中带了淡淡的嘲讽说："怎么？说几句就委屈了，在我手下干，这是家常便饭，你可要想清楚了。"

程安安不说话，心里何止是委屈，明明同样是IBD部门的实习生，戚蕊每天工作轻松，连加班都是为了装个样子。而她从鼎盛跟着Rick开始，每天忙得跟陀螺似的，别说找机会偷懒，就连喝口水都要刷一遍邮箱，生怕错过了任何一封重要的工作邮件而延误工作。

她知道Rick要求严格，所以每天都绷着神经，勤勤恳恳尽心尽力，以求他能公平公正地评价她的工作。可他除了一张高冷的臭脸，就是话里话外地说她没脑子。虽然她是个新人，但也是有尊严的人，即便他是上司，也没有权力这么对她说话。

她低着头，气愤和委屈让她的肩膀轻微颤抖。他最看不了下属动不动就哭，冷着脸说："如果你在职场解决问题的办法只有'哭'的话，你还是早点离开投行吧，放过自己，也放过别人。"

这话如火上加油，把程安安内心的火气"噌"一下给撩拨起来。她从没遇到这么不近人情的人，她从小在老妈的强压下长大，按理说她已经习惯逆来顺受，在什么情况下都能保持自己乖巧听话的形象。但这个叫Rick的男人，从第一次遇见他开始，他便总是有办法一而再，再而三地刺激她的神经，让她的情绪一次次濒临爆发。此时在经历了惊吓、疲惫和饥饿后，她实在是忍无可忍了，即使人设崩塌，她也要让他知道，她不是好欺负的。

程安安捏着拳头，眼睛瞪着眼前的男人，心一横，豁了出去："我为什么要离开？你知道我为了这个实习机会付出了什么放弃了多少吗？我自问没偷过一天的懒，工作不敢说做得多好，但作为一个新人，我尽了全力问心无愧。你让我放过别人，我看不放过我的人是你，因为我朝你泼过酒，所以你一直耿耿于怀对吗？如果你这么介意，大不了你泼回我啊，想用打击来让我放弃，做梦！我告诉你，不到最后一刻，我决不放弃，即便最后没拿到聘任书，我也要烦够你三个月！"

程安安气吞山河地说完最后一个字，才发现眼前的男人并没有被气得跳脚暴怒，反而饶有兴致地看着她。

方泽没想到平日那个安静斯文、乖巧听话的白莲花还有这么火爆的一面。他看她气得脸红腮帮子鼓，没有了往日里的淑女样，倒有几分真性情的女汉子形象。他有些好笑，不得不说，她这样活力四射的样子，反倒让他对她多了份期待。以后即便碰上更棘手的问题，以她这种死磕的脾气和精神，应该还是能干出点事来的。

方泽拧开瓶子喝了几口，不咸不淡地瞥了她一眼，说道："想烦够我三个月？志向挺好。不过我丑话说在前面，如果从明天开始，你还学不会查看公司工商注册、财务报告、业务文件、法律合同等各项资料来发现问题；还不会通过网络、行业杂志、业内人士等信息渠道了解江宁公司及其所处行业的情况；也没想过跟江宁内部各层级、各职能人员，以及中介机构沟通了解；更不知道自己去查看厂房、设备、产品和存货等实物资产和跟我们组的会计和律师请教问题，那别说三个月，三天我就让你滚蛋。"

程安安愣了一下，这男人是把方法都告诉她了吗？她疑惑地看着他，这个男人虽然说话不好听，但一席话的确让她茅塞顿开。她从打击中清醒过来，忍着委屈继续听下去。吃一堑长一智，她咬紧牙关，把他刚才说的都记到了脑子里。然后调整好情绪，重新又坐了下来，从哪里跌倒就从哪里爬起来，她程安安豁出去了，要加班重新整理资料，学以致用，只有这样，才不白挨这顿骂。

她的反应他还算满意，他放下杯子，缓和了语气，跟她说："一会儿再拿着资料回去加班，先跟我去趟警局拿东西。"

程安安没想到这边警察局的效率还挺快，没有手机的确很不方便，她只能拿起一沓资料放进包里，急急地跟着他直奔到了警局。

东西都领回来后，程安安拿着自己的手机重新开机。她的手机开机需要密码，关机的人把她手机关机后再没能打开。现在她重新开机，一下子就进来了十几条短信，除了一条是Rick的，一条是老妈的，剩下的几乎全是马靳凯发来的。

程安安赶紧回了他一条信息，她还没点开，马靳凯的电话就打过来了。

"你怎么了，没事吧？"马靳凯的语气中毫不掩饰自己的紧张和担心。

程安安刚坐进车里，转头看了发动汽车的Rick一眼说："没事。"

马靳凯听到汽车广播的声音，问她说："你现在跟Rick在一起？"

她应了一声，他在电话那头犹豫了几秒，说："行，你没事我就放心了，一会儿我再打给你。"

方泽听出了电话里的声音，看了她一眼，没说话。

回到住的地方，方泽让她自己上去，他要出去买包烟。程安安刚下车，马靳凯的电话就打了过来。

方泽买完烟，经过一家饭店门口，闻到饭菜香，这才想起他和程安安都没吃晚饭。他拿出电话给程安安打过去，没想到一直占线。他饥肠辘辘，自己进去吃了晚饭，临走前又给她打过去想问问要不要给她打包回去，没想到电话还在占线。他摇摇头笑笑，自嘲说："真是老了，这么爱多管闲事了。"

回到房间，方泽就感觉左边脑子忽然一阵钻痛，他捂着头，从包里翻出偏头痛的药吃下去，又抽出一根烟点上，烟雾缭绕中，才感觉好了些。

自从何雪的事情之后，他失眠加上心理压力，偏头痛的次数越来越多。医生建议他戒烟戒酒，但他戒不了，相比身体上的伤痛，清醒时心里的伤痛更让他无法面对。

第二天一早，程安安依旧一早就等在了大堂门口，方泽一张清高脸，朝她点点头便径直走向停车场的车子。程安安快走两步跟在后面，主动开口说："Rick，我们今天能不能再去吃那个青艾团子？"

方泽瞥了她一眼，鼻子里哼了一声，算是答应了。

上了车，程安安又拿出一本笔记本，上面密密麻麻的都是笔记，看得出来昨晚是下了功夫的。一大早Rick的心情还算不错，她抓紧这段短暂时间，问起她昨晚没搞懂的问题。

方泽边开车边一一回答，对于肯下功夫的人，他是愿意教的。而那些连一些基础的问题都不愿意自己出力去查的人，他不惯这种不劳而获的毛病。

早点摊的胖老板娘看他们又来了，笑意盈盈地把青艾团子端过来。程安安毫不掩饰对它的喜爱,率先伸手拿起一个。风吹起她的刘海,她边吃边用另一只手撩起头发别到耳后的瞬间,他竟然有了一丝恍惚,像是看到了当年的何雪。

老板娘在灶台边跟自家老头嘀咕:"那姑娘真不是以前那姑娘?"

老头瞪了老婆子一眼:"多管闲事。"

老板娘被数落了几句,不服气地朝老头翻白眼。

虽然这样,老板娘的话还是被正在吃团子的程安安如数听进了耳朵里,一下岔了气,开始打起了嗝。

一声接一声,她不得不尴尬地放下手里的青团,拿起豆浆喝一口,想要压一压,没想到豆浆太烫,差点烫了嘴。

程安安尴尬不已,对面的方泽看了她一眼:"我有个办法可以马上让你止住打嗝。"

"什么办法?"她急急问。

他想了想,慢慢说:"先把左右手的食指抵在自己的太阳穴处。"

程安安虽然觉得奇怪,但为了尽快摆脱这个尴尬的状态,也就立刻照做了。

方泽顿了顿,继续说:"把你的眼睛闭上。"

程安安闭上眼。

只一秒的时间,她感觉到面前有种莫名的力量和压迫感,出于对未知的恐慌,她下意识地睁开了眼。看到Rick那张俊脸近在咫尺,他越靠越近,鼻尖几乎要触碰到她的鼻尖,温热的呼吸就这么肆无忌惮地喷在她脸上。

程安安瞪大眼睛,脸色陡然红了,条件反射地一把将他推开。

方泽顺势坐回到位置上,一脸气定神闲地问她:"怎么样?是不是不打嗝了?"

看他一副忍住笑的模样，程安安刚要发飙，忽然惊觉自己真的不打嗝了。

方泽慢腾腾喝了口豆浆："止打嗝最好的办法就是惊吓，不用谢。"

他微微翘起嘴角的痞样竟然让她心口莫名跳得厉害，为了不让他看出自己的异样，她赶紧喝了一大口豆浆，想把心跳压下去。

她低着头啜着豆浆，脸上的红晕烧得她如同小巧的含羞草。有那么一瞬，他竟然看得有些出神。他一直公私分明，私下不跟下属有太多工作外的接触，作为实习生，她也一直老实遵守并没越矩，反而是他，一而再，再而三地诱惑她。

或许，他只是太想何雪了。

他从口袋里摸出烟，站起来走到路边默默抽起来。她转头看他高大又有些模糊的背影，深深吸了一口气，狂乱的心跳才慢了下来。他是她的上司，她从来没想过，也不敢想跟他之间会发生什么事，她现在唯一的想法，就是好好实习，争取结束后能留下来。

两人重新坐进车里时已经各自调整好了情绪，程安安把电脑放在膝盖上问道："我们尽职调查完成了之后，是不是就能开始上市辅导了？"

方泽边发动车子边说："不是只有项目开始的时候需要尽职调查，整个项目的进行过程都应该保持或穿插尽职调查，这是个贯穿整个项目的行为。"

她怔了一下，问道："那我们要在这里待多久？"

方泽看了她一眼："看进度和大家的配合程度，快的一两个月，慢的说不准。"他顿了顿，说："投行人员在全国各地跑，长期在外出差，这行并不像外人看起来这么光鲜，冷暖自知。"

程安安默默听着，她之所以选择投行这个工作，一是因为想要看看凭着自己的能力到底能走多远。二是那些在CBD中心，穿着精致，随意出入高级写字楼的人，的确比别的行业同期赚得更多，站得更高，看得更远。所以就算冷暖自知，她也要进去体会。

不得不说，程安安的确学东西很快。有了方泽的指点加上自己摸索，接下来的两周里，程安安没了刚开始时的迷茫，在整理材料的过程中，处处留一只耳朵仔细听客户的交谈，从他们的谈话里慢慢听出了尽职调查的重点和对方关注的焦点。摸索着在材料上取舍，选一些重点的、对方关心的问题，在除了资料外的渠道，想尽办法查询自己想要知道的答案。同时在时不时给郭春冲杯咖啡给张丽跑跑腿的时候，也能顺便讨教出一两个问题来。

中午大家在江宁公司的食堂吃饭，以前她经常跟不上大长腿Rick的脚步，但现在她吃饭走路的速度都越来越快，跟他已经同步。

尽职调查期间没有周末，有时候要从早上干到半夜，中午还不休息，吃完饭又回到办公室继续干。这样的工作强度让她迅速成长，半个月后，她已经练就了会议结束，重点纪要也发到了Rick邮箱的速度和能力。

经过那次性情大爆发，程安安在Rick面前也不再装斯文了，她明白了机会要靠自己争取，能多学一点算一点。所以她也没什么思想包袱了，想问什么就问，想说什么就说，这么一来，两人相处时反倒比之前更为轻松融洽。

在Rick的带领下，尽职调查节奏按着原有的计划有条不紊地进行。程安安的进步方泽看在眼里，即便他极少说出表扬的话语，但之前出镜率极高的"用点脑子"之类的话，他已经用得越来越少。这对她来说，就是长足的进步。

这天下班前，程安安一如既往把当天整理好的资料发到Rick邮箱，像个等老师批改作业的学生一般，带着隐隐的着急和期待，看他慢慢点开。

看了好一会儿，方泽才摸出一根烟，刚要点上，瞥见她的眉头微皱，他犹豫了几秒，把烟捏在手里。

轻咳了两声，他开口说："以后整理资料的时候，多使用表格的形式，如果只是用文字描述，对方很可能因为提供的资料只是一两句话或者不完整而让材料显得单薄不详尽。还有，以后写材料，能用图说清楚的就不用表，能用一句话说明白的就不用一段话，一段话能概括的就不用一篇。"

程安安点点头，认真地在笔记本里记下来。

他把没点的烟含在嘴里，过了过嘴瘾，才开始逐条讲解："先说历史沿革部分吧，这部分一般可以在工商的全档里面看到。由于现在工商只看认缴，不公示实际缴纳情况，你可以咨询企业人员实际缴纳情况，查看相关的凭证确认，来了解公司实际注册资本到位情况和各位股东出资的情况。如有股东提出是用技术入股，但是在工商资料上并没有显示，如股东汇钱时候并没有注明是增资款。这些都是法律上的瑕疵，就可以对该项目的一些瑕疵点做到心中有数。记住，无论什么时候，我们都要站在'中立偏疑'的立场，循着'问题，怀疑，取证'的思路展开尽职调查，用经验和事实来发现目标企业的投资价值。"

他说完顿了顿，等程安安在笔记本上记下来。虽然他一直强调用脑记，但每个人的天资有差异，所以他在训练她用脑记的同时，也不阻止她用笔记。

等她记得差不多了，他又接着说："而人力资源方面，主要看薪酬和劳动合同签订情况。劳动合同情况，主要关注关键核心人员与公司签订合同的情况，可以考察公司的核心人员稳定情况。工资部分，要关注股东领取工资情况，股东是否在公司任职，有没有签订劳动合同。如了解到有些股东并没有任职，但是领取工资，为了避税，一般会让其他员工代持，一般在工资名册中在其名字后面，这个要注意的点可以咨询财务人员或者查看相关劳动合同。对于领取工资特别高的，就可以从一定程度上反映公司股东的一些品质或者对于创业的决定等。实事求是的原则很重要，在客观公正的立场上对目标进行调查，如实反映目标企业的真实情况。这个原则实用于我们，也适用于我们的客户。"

程安安边记边问："江宁的合同比较多，我应该如何快速地找到重点？"

方泽想了几秒，说："如果企业的业务量比较大，可以挑选占比较大的合同来查看。合同细节方面，可以列一份表格，从客户、产品、单价、数量、付款方式等方面的内容大致了解该公司的商务情况，从侧面得出该企业的资金回笼情况、市场地位以及大致的产品结构和金额。比如江宁这两天送过来的合同资料，基本都是跟国内一线车厂签订的合同，客户比较单一，虽然也有自己的自销平台，但只占总销售量的百分之十左右，且产品只集中在前后包围和侧面踏板上，而门内的迎宾踏板、车尾的后踏盖和行李架等产品，全都依赖几个主要的OEM客户。从目前来看，虽然这些客户的下单量在单价和数量上较为乐观，资金也算可以及时回笼，但客户相对集中，自销能力不足，说明江宁的生产和营销存在问题。发现了这些，下一步，我们就可以从技术、产品、市场等方面进行全面考察后，跟他们探讨后续的产品战略，是否需要进行调整等等问题。"

方泽说完这些，看了看表，说："今天到这儿吧，晚上不用加班了。"

程安安先是一愣，随即有些喜形于色。这段日子大家都在铆足劲地干活，加班是家常便饭，现在Rick让她不用加班，这是不是意味着她做得还不错？

毕竟还是年轻，辛苦的努力能得到这位苛刻上司的认同，程安安的兴奋全写在脸上。她合上笔记本，心里不得不承认，Rick虽然有时候嘴巴毒些，但他的确是位好老师。

方泽在一旁看她愉快地收拾东西，被她脸上的笑意感染，眉头也不经意地舒展开来。投行聪明的人很多，但她的学习能力和适应能力还是让他惊喜和意外。当初让她跟这个新项目，一是这里缺整理底稿的苦力；二是不想让她留在蓝瑟项目里出什么岔子，现在看来，如果花点心思好好教一教她，说不定她还真是块不错的好材料。

两人吃完晚饭回到酒店，刚进大堂，前台小妹就叫住他们："请问你们谁住516号房的？"

程安安停住脚步："我，有事吗？"

前台拿出一个半米长的扁宽箱子："你的快递。"

程安安警惕又疑惑地看了看旁边的方泽，摇头说："我没买过东西。"

方泽走过去看，快件上写着寄件人：马靳凯，收件人：516房客，物品名：零食。这上面还有发件人的电话号码，他拿出手机对比，确认是Peter的手机号。

方泽看了程安安一眼，她赶紧过去，看到马靳凯的名字，先是愣了一下，然后有些不好意思地填了取件栏，然后一把抱起箱子，没想到箱子还挺沉，看她一脸吃力，他伸手一把托住箱底，把东西接过来，径直朝电梯走去。

"谢谢。"程安安在后面快步跟了过去。

电梯里两人都没说话，方泽暗暗掂了掂手里的东西，这箱子估计得有二三十斤。他眉头微皱，心说蓝瑟项目现在是关键期，Peter这小子竟然还有时间泡妞？

到了程安安门口，他把箱子放下，有心要提醒程安安来这里是工作不是谈恋爱，但转念一想，她现在也没因为恋爱耽误过什么正事，便把话咽了回去。

程安安一路看着一言不发的Rick，灵机一动，在门口迅速把箱子包装给拆了，从里面掏出好些充饥食物递给他："这是Peter寄给我们四个人的慰问零食，一会儿我再拿点到楼下分给丽姐和春哥。"

方泽知道她是怕他责备她搞特殊才故意这么说，Peter跟他这么久，从没见他这么好心寄过什么东西慰问他。

看她一副小心翼翼的样子，他刚要说话，口袋里的电话响了起来，他拿起来接通的瞬间，一个女人的声音从里面传出来。

"亲爱的，你让我问的事有进展了，你要怎么谢我？"

女人的声音娇滴滴，方泽脸色变了一下，程安安还在看着他，他一手拿着手机，一手从她捧着的一堆各式零食里随手拿了一包牛肉干，点点头便匆匆转身走了。

看Rick关上房门，程安安这才松了一口气，抱着一堆东西进了屋。

刚坐下要拿出电话，马靳凯的电话就进来了。

"安安，吃饭了吗？"

"吃了，今天收到你寄来的零食了，谢谢。"她真心道谢，他前天在饭点打电话过来知道她还没吃饭，马上就给她寄了充饥的零食，这份关心，她是感激的。

马靳凯在自家宽大的露天阳台上俯瞰洋城的万家灯火，听着手机里传来的软糯声音，嘴角不禁泛起笑意："不要跟我客气，不知道你喜欢哪种，就各式来了一点，你吃完了再告诉我最爱哪种，以后我只寄你喜欢的。"

程安安赶紧拒绝说："不用了小马哥，这边什么都有。"

"可那边没有我。"他说完故意停顿了几秒，笑笑说："做我女朋友的事，你考虑得怎么样了？"

程安安愣了几秒，自从她来这出差之后，他几乎每天都会给她打电话发消息。老实说，马靳凯给她的感觉一直挺好，心细周全，低调沉稳，而且来了这里之后，她碰触Rick时发现自己对接触异性这件事，已经不像之前那样会发生红肿过敏的现象。毕竟是年华正好的姑娘，谁不期望轰轰烈烈地爱一场，但现在眼看就要到实习的关键时候，她不敢掉以轻心，斟酌了好一会儿，才慢慢说："小马哥，我还没考虑清楚，等实习结束再说吧。"

　　那头的马靳凯沉默了几秒，依旧信心满满："好，那你早点休息，我明天早上叫你起床。"

　　第二天中午，张丽完成了自己所有的工作，午饭都没吃，一分钟都不多待，便直接坐车去了机场。剩下的底稿整理工作，就交给了方泽、程安安和郭春。剩下的三人要整理汇总完所有资料，在充分了解江宁公司的投资目的和企业组织架构基础之后，方泽作为项目的负责人和保代人，才能开始撰写调查报告。

　　郭春倚在皮椅里，吃着程安安带过来的零食，眼睛呆滞地看着方泽，叹了口气："张师太已经脱离了苦海，也不知道我们还要在这鸟不拉屎的地方熬多久。我说Rick，我们能不能早点回去，就要看你写调查报告的速度了，要不这样，从今天开始，你就不用自己开车了，你的车我帮你开，你的徒弟我来接送，你呢，就安安心心地在专车上争分夺秒地写报告，怎么样？"

　　方泽瞥了他一眼，放下手里的水杯："也好，你想开就开吧，正好我有点事要请两天假。"

　　"啊？"郭春和程安安一起看向方泽。

　　郭春一下坐直了："不是，我的意思是想让你抓紧时间写调查报告，你怎么还休起假来了呢？"

方泽看着他，语气不咸不淡："你以为调查报告这么好写？没这么容易，慢慢等吧。"

郭春叫苦不迭："不是，你这是要去哪啊？"

"私事。"方泽说完转头跟程安安说，"你今天下班前把剩下的中介机构执业情况整理完发给我。"

程安安虽然也好奇他有什么私事，但也不多问，点点头说："好的。"

方泽拿起桌上的烟放进口袋，从包里拿出车钥匙，看了眼朝程安安身边凑的郭春，又把钥匙放回包里："算了，车子就不给你开了，出去办事，还是自己开车比较方便，你们坐江宁接送的专车吧。"

郭春本想有了车子，可以带着美女出去遛弯，没想到方泽说变就变。

郭春一脸郁闷地发牢骚，方泽不理他，转身出去抽烟。

门刚关上，郭春便踱到程安安旁边，拉了张椅子坐下来，笑意颇深地看着她说："小程啊，在鼎盛实习多久了？"

程安安手上的打字速度没有丝毫慢下来："接近两个月了。"

"噢，那实习也快结束了，Rick跟你说过留下名额的事了？"

看她停下动作，郭春嘿嘿一笑，凑得更近："想不想知道？"

他说话时嘴里喷出的午饭残余味道让程安安微微皱眉，她目不斜视地看向电脑继续打字："不想。"

郭春碰了个钉子，不情愿地站起来，心说装个屁纯情。

晚上加完班，方泽刚坐进车里，车门忽然被程安安拉开。

他转头看她："不是让你跟郭春坐公司的专车吗？"

程安安边扣安全带边说："你说的是从明天开始。"

方泽从后视镜里看了眼从办公室走出来的郭春，一脚油门，车子从专车旁开了过去。

　　"怎么，不想跟郭春一起？"

　　"是。"

　　"你倒是敢说。"

　　"是你让我别憋着的。"

　　方泽扯了扯嘴角："对，别憋着，脑子好不容易开始转了，别又憋轴了。"

　　程安安嘟嘴表示不满，转头看向窗外。越是跟他相处得久，她越觉得跟他说话不需要遮遮掩掩，反正狠话已经放出来了，不如真实点。这种放飞自我的感觉，她甚至在面对自己老妈的时候都不曾有过，老实说，她挺享受这样的状态。但她知道，也就只有在面对Rick时她才能这样，毕竟他这个人就是特例。面对其他人的时候，她还是那副乖巧听话的形象，这对她来说更讨喜也更容易立足。

　　投行里不乏聪明优秀又长袖善舞的人，一进来便成为让人瞩目的新星。但程安安清楚，她不是这样的人，她只是一个从排名靠前的大学里毕业，想找好工作还要靠家里关系的毕业生。虽然她成了投行的实习生，但也只是个不知前路的底层苦力而已。她对自己有清醒的认识和明确的目标，并清楚地知道，要如何去达成。

Chapter 19 菜鸟上路（二）

　　方泽开车载程安安回去的时候，路过一家卖馄饨的路边摊，摊子边竖着的牌子上写着"容城鸡丝馄饨"，看她一脸馋样，脖子都扭到后面去了，他又把车子倒了回去。

　　"晚餐就在这儿吃吧。"他熄了火，看了眼外面热气腾腾的锅子。

　　程安安欢呼雀跃，在洋城上学的时候，她一有空就去学校外面吃算不上正宗的容城鸡丝馄饨解馋，她没想到这里也有这个，她更没想到，Rick竟然也会吃这样的流动路边摊。

　　馄饨皮薄馅嫩汤鲜，撒上葱花便喷香扑鼻，舀上一勺子红油，一白二绿三红，引得程安安食欲大动。看她不住地咽口水，他把老板刚端过来的馄饨推到她的面前："你先吃。"

　　"那我就不跟你客气了。"她拿起勺子嘻嘻笑。

　　方泽好笑地看她："你什么时候跟我客气过？"

　　程安安大口吃起来，不用端着装斯文，她吃得畅快淋漓，十分过瘾。辣椒太辣，她扯了张纸巾擦鼻涕，完全不顾及对面的男人。方泽也不在意，只要工作上不出错，私下里怎么着都行。

　　正吃着，马靳凯的电话打了过来。

　　程安安下意识地收起在Rick面前那个放飞自我的自己，又成了平日里乖巧听话的斯文样子。

　　方泽看了她一眼，径直站起来去付了钱，刚把钱包放好，左边脑子忽然又传来一阵钻痛，他皱着眉头，从口袋里翻出随身带着的白色透明药盒。

程安安说着电话，抬头看到Rick把一颗药丢进嘴里，她有些疑惑担心地看着他，连电话那头马靳凯说的什么都没听进去。此时方泽感觉到她的视线，转头看到程安安，他指了指不远处的酒店，意思是让她自己走回去，然后转身上了停放在旁边的车子，跟她挥了挥手，一脚油门，车子便消失在马路尽头。

不一会儿，方泽的车子停到了一家名叫"欧拉"的夜店门口。九点刚过，还不到客流量的高峰时段，场子里音响不停开轰，卡座上却只有稀稀拉拉的几桌客人。毕竟不是一线城市，即便是规模不小的店，品位和装潢上，跟洋城的还是有一定差距。

但别看渭市只是个地级市貌不惊人，但地下的LSD产业链却供应了全国三分之一的城市，洋城绝大多数的"袖珍邮票"都来自这里。方泽的红颜知己给他打听和联系好了这里其中的一个供货人喵哥，方泽进了欧拉，便直奔坐在吧台喝着精酿啤酒的高壮男人方向去。

"喵哥。"

男人抬眼看他："找我的人是你？"

方泽在旁边坐下，递了根烟过去："对，想跟你问问'买票'的事。"

男人接过烟，哼笑着点燃："这边的'票子'不是你想买就能买的，从我这儿拿货的都是固定的人，哪个地区谁负责，一个萝卜一个坑。"

方泽递了一沓钱过去："我不想要'票'，我只想知道洋城那边在你这固定拿货的人是谁。"

男人看了看那些钱，犹豫几秒："行，我只能把他们的微信号告诉你，他们加不加你，就看你本事了。"

方泽点点头，加了男人手机里的几个号码。

男人把钱揣进口袋里："你是姐们儿介绍来的，我就提醒你几句，我们这行大多是熟人生意，不认识的不加，想要接近他们，最好先加你们洋城本地的'票群'，我认识一哥们儿就是洋城'票友'，我让他拉你进群。"

"谢了。"

等方泽回到车上，看到自己已经被拉进了洋城本地最大最权威的"票群"里。里面关于"票子"的价位和供求信息由固定的几个号不时发送，他留意了其中几个，轮番私信了几次说想买"票"，大家像是商量好了一样，竟然没人给他回复。

方泽开着车子回到酒店门口，刚下车，就听到手机响了一声，他以为是有人回他，急忙拿出来一看，发现是程安安发到他邮箱的工作邮件提示。

他有些失望，看了看时间，已经是凌晨。用力关上车门，方泽沉默着上楼，经过程安安的门口时，里面的灯光从门缝里淌出来，他顿了顿，随即又加快了脚步，朝自己的房门走去。

他用钥匙打开房门的时候，手机信息又响了一声，他拿出来一看，其中一个票贩终于通过了他的验证。

方泽心头一跳，终于长长地吁了一口气，累了这么久终于有所收获，希望这次能找到真正的线索。

第二天Rick请假，程安安第一次坐公司接送的专车，郭春坐在副驾驶，她挑了个后排中间的位置。或许是昨天在她这儿碰了钉子，今天除了打招呼，郭春再也没理她，一路跟司机东拉西扯，程安安也乐得清闲。

路两旁的树叶由绿转黄，秋意渐浓，程安安想起刚来时惊险的一晚，仍然心有余悸。本以为在这枯燥无味的地方会度日如年，没想到日子一晃就过了快两个月。这段时间在Rick的教导和她自己的努力下，她终于掌握了如何快速高效地在现场蹲点写材料和整理底稿的技能，至于那些复印打孔回复邮件的活，更是不在话下。

对于现在的自己，程安安虽然不敢保证一定能留下，但也信心满满。对于以后，如果说刚开始放弃银行转投行有赌气的成分，现在的她在初步了解了这份工作之后，心里已经有了大体的规划。它给她带来了新的机遇和改变，她跃跃欲试，甚至想要成为像Rick这样厉害的行业人才。

没有Rick在旁边，程安安以为自己会悠然自得地干完一天的工作。没想到江宁公司的高层忽然过来问她一些数据的问题，Rick不在，她就是负责人和代表。刚开始她还能答得上来，但越问她就越坐不住了，这些数据她明明都是整理过的，但没有了Rick在旁边坐镇，她连说出来的话都没有了往日的底气。

好不容易捱完了一天，程安安回到酒店就躺了下来，今天明明没有加班，却比加班的时候还要累，她总算体会了什么是一分责任一分担子。

Rick作为项目签字保代人，是拟上市企业和证监会之间的中介，相当于这家企业的代表，向证监会做担保推荐企业上市的人。保荐人不仅负责证券发行、承销项目的开发及执行，还要与项目相关机构的主管部门，包括与中国证监会、交易所、证监局、证券业协会等部门的人员进行沟通，保证项目的顺利进行。除此之外，还要开发和维护跟客户的关系。要做到这些，保代人就必须熟悉经济、金融市场的相关政策和法规，懂得产品及工作规程，了解证券发行与承销有关知识及投行业务的新动向、擅长财务分析、企业估值和融资方案设计，具有较强的项目运作能力和具有投行团队管理经验，甚至要有较强市场开发能力……这样的工作能力，没有多年的投行业务工作经验，是不可能具备的。程安安想要让自己成为像Rick这样的精英，但她也很清楚，现在的她跟Rick之间，还隔着几百个Peter。

一连两天都没见到Rick，第三天程安安一早就在大堂等他，这两天她攒了很多问题想要问他，可等了十多分钟也不见人下来，她有些疑惑，难道是他提前走了？

她绕到停车场去，果然没看到他的车子。她本想给他发条信息，犹豫了几秒，又把手机放了回去。他没义务每天载她，有什么问题，还是去了公司再问吧。

到了公司，办公室里并没有Rick的影子。她知道他不会呆坐在这里，或许是去了车间，也可能在哪位高管的办公室里聊天。正想着，门被推开，程安安没意识到自己的样子有多着急，她迅速转过身去，一脸期待地站起来，发现门口站着的是提着早餐的郭春。

郭春走到自己的位置坐下，放下早餐，阴阳怪气地看着她笑："怎么？在等Rick啊？"

"是啊，有些问题想问他。"程安安大大方方地承认，面色如常地坐回到位置上，打开电脑开始工作。

郭春边吃边说："想问问题有的是时间，照Rick这样的速度，我们还不知要在这待到猴年马月，急什么。"

话音刚落，方泽低沉磁性的嗓音从门口传起来："谁告诉你不急的？"

程安安心头一喜，迅速扭过头去。

Rick今天穿了件浅灰色薄款的牛仔外套，里面是V领的黑色T恤，下身配了条破洞牛仔裤和靴子，显得他肩宽腰窄腿长。他一张俊脸上写满疲惫，深不见底的眼里浮着几缕红血丝，不认识他的人光看他的外貌和打扮，绝对不会把他跟投行精英联系在一起，说他是时尚博主倒是没人怀疑。

程安安对他这样的穿着打扮已经见怪不怪，看到他，她难掩开心，推开椅子站起来："你终于来了。"

方泽朝她点点头，立刻布置任务："江宁公司的成长性分析报告明天下班前给我。"

"好！"程安安答得干脆利落。跟了方泽两个月，先不说她交上去的东西需不需要修改，要修改多少次的问题，至少速度上，她是练出来了。

方泽转头看向郭春："公司高管方面的陈述和江宁目前的财务你也了解了，你去再确认一下，江宁公司的信用额度能否支撑得起它的商业计划。另外，把张会计整理的东西再重新看一遍，下周一上班前把法律意见书和工作报告发给我。"

郭春咽下嘴里最后一口包子，顺了顺气，慢悠悠说："今天周五了，两天干这么多活，谁干得完啊？"

"你可以不用干完，我已经订了周一晚上的回程机票，你有权选择自己留下来继续干。"

"下周一？"程安安有些意外，本以为还得多待一个月，没想到说走就走。好在程安安在来之前早已体验过方泽做事的速度，所以对他的决定并不惊讶。

郭春明显急了，一脸不信地问道："这两天你真能写完调查报告？"

方泽坐下来，拧开矿泉水瓶喝了几口，转头不紧不慢地跟他说："我已经写完了。"

郭春张了张嘴，说不出话来。只能麻利地回到座位上开始干活。

程安安充满干劲，看了Rick一眼，迅速在电脑上噼里啪啦地敲打起来。这个项目在经历尽职调查和立项后，下一步就是上市辅导和写申请材料。

通常来说，拟上市企业在准备上市前一般是以有限公司形式进行经营，而IPO要求发行人是股份公司，所以要将拟上市企业的组织形式由有限公司改变为股份公司，这是整个IPO过程中必备的一个环节。而江宁公司在鼎盛入场的时候就已经是股份公司，所以这次方泽他们可以省略协助改制的部分，直接跳到下一步的上市辅导阶段。

上市辅导的目的在于完善改制遗留的问题，消除公司通过发行审核的潜在隐患。在进行上市辅导的同时，也会进行上市申报材料的制作。而方泽作为团队的负责人，主要负责组织协调好发行人、投行人员、律师、会计师等人员，督促大家各司其职。

在尽职调查和辅导结束后，发行人江宁公司要出具招股说明书，律师要出具法律意见书和工作报告，会计师要有审计报告、内控鉴证报告等一系列鉴证报告，而团队的保代人则要负责出具保荐意见书、保荐工作报告和关于发行人江宁股份有限公司的成长性专项报告。

一个上午，三人都在电脑前一声不吭地写报告，中午吃饭的时候，程安安有些跃跃欲试地问Rick："等这些都完成了，是不是就要开始写招股说明书了？"

方泽看了她一眼："怎么，还对上次写的那份招股书耿耿于怀？"

程安安吃了一口饭，嚼碎了咽进去才说："没错。"

方泽低哼一声："你倒老实。你以为招股书这么容易就能写？在这之前，得先确定募投项目。"

"募投项目？"

"就是江宁公司通过IPO或再融资募集来的资金投产的项目，简称募投项目。募投项目要考虑证监会关于募集资金运用的要求、市场前景、产品技术含量、对环境的影响、与公司现有实际管理能力、销售能力的匹配等。募集资金是企业上市的根本目的，募集资金投向何处备受证监会和投资者的关注。同时，企业在上市之前就需要将募集资金投向的亮点和前景给投资者展示，有利于提升投资者对企业的信心和提高股票的发行价格。而合理的募投项目是企业通过证监会审核的关键因素之一。募投项目在送证监会之前往往需要送往各地发改委备案，因此企业往往还需要聘请专业的咨询机构撰写募投项目可行性研究报告。"

"那募投项目的方案也是由我们来完成吗？"程安安问道。

"正常来说，募集资金一般由我们来完成，由于我们的人力比较昂贵，所以江宁公司多数会将募集资金外包给专业的第三方咨询公司进行。尽管有我们和第三方咨询公司的协助，但江宁公司自己在募集资金投向方面的意见还是决定性的。一般来说，募集资金到底投向何种产业和用途会由公司管理层提出。他们可以参考我们的意见。公司董事长、财务总监、技术总监、生产、销售部门负责人参与进行讨论，然后再交由第三方咨询公司进行整理，并委托专门的咨询研究机构做细分市场调研和可行性研究报告，评估募集资金投向的可行性及存在的风险。而所有这一切的基础，都建立在公司管理层对企业自身业务拓展和对行业发展理解的基础之上。"

程安安边记在脑中边点头："事情真是不少，好在江宁公司已经是股份制不用改制，这倒节省了不少时间。"

方泽看了她一眼，放下筷子："已经是股份有限公司的情况虽说会省去我们的一些步骤和精力，但往往这样的企业会有一些瑕疵。比如我们不知道他们当初请的机构是否合法合规地按步骤进行，如果其中出现过问题，这些问题很有可能在最后的关键环节中，也就是证监会的七人小组审核时惨遭枪毙。有时候，快就是慢，慢就是快。"

程安安若有所思，方泽的解说让她对事情的两面性又有了更进一步的理解。她知道，如果审核小组过会了，会在几个月之后领到证监会的批文，而这几个月的时间，就是他们编写各种文件报告、非公开询价的过程。非公开询价就需要就由资本市场部联系各大金融机构，先进行非公开的投资询价，对公司的价值先进行大致的摸底考察，让江宁公司和投行方面都心里有个底，做好最坏的打算，这个过程俗称"路演"。而等领到批文后，就是公司网下网上发售、资金验资的全过程，到了此时，一个IPO的上市项目才算圆满结束。

"对了Rick，我们在路演过程中，有什么需要注意的吗？"程安安一直对传说中的路演十分好奇。

方泽抬头看她："不放过任何一个细节，踏踏实实地去做每一件事，信任别人，也让别人信任我们。"

程安安看着眼前极少穿职业装，每天看似不务正业又放荡不羁的男人，谈到工作时却是认真得一丝不苟，坚信契约精神。这种矛盾感在他身上却不让人感觉突兀，似乎这就是他最真实的样子。

他认真专注的样子让程安安觉得莫名感动，虽然项目上市还遥遥无期，但如果有Rick在前面领路，这条路，她是可以一直走下去的。

时间眨眼便到了归期，坐在回去的航班上，程安安心里是高兴的。这两个多月她过得不轻松，但也进步了不少，眼看实习期临近结束，她看了看坐在左手边旁边认真阅读报纸的Rick，心中忐忑，也不知道自己还能不能继续参与江宁项目的招股说明书了。

这段时间太累，飞机刚起飞不久，程安安便沉沉睡去。

阳光穿过云层，透过窗子，在她脸上荡漾出金边。她感觉脸被晒得微烫，把头调转了个方向，正好卡在方泽的胳膊上，嘟了嘟嘴，又舒服沉实地睡了过去。

方泽放下手中的报纸，低头凝视她那张清清爽爽的脸。眉毛漆黑秀气，嘴唇柔软，透出一层健康的红润。她闭着双眼，少了一分古典的美感，却多了一分呆萌的温顺，像一只刚出生的小狗。

为了让她睡得舒服，他维持着一个姿势飞了一路。直到广播提示飞机即将着落，头顶音响设备的声音把她吵醒。

她睡眼惺忪地抬起头，惯性让她嘴边的口水忽然流了出来，不偏不倚，正好滴在旁边穿着咖啡色风衣的Rick身上。

Rick的嘴角抽搐了两下，程安安慌忙从包里抽出纸巾，边道歉边把滴在他胳膊上那一小滩明晃晃的口水擦掉。原本只是一小滩口水，被湿巾晕成了一片，防水的面料上映出一片亮晶晶的反光来。

Rick故意嫌弃地转过头，程安安原本挺过意不去，看他矫情的样子，竟生出些许恶作剧的开心。

飞机降落，大家依次排队出去，她跟在他身后，第一次发现他的背竟然这么高大笔直。回来之前，马靳凯提醒她洋城降温，她想着还是秋天，再降能降到哪去？便把衣服都放在行李箱里托运了，只穿了单衣和一件小西装外套上了机。没想到现在刚走到舱门，一阵夹杂细雨的冷风袭来，她身上那点热量便被全数吹尽。

好不容易挤上了摆渡车，程安安这才感觉好了些，但身子依旧在发抖，方泽看了她一眼，没说话。

三人走到行李传送带边，方泽停下来问她："你怎么回去？"

程安安推着行李，看了眼外面的天气，牙齿打颤说："打车。"

方泽看了眼手表，忽然把身上的风衣外套脱了下来，反手披在了她的身上。

一旁的郭春低低吹了声口哨："好一个怜香惜玉啊，我就不打扰你们了，再见。"

等郭春一走，程安安脸色发红，身上顿时暖和不少。她感激又担心地看着方泽身上单薄的衬衣："可你这样会感冒的。"

"我又不傻。"他打开随身带的小箱子，从里面拿出一件黑色的机车外套披上。

程安安对他的说话方式已经习以为常，指着身上的衣服笑笑："谢谢了。"

方泽一脸傲娇地关好箱子，说："我可不是因为怜香惜玉，我是不想穿着沾了脏口水的衣服到处走，记得给我把衣服洗干净了。"

程安安知道他毒舌心热，扯了扯嘴角："知道了。"

方泽拉着行李箱，头也不回地独自朝着出口走去。远处，想给程安安一个惊喜的马靳凯手上拿着一件自己的大衣外套，站在接机人群里，脸色复杂地看着程安安。

Chapter 20　转正风波

程安安拖着两个箱子走出来时，看到了人群中朝她招手的马靳凯。

"小马哥？你不是要加班吗？"程安安一脸意外。

马靳凯笑如暖阳，自然地接过她手里的行李箱："对啊，加班的任务就是接你啊。"

程安安把哈气喷到双手上："谢谢小马哥。"

"跟我还客气啊？"

两人笑着走到车子旁，马靳凯让小手冰凉的程安安先坐了进去，自己放好行李才坐进来，把手上的衣服递给她："这次降温有些突然，我怕你没带够衣服，特意拿了件厚外套给你，你要是觉得冷就套上。"

程安安笑笑："不用了，刚才Rick把他的借给我了，现在挺暖和的。"

"好的。"马靳凯看了她身上的男士风衣一眼，发动汽车，然后不动声色地把车内空调的暖气轰到最大。几分钟后，感到燥热的程安安不得不把披在身上的风衣脱了下来。

马靳凯眼角的余光心满意足地收了回去，一脚油门，车子朝着市中心的方向驶去。

边聊天边看向窗外的程安安忽然停下正在聊的话题，问道："是不是走错路了，这好像不是回我公寓的路。"

马靳凯笑笑："先去吃点东西我再送你回家。"

程安安："我在飞机上吃过了。"

马靳凯声音温和："飞机上的只能算充饥，既然到家了，就好好吃顿晚饭。"

程安安看了眼时间，有些犹豫："都九点多了，现在吃会发胖的。"

马靳凯转头看了她一眼："哪胖了？你看你出差这几个月，整个人都瘦成纸片了。"

程安安还要继续推脱，马靳凯又加了一句："健康最重要，听话，好好吃饭。"

这话在程安安听来，真是像极了自己老妈强迫性语气的温柔版。她实在没法再对他说出反对的话来。

等吃完饭回到家已经过了十一点，程安安轻手轻脚地开门，怕吵到戚蕊，没想到刚进门就看到戚蕊仰在沙发上，边敷面膜边看金融销售的书。

"你终于回来了。"戚蕊兴奋地放下书，一下翻起来："等你老半天了，不是说九点钟下机吗？"

"跟小马哥去吃了点消夜。"程安安老老实实地说了出来。

"哦！原来是见色忘友。"戚蕊笑嘻嘻地故意拉了个长音，撕下面膜："出差怎么样啊，有没有什么八卦跟我讲讲啊。"

程安安忙着收拾行李，抬头看了看时间："今晚不睡觉了？"

戚蕊兴奋地一屁股坐下来："听八卦谁还睡觉啊。"

程安安看她把书收拾起来，随口问道："你还对销售感兴趣啊？"

戚蕊也不瞒她："我本来就想去销售部，可惜销售部今年不招人，所以只能退而求其次，先到IBD了。"

程安安没想到戚蕊想去的是销售部，她疑惑地看了看她，问道："你为什么想去销售部？"

戚蕊掰着手指，一脸内行的表情说："我告诉你为什么啊。在IBD，一开始的工作大多是做表格和PPT这些高强度体力活。相比而言呢，销售部门会给资历较浅的员工更多的机会接触较复杂的工作，也就是说，新人也能接触到核心业务。还有最重要的一点是，销售部一个项目买卖节奏快，不像IPO，拖拖拉拉大半年也不一定干成一单，就算干成了，等项目奖金发下来，黄花菜都凉了。"

程安安被她嫌弃的面部表情逗得哈哈笑，边听她发牢骚边蹲下来把行李箱里的东西一件件拿出来，该放回原位的放回原位，该丢进洗衣机的丢洗衣机。然后又麻利地把房间打扫了一遍。秋冬换季，她把衣柜里暂时不穿的春夏衣服都叠好放进了箱子里。

戚蕊探着头看她收拾，看她随机往那些叠放起来的衣服口袋里塞钱，疑惑问道："这是干什么？"

程安安嘿嘿一笑："下次换季拿出来穿时，手往兜里一掏，哇，就能发现兜里'遗忘'的额外之财，多开心啊。"

戚蕊哈哈大笑："你还挺喜欢自娱自乐的啊。"

程安安也笑："对啊，生活越是不易，就越是要给自己制造小惊喜嘛。"

戚蕊眼中闪过一丝羡慕，或许她这辈子，都不会有她这样的心境了。

等程安安收拾完所有东西，忽然听到身后的戚蕊惊呼一声，吓得她赶紧转过身着急问道："怎么了？"

戚蕊一脸懊恼："我忘记敷颈膜了。"

程安安有些无语："我还以为出什么大事了，忘了就明天再敷呗。"

"那怎么行。"戚蕊急急找出一片颈膜小心翼翼地敷上，这才重新躺回沙发上，看着一脸憔悴的程安安，说："你洗完澡也赶紧敷敷面膜，秋天干燥，皮肤一干人就显老。"

程安安疲惫地打了个哈欠："顺其自然吧。"

戚蕊就看不得女人如此"放任自流"，她坐起来给程安安打鸡血："有研究报道，在投资世界里，长得好看的女人比相貌平平的业绩更好，收入更高。她们因为相貌美丽，得到上司的恩宠、支持及宽容，她们在温暖的男性世界里舒服地待着，美丽自信，意气风发，这是为什么？因为外貌是女人的资本，这个看脸的世界，颜值和能力统称综合实力。"

程安安歪着头："可我的上司Rick是个特例。"

戚蕊恨铁不成钢地看她："你看看你现在都沧桑成什么样了，男人又不瞎，你把自己捯饬好了，关爱自然就来了。你看那些好看的销售员总能得到高佣金，好看的分析员得到市场更大热捧，为什么？因为这就是人性。"

程安安说不过她，只能投降："好好好，听你的，洗完澡就敷面膜。"

戚蕊一拍大腿："这就对了，女人在职场打拼本就比男人更难，虽然我们把自己打扮漂亮是为了从他们手里得到更多资源，但要记住，这关系不会长久且也不是我们的目的。"

"我们的目的是什么？"程安安捧场追问。

"我们的最终目的，是要踩着他们往上走。"

程安安一怔，对这位豪爽耿直的舍友又有了新的认识。

戚蕊盯着时间刚撕掉颈膜，手边的电话就响了起来，她看了眼号码，急急进了自己房间才接起来。

"廖经理，这么晚打来有事吗？"

"现在有空吗？出来喝一杯。"

戚蕊不想去，推说太晚了，廖永生在那头话里有话："今天文森问我对实习生去留的意见了，我还没回复，所以你现在出来还不晚。"

戚蕊一向是个干脆利落的人，此时她咬着嘴唇，犹豫了几秒，吐出一个"好"字。

程安安刚洗完澡出来，就看到戚蕊穿戴整齐地走到鞋柜旁。她疑惑看她："这么晚了还出去啊？"

戚蕊低着头穿鞋，应了一声。

"注意安全。"程安安用毛巾吸头发上的水，看她身上穿的比在家穿得还少还短，又叮嘱说："外面挺冷的，你最好多穿点。"

"美丽冻人，好看最重要。"戚蕊抬起下巴，反手披上一件黑色长风衣，踩着十多厘米的高跟鞋，紧了紧衣领，头一扬，拉开门出去。

廖永生在一家咖啡馆里坐着，桌子上放了两杯咖啡。戚蕊推门进来的时候伴着一阵寒风，廖永生堆起脸上的褶子，向她招了招手。

戚蕊径直走过来，随手脱掉身上的长风衣，丰满圆润的身形被包裹在黑色的小皮短裙里，廖永生一双小细眼在她身上来回滴溜，恨不能把眼前的活色生香全吸进眼睛里。

"廖经理，这么晚了喝咖啡不怕睡不着啊？"戚蕊把手放在桌上，笑得风情万种。

廖永生朝她嘿嘿一笑，迫不及待地握起她的手："睡不着更好，可以干点别的。"

他本以为戚蕊会顺势坐过来，没想到她甩开他的手，脸上依旧笑得妩媚："女人还是早点睡比较好，不然老得快啊。"

廖永生讪讪一笑，拿起咖啡喝了一大口，打起官腔："要是转不了正，估计你老得更快。今年的经济形式比你们看到的还要严峻。"

看他故意欲言又止，戚蕊心头一紧："今年能录取多少人？"

廖永生看她一眼，笑说："说不准，但肯定是近几年来最少的。"

戚蕊咬牙，直接问道："那我能不能留下？"

廖永生瞄了她一眼，嘿嘿一笑："IBD是个体力活部门，同样的能力水平，向来男性优先，况且，人家陈铭的能力有目共睹，是吧。"

戚蕊心里一沉，脸上也不淡定了："意思是我没希望了？"

廖永生看她上钩，从口袋里掏出一张附近酒店的房卡放在桌上，凑过来低声说："有没有希望就看你了。"

戚蕊攥紧双手，眼睛看着那张紫色的房卡。要是以前，她会毫不犹豫地拿起桌上的咖啡泼姓廖的一脸。但现在，为了拿到她想要的工作，过上她想过的生活，戚蕊低下头去，声音弱下来："我……考虑一下。"

廖永生没想到她还挺硬气，故意刺激："要是觉得勉强就算了，本来这事就挺难办的，我也省事了。"

戚蕊眼底全是破釜沉舟："我明天答复你。"

第二天回鼎盛上班，两个多月没来公司的程安安明显感觉到了不同。部门里空位子多了不少，即便办公室里还是人来人往，电话铃声此起彼伏，她依然能感觉到大环境不好时危机悄然而至的萧条和寥落。

年景不好的时候，裁员首当其冲。她想到了刚来面试时看到被裁员的女人以及那块孤零零被摆在桌上的蛋糕。正式员工尚且如此残酷，还不知道今年的转正情况会惨烈到什么程度。

Rick一天都在忙着跟文森开会，中午马靳凯拉着程安安到公司附近的饭店吃饭。一顿饭她吃得心不在焉，马靳凯一早上偷偷观察着她，知道她此时失落的原因，宽慰说："放心，鼎盛不会错过任何一位优秀人才。"

程安安叹了口气："我出差尽职调查时做了不少错事，也不知道Rick会给我什么评价。"

马靳凯用公筷夹了块咕咾肉放进她的碗里："能跟着Rick出去尽职调

查的，回来之后都差不到哪去。Rick在鼎盛还是很有分量的，况且他这次只带了你一个实习生，所以你不用担心。"

程安安感激地笑笑，低头慢慢吃饭。话虽然这么说，没公布结果之前，谁能不担心呢？

两人吃完饭回到办公室，正好遇到手上拿着鳕鱼汉堡和可乐的陈铭，他比她第一次见他的时候看起来更加木讷。在程安安跟他打了招呼之后，他愣了一下，才反应过来，朝她点点头："你好。"

"好久不见，你还是每天都吃这两样东西吗？"程安安吃惊地看他。

陈铭笑笑，不好意思地点点头："方便，也……挺好吃的。"

程安安不知要如何接话，气氛正尴尬，陈铭指了指自己的位置："我还有很多事没做，先走了，再见。"

一旁的马靳凯看着他的匆匆背影，轻声说："听说Jack手下的这位实习生能力很强。"

程安安不说话，慢慢走到自己的座位上，心想也不知道Rick是如何评价她的。

马靳凯从抽屉里拿出一盒白色恋人巧克力递给她："刚才你没怎么吃东西，一会饿了充充饥。"

程安安刚要推辞，马靳凯低下头，在她耳边轻声说："放心吧，你会留下的。"

她心中一动，不知道他为什么会说得这么笃定，但这句话的确让她安心了不少，她笑笑收下东西，说了句："谢谢。"

为这盒巧克力，更是为了他的这句话。

马靳凯笑容和煦，拍了拍她的肩膀，在她耳边说："我先去忙了，晚上一起吃饭。"

程安安看他起身离开，耳边和肩膀处慢慢发热发痒，她对这种感觉再熟悉不过，伸手去用力挠了几把，心中诧异。出差的时候Rick拉她手的时候她明明都没有反应了，为什么现在又出现了？难道是因为心理压力大？

那她的异性过敏症到底是好了还是没好？

正搞不清状况的时候，Rick的内线打进来，让她过去一趟。

她微怔，朝Rick的办公室走去。

马靳凯刚抬头，就看到程安安推开Rick办公室的门，他脸上一僵，眸色沉下来。

Rick吞下一片头疼药，听到敲门声，他闭着眼，头靠在椅子上说了声："进来。"

门被推开又被关上，他睁开眼，看到程安安站在他面前。她今天穿了件质地柔软的高级灰羊绒背心，里面是白色的衬衣，即便盘了稍显老成的头发，但白皙细腻的肤色和修长紧致的脖颈线，让她看起来优雅文静又极具亲和力。

头上还未完全消散的偏头痛让方泽有了瞬间的恍惚。不得不说，她这种漂亮又亲和的形象，无论是面对同事还是客户，都是一种天然优势。而这样的她，又跟何雪的样子，说不清道不明地重叠在了一起。

他揉了揉突突直跳的太阳穴，强迫自己不要胡思乱想。然后拿起桌上的杯子喝了一口水，眼角的余光却一直停在对面慢慢坐下来的程安安身上。

她忽然抬眼看他，那双丹凤眼像鱼钩那样紧紧勾住他的双目，既期待又软弱。他有些意外，被她的眼神烫了一下，这种感觉就像那晚在梦里看到她的丹凤眼一样让他吃惊。他脑中瞬间清醒，连同刚才折磨他的偏头痛也跑得无影无踪。

"找我有什么事？"看他一直没说话，她开口问道。

方泽轻咳两声掩盖自己的失态，下一秒，他清了清嗓子，说："实习期即将结束，想听听你对鼎盛或者对我有什么意见。"

她看着他，想问问自己的实习情况到底怎么样，但转念一想，算了，还是问什么答什么吧。于是便老老实实说："没有意见。"

方泽大概也知道她会这么说，他怕自己再胡思乱想，摆摆手说："好，没什么事了，去忙吧。"

过了几秒，他发现她没动。一抬头，看到她踌躇地走过来，有些紧张地站在桌前。

他心里一沉，看来他没看错，她今天的确跟平时不一样。

他声音淡然："还有事？"

此时的程安安脸色潮红，有些紧张地伸出右手："我……想跟你握个手。"

方泽眉头微皱："握手？"

程安安认真地点头，想要印证一下自己的异性过敏症到底是好了没好。看他不说话，她又往前靠了靠，近距离看着他，才发现他的额头上竟然铺了一层薄汗。

公司还没供暖，房间里也没开空调，这个季节这种温度，他不可能热成这样。

看他脸色有些发沉，难道是疼的？

她疑惑问道："你怎么了？"

"没事。"他转开视线，沉默几秒，表情有些捉摸不定。他知道现在是实习生留用的关键时刻，以前也不是没人跟他暗示过类似的交换行为。他不希望她有这个心思，从出差那段时间来看，她应该没这个胆量和心思，他不知道她现在为什么忽然要这样，难道真是狗急跳墙？

看他阴晴不定，不伸手也不说话，程安安心中想要印证的想法迅速消下去："那……算了，你休息吧，我先出去了。"

看她转身要走，他一反常态地忽然站了起来，长腿一跨便绕过桌子，朝呆站着的她一步步走来，她有些吃惊，条件反射地一步步后退。

"话都说出口了，怎么能算了呢？"

"嗯？"程安安看着眼前说变就变的男人，有些不知所措和莫名紧张。她被笼罩在他高大的阴影下，不由自主地后退，直到抵在身后的柜子上。

他伸出双手，几乎要碰到她的两侧耳垂，她被他的双手环着，错愕呆滞地咽了下口水，紧张地看着他："你……要干什么？"

他看着她因为紧张而慌乱的样子，恶搞似地故意反问她："你要干什么？"

程安安愣了愣："我……我什么也不想干。"

他戏谑地看着她："为什么要握手？"

程安安觉得自己刚才一定是脑子抽风了才会想在他身上验证，她没法跟他说实情，只能搪塞说："我刚才只是跟你开玩笑。"

"哦。"他像是若有所思，深黑的双眸盯着她看了一会，依旧没有让开的意思。她身体僵硬地定在原地，听他面无表情地说："你挡住柜子门了。"

程安安一愣，转头一看，自己真是压在了柜子门的边上。她窘迫地闪开，一脸尴尬。他打开柜子，拿出一份文件递给她："回去填写，下班前拿给我。"

她回过神，红着脸乖乖地拿着东西转身出去。

方泽回到位置上坐下，沉思了几秒，拿出烟放进嘴里却不点燃。他已经有些看不清他自己了，刚才他本可以大大方方地保持着绅士距离来提醒她，但他却偏要靠近她，故意撩拨她。他一直公事和私事分得很清，从不跟公司的女同事有过多的接触，但唯独在面对她时，他一次次地触碰自己的原则底线。

程安安出了办公室，站在不远处跟其他同事说话的马靳凯马上迎面走了来，低声问道："Rick跟你说聘用的事了？"

她还没从刚才的尴尬场面中回过神来，有些木然地摇摇头："没有。"

马靳凯以为她还在担心，声音温和地安慰说："你没问题的。"

程安安有些心不在焉，应了一声，抬眼看到远处从Jack办公室里出来的戚蕊，一副少有的严肃样子。

晚上加完班已经过了十一点，程安安回到宿舍，发现今天戚蕊还没回来。她一向潇潇洒洒不用加班，程安安想起她今天的表情，心说冲刺时刻，就连戚蕊这样活得潇洒恣意的人，也不得不在办公室加班表现了。

此时的戚蕊正从酒店的床上下来，她迅速地穿上衣服，不想再看躺在床上皮肉松弛的油腻男人。

穿戴完毕，她朝床上心满意足的男人说："廖经理，不要忘了你答应我的事。"

廖永生懒洋洋地看着她："放心吧，实习生留下来的名额里肯定有你一个。"

戚蕊走过去收拾包包和放在包包后面正对着床头的手机，她用身子挡住廖永生的视线，迅速把手机一直开启的录像功能关上。

看她要走，廖永生意犹未尽地拍了拍床上的被子："要不你就在这儿住一晚吧，明天早点回去换套衣服再去上班。"

戚蕊背着身子，表情厌恶，声音听起来却平静自然："不了，我认床。"

两天后，当初一起进鼎盛实习的所有实习生都收到了公司人事部的邮件。就像现在的大环境形势那样，少数人欢喜多数人愁。在IBD部门实习的三个实习生，只有一直默默无语埋头干活的陈铭留了下来。

　　程安安被方泽叫进办公室进行最后一次面谈。说实话，程安安没有留下，他是觉得有些可惜的。她虽然不是他见过天赋最高的，但她肯学，也学得快，假以时日，应该能成为一个不错的投行人。要是往年，他肯定给她留个名额，但现在公司正处于裁员档口，没有更多的机会留给这些以后才能成长起来的新人了。

　　他有些惋惜，沉默了几秒，看着她说："不管你以后从事什么行业，我都希望你能做想做的事，说想说的话，坚持自己想坚持的想法。"

　　程安安愣了一下，从小到大，大家都跟她说：时间有限，要抓住机会，做最有用的事，考最好的学校，找最安稳的工作。从来没人跟她说，做想做的事，坚持自己想坚持的想法。

　　他的话像是让她有了瞬间的触动，此时已经知道没被留用的她反而没有了前两天的忐忑跟患得患失。虽然心中满是失落，但也能坦然面对，毕竟跟拼到几乎住在办公室的陈铭相比，她的确输得心服口服。

　　或许她真的应该好好想一想，自己想做的到底是什么。

　　程安安回到办公桌前收拾东西，马靳凯的位置空着，好像从消息公布后她就一直没看到他人。

　　投行的效率极高，公布结果之后，没能留下的就要马上走人。程安安看着桌上的资料，毕竟是自己付出了日夜辛劳的成果，她到底还是不舍，尽量放慢速度。

　　整个大办公室的氛围并没有因为实习生的去留而出现变化，一切工作依旧有条不紊地进行，正是这种多一个不多，少一个不少的边缘感，让程安安感觉凄凉和压抑。

　　她刚把小箱子用绷带封好口，就听从廖永生的办公室里忽然传来一阵摔东西的声音。所有人都吓了一跳，程安安停下动作，看着那扇忽然拉开的房门。

　　廖永生黑着脸，穿过众人疑惑的目光窸窸窣窣的低头细语，怒气冲冲地径直朝文森的办公室走去。

　　刚到门口，梨花带雨的戚蕊从里面走出来，她一脸鄙夷地看了眼面前的廖永生，有条不紊地小心避开睫毛膏，把脸上的泪水用手指擦掉，语气冰冷有力："天下没有白吃的午餐，该还的总是要还。"

　　廖永生恨得牙尖痒痒，却不能拿她怎么样，只能眼睁睁看她趾高气扬地离开。

　　他走进文森的办公室，门都没来得及关就拉着领导喊冤。文森板着脸迅速关上门，把一墙的耳朵隔在了外面，这才转过头，语气冷淡地跟他说："Jack，公司已经做出对你开除处理的决定，你把手头的项目情况尽快整理好交给我。"

　　廖永生愣了几秒，一脸不相信，抓着文森，如抓住最后的救命稻草："你们这是全部听信她的话了？她这样的人为了留下来可以不择手段地陷害，我是鼎盛的老员工，我为鼎盛出过多少力赚过多少钱你不清楚吗，你现在竟然不相信我？"

　　文森抽出自己练得精壮的胳膊，无奈地看他："不是我不想帮你，而是有心无力。"

　　文森摁开手机里的一段视频给他看，廖永生呆看了一会儿，忽然破口大骂："她就是个婊子！"

　　文森关掉视频，皱着眉头，话中有话："做不到就不要乱答应，不是每个人都愿意吃闷亏。以前的事别人不捅出来不代表我不知道，天下没有不透风的墙。"

廖永生方寸大乱，拉着他恳求说："文森，看着我给公司创造这么多利润的份上帮帮我，我保证这是最后一次。"

文森抬头看他："如果这次你不走，这个视频就会流出去，到时你会面临司法程序。"

廖永生急红了眼："我会找最好的律师，只要公司肯站在我这边。"

文森叹了口气："你也知道，现在经济环境不好，上面高层不希望公司再在名誉上受损。"他拍了拍廖永生的肩膀："你有经验，不怕找不到类似的职位，有需要的话，我可以给你写封推荐信。"

廖永生脸色一僵，从刚才的哀求变成愤懑，他冷笑一声不再说话，转身摔门走了出去。

办公室外面的格子间后挤满了看热闹的同事，小道消息总是不胫而走。不消半小时，不只鼎盛，连楼上楼下的其他公司的员工都在议论廖永生潜规则被开，实习生戚蕊破格录用的事。

程安安从刚落选时的失望变成对戚蕊事件的震惊，她看着远处独自挺直腰杆，硬撑得像是没事人一样的戚蕊，心中五味杂陈。

在投行的现实世界里，有付出代价走捷径的，也有直面惨烈竞争，一步步熬出来的，前者或者后者，都只是自己的选择。

程安安拿着自己的小纸箱刚走到门口，忽然看到马靳凯从外面急急走进来，他叫住她，喘着气让她再等等，还没等她反应过来，马靳凯便转身进了Rick的办公室。

程安安停在原地，她想他可能是先去汇报工作再出来跟她道别，他之前在工作上帮了她不少忙，她是应该跟他好好道个别。Rick的门一直紧闭着，她站在原地，想过去看看戚蕊，但众目睽睽下，她又能跟她说什么呢？

思忖再三，她只能慢慢踱回自己的位置上，重新坐下来。

位置上的电脑还没有锁死，她打开网页刚要浏览，公司邮箱里忽然跳出一封新邮件，她下意识地点了进去，刚看了一眼，便整个人呆住。

这是一封人事部发来祝贺她入职的邮件，她把信件看了不下十遍，确定这封信的确是写给她的，她又急急翻看收件箱，想找上一封人事部发给她说没被录取的信，发现信件已经被删除找不到了。

程安安心头狂跳，虽然不知道发生了什么事，但这失而复得的机会，此时让她激动不已。

"安安。"

听到有人叫她，程安安一抬头，看到马靳凯已经站在了她办公桌的挡板前。

她一下站起来，兴奋地跟他说："我……我能留下了。"

他还是一脸温和的笑容："我说过，你一定会留下来的。"

程安安忽然怔住："这……是你帮我的？"

马靳凯没承认，也没否认。

程安安敛了兴奋神色，公司现在名额这么紧张，戚蕊付出多大的代价才能留下，她有些不知所措地看着他，不知道他为此付出了什么。

看出她的担心，他笑笑说："我家里需要我回去帮着打理生意，我辞职了，就正好向人力和Rick全力推荐了你。"

程安安吃惊地看着他，终于明白了他为什么一直这么肯定地说她会留下来，原来他早做好了打算。她知道他不想回家打理生意，现在他忽然回去了，会不会是为了让位给她？

"你……是真的想要回家，还是为了我……"她的声音有些颤抖。

他笑笑，轻轻拍了拍她的手臂："都是。"

感动让她瞬间红了眼眶，她哑着嗓子问他："为什么要对我这么好？"

马靳凯沉默几秒，看着她："虽然我说过很多遍，但现在我还是要再说一遍，因为我喜欢你。"

在这样的情境下，他的告白一下击中了她，泪水一瞬间滚落出来，此时的程安安忽然生出一种高亢的、满怀对生活和爱情的期待，这种积极的感觉比任何时候都要强烈。

或许，是时候该谈谈恋爱了。

第二天当所有人还在津津乐道潜规则事件时，公司里所有人忽然全都收到了一份邮件，里面是上至高层，下至基层的收入明细截图。

一石激起千层浪，原本保密的工资成了全公司的公开秘密。鼎盛有明文规定，原则上禁止互相打听工资，邮件事件一出，公司全力追查，最后发现监控录像里显示廖永生在交接的过程中，利用最后没撤销的指纹和密码进了技术部，拷走了一系列数据之后，又破解了人力部门主管的电脑密码，将工资数据拷贝出来，发到了所有人的邮箱里。

廖永生用这样的方式发泄心中的愤懑，但也耗尽了公司对他的最后一丝情义，鉴于此事影响恶劣，公司报警抓了廖永生。

周滨在方泽的办公室里，边吃饼干边看廖永生被抓的新闻报道，一脸的幸灾乐祸："这'小辣椒'真是不负众望，为民除害啊。"

方泽抬头看了一眼画面上被押进警车里的廖永生："今天这么闲，不用干活啊？"

周滨咂咂嘴，喝了口咖啡："这么多八卦，哪有心思干活呀。都说女人是老虎，'小辣椒'这种悍妇，还是能躲多远躲多远吧。"

话音刚落，周滨手机进来一条信息："我是戚蕊，下班后一起喝一杯吧。"

他愣了一下，偷偷瞄了眼方泽，犹豫几秒，用手挡住手机屏幕，迅速回了个"好"字。

方泽瞥他一眼："谁啊，鬼鬼祟祟的。"

周滨一脸得意："女人。"

方泽揶揄他："不会是母老虎吧？"

"不告诉你。"周滨看了眼时间，站起来说："今晚有约，不跟你去喝酒了。"

方泽："见色忘友，小心别被老虎吃了。"

周滨抻了抻西服领子："她也得有这个本事。"

华灯初上，一家能看到全洋城夜景的酒吧里，烈焰红唇的戚蕊脱下黑色的驼绒外套，一身红色低胸紧身短裙，在颜色寡淡的人群中格外惹眼。

周滨不由自主地盯着她藕白色的前胸和大腿，喉头一紧，咽了咽口水："你……喝什么？"

戚蕊笑得妖媚："你点什么我就喝什么。"

周滨乐了："我要是点了'情迷夏夜'呢？"

戚蕊哼笑："怎么？想把我灌醉啊？"

周滨摆摆手："不敢不敢。"

戚蕊从他的烟盒里拿出一根烟："要不这样，今晚如果我把你灌醉，你帮我个忙。如果你把我灌醉，今晚我任你处置。"

周滨一向是个有贼心没贼胆的，带刺的玫瑰艳是艳，但廖永生的血泪还没干，就算给他十个胆，他现在也不敢碰啊。

他幽幽地给她把烟点上："别看我长得不像好人，我不干这种乘人之危的事。都是同事，有什么事你说，我能帮就帮。"

戚蕊看了他一眼，她知道在这个风口上故伎重演风险巨大，但现在她刚确定能留下又还没定在哪个部门的时候，就是她调到销售部门的最好机会。如果现在去不了，以后要是再想调，估计是只能离职再重新投简历了。

对方不肯做交易戚蕊心里就没底，但转念一想，廖永生即便收了礼也不一定做事。世事变幻，谁知道后面什么情况呢，谋事在人成事在天，试试吧。

她喝了口酒，开门见山地说："我想调到你们部门。"

周滨没想到她会提这个要求，愣了几秒，想想也在情理之中，她的事传得人尽皆知，事情在IBD发生的，她现在想要换个环境也是正常。但现在整个公司都知道她是烫手山芋，他当然不想找这个麻烦。

刚要推辞，猝不及防地就被酒嗝呛了一下，他尴尬地咳了几声，问道："你知道我们销售部门干的是什么吗？"

戚蕊不假思索，张口说道："和基金经理开会交流，了解他们想要什么要样的研究，再反馈给我们的研究部门，然后把我们研究和分析出来的股票推荐给基金经理。"

周滨本以为她想跳到销售部只是逃出来躲风头，他想用专业性的问题让她知难而退，没想到她竟然能说到重点上。

周滨换了个认真的眼神看她，继续问道："那你觉得我们销售每天的工作干的是什么？"

戚蕊想了想，说："一是了解市场，了解我们公司的强项。二是和客户见面，做销售和关系维护。我知道销售部的人每天都会刷财经新闻，然后跟公司的股票分析师开晨会，听分析师点评和分析新出炉的研究报告。"

他笑笑："我们在晨会上可不光是听。"

戚蕊顿了顿，说："对，如果是我，除了听，还会替客户提一些质疑的问题，这样一方面能听到更完整的分析，另一方面我去跟客户见面的时候如果被问到同样的问题，不至于哑口无言。"

周滨心说"有点意思"，又接着问："从晨会听到的分析内容你就原封不动地直接塞给客户吗？"

"当然不是，我会根据客户需求做判断。客户现在持有哪些股票，可能对哪些股票感兴趣，决定了我会跟他推荐哪些内容。"

周滨进一步追问："如果要跟客户交流，你在这之前会做什么准备？"

戚蕊思索片刻，说："我会先把分析师准备的研究报告先读一遍，然后自己收集一些客户公司的基本相关信息，比如行业竞争对手，公司的成本结构等等。然后自己写一个关于大方向和关键词的草稿文案。"

周滨很是意外，她回答的这些话，完全像是一位有经验的销售才会说出来的。他从刚开始对这个烫手山芋的避之不及到开始考虑怎么给她写调动申请。毕竟现在经济不景气，戚蕊豁得出去又敢想敢做，如果她真是做销售的料，能给销售部出力，做这个顺水人情，他何乐而不为？

为了确定自己的眼光，他又不放心地加了个问题："销售部的工作通常第一步是电话，如果对方感兴趣再去见面。大多数情况下，我们打过去对方是不接的，因为有太多像我这样的销售每天给买方市场的基金经理和分析师打电话推销，他们如果每个电话都接就不用干别的了。所以大多数情况都是留语音，我们在语音留意的三十秒里就要抛出钩子，把对方的注意力牢牢抓住，因为再长人家就不会听了。你要是对销售感兴趣，那现在我给你三十秒，你抛出钩子看看能不能钓上我。"

戚蕊没有丝毫露怯，稍微沉默片刻，脸部表情自动自然地调节到最让人舒服地亲和度，然后张开嘴，声音柔和地开口说道："Ben你好，刚才我在您邮箱里发了一份关于长虹的子公司恒祥科技的分析报告。我们是第一个，也是目前唯一一个写该公司报告的，我们认为，市场上低估了恒祥科技的增长潜力，它旗下有一个稳定业务，占据北美市场千分之二十，我们以每股58元给它的价值估值，目前它每股是47元。希望我们的报告可以给您带来一些新的想法，我的电话号码是12345678901。"

戚蕊说完那串杜撰出来的电话号码，不多不少，刚好三十秒。不得不说，这段话的确让周滨对她说的内容产生了兴趣，如果她真的给他发了报告邮件，他保证一定会点开。这么说来，这个戚蕊的确在销售方面是有天赋的。

周滨沉默几秒，问她说："为什么想来销售部？"

戚蕊看着他，一字一句说："我一直想去的就是销售部。"

周滨哈哈大笑，抬眼瞄了瞄她的胸脯："行，我试试吧。"

戚蕊眼神一亮，没想到他真愿意帮她。她知道天下没白吃的午餐，但以后的事，以后再说。她拿起酒杯碰了碰他的杯子："谢了，我干了，你随意。"

在同一栋大楼的顶层旋转餐厅里，程安安跟刚辞职的马靳凯正看着灯火辉煌的夜景吃日料。

马靳凯把那盘十万日元一条的石斑鱼活造刺身放到她面前："尝尝，味道不错。"

程安安对生的东西不太感冒，但马靳凯今晚心情不错，一直擎着，非要让她尝尝。她说不出拒绝的话，只能小心翼翼地夹起一片生鱼片，蘸了点酱油和芥末，犹豫着放进了嘴里。

冰凉的鱼肉口感伴着些许腥味在她的口腔里回荡，嚼了几下，的确细嫩甘香。但即便如此，对于这个味道，她还是不太喜欢。

"好吃。"她礼貌又违心地笑说。

"当然，这是这家的招牌。"马靳凯拿起筷子，又分别挑了几块放进她碗里，说："鱼柳部分脆甜，鱼腩细嫩，你都尝尝。"

程安安嘴角抽搐了两下，后悔刚才不该违心说话。但现在话一出口，只能继续硬着头皮，分别夹起来又尝了尝。

的确跟他说的一样，各有滋味。

看他只是笑着给她夹菜，她不好意思地停下筷子，也学着他的样子，给他夹了一块："别光顾着我，你也吃。"

马靳凯愣了一下，有些受宠若惊，清俊的面容如明媚阳光。

"干了这么久，你说辞就辞了，不后悔吗？"她到底还是有些愧疚，吃到一半，又忍不住问出来。

他眼中透着淡淡笑意："一份工作而已，再说能达成你的心意，再大的代价也值得。"

程安安脸色一红，转变话题："你是怎么说服公司和Rick让我留下的？"

她对这个一直疑惑，毕竟现在行情不好，即便马靳凯走了，公司也不一定要把她留下。

马靳凯顿了顿，目光清冽地看着她："我跟他说，要把'合家欢'上市的项目交给鼎盛来做。"

程安安吃了一惊："'合家欢'要上市？"

他点点头，又给她夹了块鱼肉。

程安安犹豫了几秒，问道："可之前你好像说过，你父亲并不想让公司上市。"

马靳凯脸上划过一丝冷漠，瞬间又恢复了常态："人总是会变的，上市对现在的'合家欢'来说是最好的选择。"

她点点头，也没再追问。因为她知道，一个企业上市后，公司估值迅速成数倍提升，企业价值在资本市场中也迅速提升，有利于公司扩大生产规模和知名度，增加在同类竞品中的优势，提高市场竞争力。其次，上市有利于规范企业的规章制度、组织架构，打破家族企业的传统管理模式和经营机制，公司受公众监督，有利于科学化管理，对企业发展来说大有益处，所以马靳凯说'合家欢'上市是最好的选择，程安安是相信的。

隔着一桌的菜，马靳凯忽然伸出手，覆上她放在桌上的手。程安安下意识地往后一缩，他的手空在那里，倍显尴尬。

此时外面忽然升起一朵朵绚丽烟花，这些转瞬即逝的烟花在空中绽放出五光十色的幻境。两人同时看向外面，刚才尴尬的情绪瞬间消失得无影无踪，她看着烟花他看着她，他们的眼中，都看到了爱情的样子。

程安安回到家已经快到凌晨，推门进去时，她看到戚蕊正坐在客厅沙发上。

自从廖永生的事后，戚蕊像是故意躲着她，程安安心里虽然担心她，但也不想让她难堪。

两人都自然而然又颇为默契地岔开时间活动，但在每天出门之前，程安安都会在鞋柜上留下一瓶戚蕊喜欢的鲜榨果汁跟一盒巧克力，她知道戚蕊这几天中午都没有踏出办公室吃午餐。

今晚戚蕊却反常地坐在客厅里，桌上放着一打啤酒，像是在等她。

"回来了，一起喝一杯吧。"穿着宽大厚实家居服的戚蕊看起来像是已经喝了不少，脸色潮红，看她进来，嘻嘻笑地拉着程安安坐到了旁边。

"你怎么了？"程安安担心地看着她，要起身帮她倒杯温开水。

戚蕊心满意足地打了个酒嗝："你知道吗，我真的可以调去销售部了。"

程安安一愣，打心里为她高兴。销售部一直是她心心念念的地方，离开IBD这个舆论旋涡，对她来说也是最好的选择。

看戚蕊像是跳出了阴霾一脸开心，程安安接过她递来的一瓶啤酒："来，是该好好庆贺一下。"

戚蕊又一口气喝了半瓶，搭着程安安的背，把头靠了过来。因为喝了不少的缘故，说话有些大舌头："安安，我们真的很有缘。你知道吗，我朋友不多，你算一个。"

程安安从没直接对着瓶子喝酒，听戚蕊这么一说，想到她们相识到现在一起经历过的事，情绪受到感染，也学着戚蕊的样子，对着瓶子喝了几口，然后用力放下，打了个嗝。

两个女孩都大笑起来。

戚蕊把自己找周滨的事告诉了程安安，程安安佩服她这个时候竟然还能主动出击去为自己争取。她喝了一口酒，也把自己跟马靳凯恋爱的事说了出来，然后真心对戚蕊说："你知道吗，我真羡慕你敢说敢做的性子，我就是个怂人。"

戚蕊哈哈大笑，笑着笑着，眼中就有了泪。她抹了一把，说："我也羡慕你，能在投行这个现实的地方找到自己的爱情，我无依无靠，只能自己争取。"

程安安脸色微红："我之前也以为爱情离我很远，没想到说来就来。你性格爽朗又善于交际，属于你的爱情迟早会来的。"

戚蕊先是笑，然后叹了一口气："我跟你不一样，跟你说吧，我老家在一个落后偏远的山区，我父母在我十几岁的时候就离婚了。这个事对当时的我影响很大，我发誓长大后要找个爱我的人结婚，永远不分手。那时的我特别着急长大，因为我要做那个特别坚定的捍卫者。但事与愿违，那些跟我谈恋爱说喜欢我的人，没一个想要娶我。"

戚蕊喝了一口酒，苦笑一声："可能是那些男人觉得我不像一个可以在家给他们生孩子做饭的女人吧。所以他们可以爱我，可以喜欢我，但最终都是不娶我。"

"之前的我一直有很强的危机感，我视爱情如命，怕自己会嫁不出去！其实那时候的我也才二十出头而已。最后终于有个在小公司上班的男人对我说，你嫁给我吧！那时我刚大学毕业，他跟我求婚的时候只有一枚银戒指，还特别特别细，而我竟然欣喜地答应了。"她边笑边说，眼泪就下来了。

程安安听得目瞪口呆，甚至忘了给她拿纸巾。

戚蕊用衣服袖子把脸一抹，继续说："当时我们就在一个只有四张桌子的川菜馆里，请他的几个同事吃了饭。没有仪式，没有礼金，没有亲戚，喝了顿酒，就算礼成了。不知道为什么，我的内心空荡荡却又觉得欣喜感动，哇，终于有人愿意娶我了！"

程安安默默地听着，感觉到自己眼眶里的泪一滴滴落在地上，她心疼地拉着戚蕊的手，不知要说些什么。

等情绪平稳了些，戚蕊继续说："我渴望从一而终的确定性，我努力地在这场婚姻中表现得幸福，努力去爱那个男人，我想让那些之前不愿娶我的男人们后悔。但我发现，后悔的人是我。我在那段婚姻里收获的是贫穷、欺骗和暴力。最后他还不顾我的苦苦挽留，光明正大地跟一个富婆搞在一起。"

戚蕊抹了一把泪，露出重生似的笑意："感谢他渣得这么彻底，我才能清醒得如此及时。我迅速离了婚，然后考了研究生，再之后，就来了这里。"

　　虽然戚蕊省略了她自立自强的过程，但稍微一想，也知道这条路有多困苦艰难。此时的程安安不知如何安慰她，只能仰脖喝了几口酒。曾经以为患有异性过敏症的自己十分可怜，没想到人人都有一本难念的经。

　　听的人一脸难受，说的人反倒一脸淡然，戚蕊擦了把脸，笑笑说："有了那些曾在我生命中出现的渣男，我才意识到，想要拥有幸福，绝不能依附任何男人，这个世界上，唯一能靠的就是自己。或许很多人都无法理解我为了留在投行而做的事，但我知道我需要这份工作让我尽快实现财务自由，成为别人只能仰视而无法忽视的人，即便付出再多的代价，我也愿意。"

　　路在脚下，每个人都有选择的权利，程安安无法说自己的选择就一定比戚蕊高尚多少。生活残酷，在战场厮杀，活下来的人才有资格评说。

　　戚蕊再次拿起酒瓶，悲壮里带着希冀："生活不曾取悦我，那我就创造自己的生活。"

　　程安安举起瓶子："为自己，干杯！"

　　这一夜，两位姑娘就像这个繁华都市里千千万万个努力打拼的女孩一样，因为伤痛，因为成长，因为友情，在孤独的夜里相互舔舐伤口。戚蕊的敢爱敢恨和活在当下的痛快让程安安佩服羡慕。程安安不谙世事的天真，成了戚蕊这辈子再也不能拥有的遗憾。在某种层面上，她们都活成了对方渴望的样子。

Chapter 21　确定关系

　　第二天是周末，等程安安从床上醒来的时候已经过了午饭时间。她揉了揉还隐隐作痛的太阳穴，昨晚跟戚蕊喝到几点她已经不记得了，只知道所有的酒瓶都空了，两人又哭又笑地闹到了天空发白。

　　她口干得厉害，从床上下来喝了杯水，戚蕊的房门紧闭，估计还在酣睡。程安安拿起手机看了一眼，上面显示有马靳凯打来的好几个未接来电，她扶着晕乎乎的脑袋，给他回了个电话。

　　刚接通对方就接了起来："你在哪里？怎么不接电话？"

　　那头的语气发急，程安安先是一愣，干干地笑了一声："不好意思，手机调了静音，睡到现在才起来。"

　　那头的马靳凯也意识到自己的失态，语气柔和下来："没事就好，吃午饭了吗？"

　　程安安宿醉后没有胃口，揉了揉脖子，说："没吃，不太饿。"

　　那头沉默了几秒，耐心哄道："人是铁饭是钢，不太饿也要吃点东西，你半小时内能穿好衣服吗？"

　　他语气温和，却没有跟她商量的意思。程安安犹豫几秒，揉了揉睡变形的头发，看向镜子中自己发油的脸，说："好吧，不过时间可能会久一些，你可以晚点再过来。"

　　"我已经在你楼下了。"

　　"啊？"程安安一怔："你什么时候来的？"

"给你打第四次电话你没接的时候。"他声音平淡，像是理所当然。

程安安拿起手机翻开未接来电，发现那已经是一个多小时之前了。她觉得有些对不住他，但又隐隐感到有什么不对。明明是他自发的行为，她却不得不心怀愧疚。

虽然感觉奇怪，但他毕竟是一直帮她的人，她慌忙站起来，用头部和肩部夹住手机，边打开衣橱找衣服边急急说："不好意思，我马上就好。"

他在那头像是感觉到了她的忙乱，话中带着笑意："不用着急，慢慢来。"

十分钟后，程安安头也没来得及洗，戴了顶棒球帽把油腻的刘海暂时先给遮挡起来，一身运动打扮，倒显得青春逼人。

马靳凯从车里下来，即便不用再上班，他依旧是一身正装，深蓝色的长裤皮鞋配上浅色细格子西装，显得儒雅沉稳。

程安安一脸抱歉，边跑边说："不好意思，让你等了这么久。"

"两个小时而已，这都等不了，还怎么等你一辈子？"马靳凯半认真半玩笑地为她打开副驾驶的门，又把手放在车顶上，防止她因为戴着帽子没有了头发的度量，坐进去的瞬间撞上车柱。

他的行为和话语，有恰到好处的克制和周到，这种润物细无声的熨帖，就像他给人的感觉一样，理性又高级。

天气格外晴朗，午后阳光慵懒。程安安透过车窗玻璃，眯着眼抬头看天上的蓝天白云，宿醉后被暖洋洋的太阳这么一照，她整个人舒服得眼皮都懒得动。天气这么好，就应该什么都不干，坐在阳台上静静地晒肚脐。

马靳凯拉开车门坐进来，看到一脸呆萌的程安安，忽地笑了，伸手轻轻拍了拍她的帽子："我们先去吃点东西，然后看一场电影，晚上带你去个好地方。"

程安安潜意识里还是把他当成当初为她领路给她帮助的老同事，她习惯性地点点头。

不得不说，马靳凯真是个做事有计划有条理的人，即便只是出来单纯的娱乐，他也不会让程安安有哪怕一秒的"不知下一秒要干吗"的疑问。

吃完东西，马靳凯开车带她去影院看最新上映的大片，她以为去了才买票，所以吃饭的时候一直没太注意时间。没想到他早就买好了票，检票的时候，时间竟然不早不晚正好卡在点上，让她不得不佩服他提前预计的技能。

一场科幻电影看下来，程安安有一半时间都在偷偷打瞌睡，直到散场时的喧闹把她吵醒，她才发现自己身上盖着马靳凯的外套。

她有些不好意思地把衣服脱下来，他却轻轻按住她的手："先披着，刚醒容易着凉。"

等人都走得差不多了，他自然而然地牵起她的手，她却条件反射性似地躲开。他的脸上有些挂不住，都是成年人，既然她答应跟他出来，那就代表她是有想跟他恋爱的意愿的。但她甩开他的手已经不是一次两次了，他有些琢磨不透她的想法。

两人找了个地方坐下来喝咖啡，马靳凯不说话，她知道他在等着她解释。程安安犹豫片刻，把自己的异性过敏症说了出来。

马靳凯先是错愕，随后沉默。程安安看他这样，心中忐忑，她对他是有好感的，所以她才怕他会知难而退。

马靳凯静了几秒，表情像是松了口气。程安安之前的反应让他不止一次地怀疑她是不是不喜欢他。现在知道了原因，他终于可以放心了。

他伸手刚要去牵她的手，忽然意识到这会让她不舒服，手臂又慢慢缩了回去，柔声说："我喜欢你这一点，不会因为你得了奇怪的病就会改变。你刚才也说了，那是心病，我会陪着你，等你的心病痊愈。"

程安安先是一怔，随即有些哽咽。他知道了她的情况，没有不耐烦地离开，而是愿意站在她旁边，陪着她一起渡过难关。程安安的眼眶有些发红，心中原本温温吞吞的情愫，终于在他坚持不懈地热捂下，慢慢滚烫起来。

他隔着帽子在她头上揉了揉："傻瓜，走，带你去个好地方。"

程安安平复了情绪，跟着马靳凯肩并肩一起朝电梯走去，他一脸宠溺地隔着衣服搂着她的肩。她肩头一缩，然后默默地强迫自己习惯这种亲密动作。

电梯门打开，表情各异的两人同时看到了站在电梯里，穿着黑色外套、灰色牛仔裤的方泽。

三人都怔了一瞬，方泽看了眼对面两人的亲昵动作，立刻猜到了他们现在的关系。马靳凯先跟前上司方泽打了招呼，程安安也红着脸跟方泽点了点头。方泽表情疏离、语气平淡地跟两人客套了两句，然后朝电影院走去。

程安安在跟方泽擦身而过的瞬间，他身上咖啡和烟草混合在一起的味道，再次让她身形一凛。

到底她在哪里闻到过？为什么她会觉得这么熟悉？

看她转头盯着Rick的背影，马靳凯眉头微皱，用力伸手揽回她的肩膀，快步走进电梯里。

方泽独自坐在电影院里，屏幕上正播放着一部著名动画片，里面的黄色小人是何雪最喜欢的卡通形象，看第一部的时候，她就说以后她要跟他和他们的孩子一起去看第二部、第三部、第四部……

没想到没有以后了，从今往后，来看电影的都只有他一人。

整部电影，方泽从头看到尾，他一直把手搭在旁边的空位椅背上，那是他给何雪留的位置。以前他陪她来看的时候，因为经常熬夜缺觉，几乎都是从头睡到尾，而她却从来没怪过他一句。现在他想要醒着跟她看一场电影，没想到却成了奢望。

方泽闭上眼，深吸了一口气，脑中竟然闪现程安安的影子。他瞬间惊得睁开了眼，心中愧疚，没法原谅自己竟然在陪妻子看电影的时候，心里想的却是另一个女人。

方泽揉揉太阳穴，"或许是因为她长得像何雪吧。"他低声说着，像是跟何雪解释，又像是在跟自己解释。

夜幕降临，外面下起了淅淅沥沥的小雨。一场秋雨一场寒，雨停后，程安安裹紧了马靳凯的外套，跟他一起站在江中一艘大游轮的甲板上。

"闭上眼睛。"他跟她说，清俊的脸上有藏不住的笑意。

程安安听话地乖乖闭上眼睛，不过几秒钟的时间，只听耳边有"砰砰砰"的声音，她睁开眼睛，看到离大船不远处，排成几排的小船正有规律地燃放着烟花，巨大的黑色天幕下，瞬间开满火树银花。

"喜欢吗？"他笑着看她。

她微怔了几秒才回过神来："这是给我放的？"

他点点头："我看你那晚很喜欢。"

从小到大，从来没有一个男人如此为她花费心思，说不感动是假的。江上冷风扑面，几排烟花瞬间同时点燃，照亮夜空的同时，也把她的小脸衬得白皙柔软。

在周围羡慕的眼神中，程安安被周围绚丽的烟花和船上五光十色的虚幻灯光包围着。二十几岁的年纪，没有多少人能抵挡得了这种灰姑娘的奇遇。他慢慢地拥她入怀，她也试着去回抱他。她的手开始不出所料地发痒，却依旧紧紧抱着他，她想用行动让他知道，她的心意，她的决心，和她此刻的欢喜。

他低下头来的时候，她的理智已经溃不成军，在双唇的颤抖中闭上了眼睛。嘴唇碰到嘴唇的瞬间，她还是忍不住弹开了。他知道无法勉强，只能松开怀里的她，表情隐忍。

程安安脸色绯红，低着头喃喃说："对不起，我们可能无法像其他的情侣一样了。"

马靳凯看着她，忽然用力拉过她的手："安安，逃避是没有用的，我们要主动治愈它。"

程安安怔了一下，听马靳凯一字一句说："我要跟你一起克服它。"

"怎么克服？"

他沉默几秒："搬过来跟我一起住。"

程安安有些吃惊，即便答应做他女朋友，她也没想过这么快要跟他住在一起。

"我……"

他打断她想要拒绝的话："安安你听我说，我跟你在一起不是想跟你谈恋爱而已，我是想跟你结婚。是，没错，我这么做是存了私心的。以前我们一起工作，可以在公司见面，但现在我只能等你不加班的时候才能跟你见面，我忍不了，我想每天都能见到你。安安，搬过来吧，让我跟你一起克服它。"

面对一脸期待的马靳凯，程安安左右为难，说实话她是有点动心的，但过敏后的红肿痒痛又让她望而却步。

Chapter 22   爱情红利

周一上班，程安安便收到Rick的邮件，让她把江宁项目的所有的尽职调查资料和底稿整理好，准备开始撰写招股说明书。邮件还附带了一份新项目"合家欢"前期调查要进行的调研事项表，让她按时完成。

投行的项目通常是并驾齐驱，江宁项目的募投方案已经通过，接下来便是开始制作上市申报材料的核心文件——招股说明书。鼎盛的项目招股书都是团队内三到四个人分工完成。一个人负责一个或几个部分，按照内容和格式的要求起草，并且需要相应的尽职调查和底稿来支撑。此时的程安安虽然还是负责除了业务技术、财务分析等重要内容之外的没太多技术含量的边角章节，但相较于第一次撰写，无论是在对业务的熟悉方面还是工作的心态上，都已经成熟了许多。

跟着方泽实习了几个月之后，程安安不自觉受到了他的影响，有了他工作时那一股子雷厉风行的劲头。

写招股书毕竟是重要的一环，程安安不敢有半点马虎，每写一段都要翻资料案例，正聚精会神写稿，桌上的内线电话响了，她迅速接起来。

对方的声音比平日更加沙哑低沉："我是Rick，招股书是审核导向型，所以你最好多研究案例，不要出错。"

程安安知道他是怕她出差，特意提醒她。她应了一声，脑中不自觉地闪过他那次疼得满头是汗，一脸疲惫的样子。

"你怎么了？声音听起来不太好，有什么需要帮忙的吗？"她有些紧张地站了起来。

方泽静了一瞬，沉声说："没事，你做好自己的工作，就是帮了我大忙。你在写招股说明书的时候除了根据尽职调查和底稿的内容来如实撰写，还要尽量琢磨证监会预审员和发审委工作人员的喜好来字斟句酌。"

程安安点头记下来。他顿了顿，她以为他要挂电话，没想到他又说："撰写招股说明书是个长期过程，会有无数次修改，即便在发行上市前的最后一秒还是在改，你要有心理准备。另外，'合家欢'项目的尽职调查前报告明天上班前给我。"

"好的。"她答得干净利落。刚要说句"谢谢"，方泽已经挂了电话。他在工作上一向速战速决，绝无废话，好在她也习惯了。加上她现在是恋爱期，心情甜得像蜜，对于即将接下来的苦战，竟也充满了乐观和干劲。

第二天上班，方泽看完程安安提交的从网上、报纸和别的途径收集到的关于"合家欢"这个企业的尽职调查前报告。他站起来，拿起桌上的一盒早餐饼干边吃边问她说："吃早餐了吗?"

程安安坐在他的办公室里，身子被从窗户上射进来的光线笼罩着，她看着眼前穿着暗色衬衣，黑色裤子，高挑笔直，明明气质俊逸出众，却偏偏玩世不恭的上司，点点头说："吃过了。"

方泽给自己冲了杯咖啡，转身坐在桌子上，放了一块饼干进嘴里，问她说："你查看了这些资料，对餐饮行业的上市有什么看法?"

这几个月的接触，让程安安在Rick面前已经没有了拘束，直言说道："有统计数据显示，目前我国现有各类餐饮饭店五百多万家，年营业额超过两万亿元，近几年一直保持高达15%—17%的复合增长率，增长速度远远超过GDP。然而，目前整个餐饮行业的上市公司只有个位数家，其中还有几家在海外或者香港上市，在内地A股上市成功的只有屈指可数的三家。"

方泽把第二块饼干放进嘴里，她继续说："自从整顿公款消费开始，国内整个高中端餐饮行业便进入了持久的'寒冬'。同时伴随着人力成本、租金和原材料齐齐上涨的现实，餐饮企业利润不断走低，增长速度低至谷底。为了生存，整个餐饮行业竞争惨烈，这一切，都是餐饮企业上市困局的客观原因。"

方泽眼中闪过一丝赞赏，喝了口咖啡，示意她说下去。

受到鼓励，程安安接着说道："另一方面，餐饮企业本身在面对资本市场时也有诸多缺陷。财务不透明、盈利不稳定、管理不规范等，是餐饮企业通不过证监会上市审批的三个最重要的原因，也是餐饮企业普遍存在的问题。原料采购价格管理不清晰，人员合同不齐并且流动性大，漏开发票无法有效监管，许多门店甚至还证照不全。这些原因会让资本市场感到餐饮企业难以准确估值，证监部门也会认为让这样的企业上市，对股民来说风险过大，所以现在对于餐饮企业来说，上市集体遇阻已经成为事实。"

方泽点点头，问道："你有没有想过，'合家欢'为什么在上市的好时机没上市，却选择在现在政策和环境不利的时候着急上市？"

程安安思忖半晌，想起马靳凯说起他父亲的脾气。她犹豫几秒，说："很多家族性的餐饮企业没有强烈的扩张意图，因此上市动力不足，甚至有人还认为上市亏本。"她顿了顿，说："我觉得这可能是因为餐饮是个小行业，餐企老板的创业之路都属于稳扎稳打的类型。从而形成一种保守的发展态度和路径依赖，不那么热衷于寻求扩张，从而也不存在强烈的上市需求。另一方面，中式餐企大都是家族式经营，一旦上市，控制权分散，决策过程复杂，会给管理增加难度。再说就目前很多餐企的扩张需求而言，所需要的资金量并不是很大，完全可以避开上市这条路，通过其他渠道筹集。当然，上市是大型企业保持持续发展的重要支撑，而正因为上市和扩张的企图心不强，像'合家欢'这样的国内餐饮企业才一直没有诞生出特别大规模的、有能力面对外资餐饮企业的竞争的企业。"

方泽喝完最后一口咖啡，放下杯子，说："你只说了'合家欢'为什么没在好时候上市，并没说到他为什么要在现在上市。从现在的情况来看，证监会对于餐饮企业上市把关非常谨慎。以往受投资机构追捧的连锁业态餐饮企业如今不再受青睐。证监会提高了上市餐饮企业的门槛，对上市餐饮企业增长率、净资产、盈利水平要求更严。在这个瓶颈，'合家欢'等不及要选择上市，如果不是因为缺钱，就是有别的内在原因，这个原因，有可能是我们需要明确知道，而他们不一定想要我们知道的。"

程安安看着他，喃喃说："他们不想让我们知道的？"

方泽点点头："你分析得不错，这件事可以再想想，回去工作吧。"

下班时间刚到，程安安便急急地收拾东西，男友马靳凯早已等在楼下。她拿着包包冲进电梯，转身刚要摁楼层按键，抬眼就看到Rick一手提着黑色的机车皮外套，一手插在裤袋里，不紧不慢地朝电梯走了过来。此时的程安安即便再赶时间，也不好直接摁下关门键，她只能耐着性子摁住开门键，等着这位酷上司走进来。

方泽的大长腿刚迈进电梯，程安安便迅速按下一楼按键。他跟她并排站在一起，看着她一直轻微且有节奏地敲打电梯地面的右脚，猜出她此时着急去约会。

电梯里只有他们两人，她无心攀谈，他却一改往日的冷酷，转头主动跟她说："约会的时候，记得打听一下'合家欢'融资的情况。"

程安安脸色一红，下意识问道："你怎么知道我去见Peter？"

他目光停留在她身上那件白色大衣外套上，淡淡说："猜的。"

Rick见过她跟马靳凯在一起，她没想隐瞒她的恋情，但也不想大肆宣扬。她摸了摸脸，心想难道自己现在的样子真的表现得这么明显？

电梯迅速下到一楼，门打开，他侧身让她先出去，她赶时间倒也没谦让。他跟在她后面走出来，声音有些沙哑："上市项目除了考察企业是否具有持续盈利能力，还要看关联交易、内控和资产完整等多个方面。我们当然可以从财务报表中查看关于融资的情况，但那只是其中一个方面，尽职调查是方方面面的事。"他顿了几秒，看她一眼："当然，这是你的私人时间，你可以选择不做跟工作有关的事。"

她停下来脚步，嘴角有些微微翘起。即便他没有一句拜托的话，但她心里还是有点小小高兴的，毕竟这是一向无所不能的Rick在隐晦地请她帮忙。

程安安把肩上的包带往上提了提，想了想，问道："那依你看，一般像'合家欢'这样的家族企业，选择融资的原因是什么？"

方泽反手把衣服一抖，帅气利落地穿在身上，抬眼看她，说："对于一个创业初期，缺少资金的小型公司或个人来说，如果他们有一个新的盈利idea，并坚信这个模式一定能火，他们会出一个商业计划书，将自己的想法或产品完美展现出来，然后去融资平台找天使投资人或者投资机构筹钱。但融资越多代表被分掉的股权越多，如果这是一家能持续盈利的公司，自身不缺钱，大部分的人都不会愿意融资。但在创业过程中，往往需要的不只是钱，还需要资源和平台，即便'合家欢'不缺钱，也可能因为缺少别的资源，而选择融资。"

马靳凯没跟她提过融资的事，而这些也的确是工作的正常程序，程安安思忖几秒，答应说："我会尽量打听清楚的。"

他看了她一眼，话中有话："注意方式方法。"

他说的话她明白，就像马靳凯曾经跟她说过的，立场不同，各有各的考虑。现在的马靳凯站在企业的立场上，不一定真会跟她说出全部的事。

这么一想，她忽地笑了，觉得自己像"无间道"。

他深深看了她一眼，转过身，背着身子跟她挥了挥手，朝大门走去。

程安安刚出门，就在公司大楼的路边看到马靳凯的车子。她脸上露出笑意，一路小跑着过去。

马靳凯的车头一直对着灯火通明的全玻璃一楼大堂，他看到Rick跟女友并肩从电梯里出来，然后又站在原地讲了一会话，他知道他们讲的可能是工作上的事，但她站在Rick面前，看着Rick时那副乖巧认真的表情和带着小崇拜的眼神，让他心烦意乱。

看到她匆匆跑过来，马靳凯调整了表情，迅速从车里出来。

初冬的傍晚空气干冷，他迎上去，不管不顾地给了她一个结实的拥抱。程安安被这突如其来的示好弄得措手不及，打了个冷战，全身迅速起了鸡皮疙瘩，但心里却有一股甜劲在慢慢溢开。

感觉到她有些微微发抖，他慢慢放开她，幽幽地看她说："是我心太急了。"

她笑了笑，摇摇头，深吸一口气，忍住不适，主动抱过去。

他的脸色逐渐柔和下来，眼中的笑意越发浓重，对着她发红的耳边说："看来还是抱得太少了，以后我们要多加练习。"

不远处，一辆机车从停车场开出来，低沉的轰鸣声和穿着机车服的高帅男人引得路人侧目。隔着头盔，开车的方泽瞥了一眼路灯下抱在一起的一抹白色身影。他移开目光，一脚油门，车子朝前飞奔而去。

因为想要了解融资的事，程安安特意把晚餐的地点选在了"合家欢"

的其中一家餐厅。

"合家欢"是定位中高端的品牌，菜色和味道有口皆碑，她边吃边好奇问道："管理这么大的企业比在投行上班辛苦很多吧？"

马靳凯笑笑，切开盘中的肉："还好，就是想你想得比较辛苦。"

程安安脸色微红，问道："你父母是白手起家把'合家欢'做这么大的吗？"

马靳凯顿了顿，看她一眼，说："公司创业初期，有过天使投资。"

程安安点点头，企业刚刚开始创立的时候，大多基本还处于赔钱阶段，所以这时候进来的都是天使。而到了能开始盈利的阶段，才能吸引到风投。虽然盈利，但也存在着巨大风险，所以才叫作风险投资。而风投又会经历多轮，有可能从A轮、B轮、C轮到D轮，而每轮可能有一个领投，多个跟投。就像Rick说的那样，有能力的企业主都不愿意融资稀释股权，"合家欢"估计是经过了天使投资后，便迎来了迅猛发展，不再继续融资。

马靳凯像是想起了什么，笑着把手放在她的头上揉了揉："过两天'合家欢'的项目正式开始之后，我们又能天天见面了。"

程安安心里一甜："我现在正在忙江宁的招股书，先头部队里不一定有我。"

马靳凯不动声色地拉起她的手："Rick会带上你的，我当初把项目给鼎盛的时候，已经明确跟他说一定要让你成为项目团队里的一员，从头开始参与。"

程安安心里一暖，低下头心花怒放。

马靳凯看着她俏丽的眼角眉梢，轻声说："这个周末，我陪你去把行李拉过来吧。"

第二天，Rick带着律师、会计和几位投行同事一起到了"合家欢"总部，这是程安安第一次接触到男友马靳凯家族企业的中心。马靳凯穿着精良的黑色西装，跟公司的几位高管站在门口迎接前来合作的鼎盛老同事。跟穿一身深灰色风衣搭配牛仔裤的方泽相比，一身考究西装的马靳凯则更像投行人员，他主动伸手握住前上司Rick的手，两个同样高大的男人站在一起，虽然都是面露笑意，一个显得沉稳儒雅，一个则帅酷清傲。

　　马靳凯一一跟来人打招呼，轮到程安安这里，他特意用力握了握。方泽眼睛瞥过来，程安安脸色发红，急急抽了出来。马靳凯笑笑，故意看向方泽，颇有宣示主权的意味。

　　大家在大会议室里一起坐下来，马靳凯作为主人，跟投行的项目负责人方泽坐在最中间的席位上。两人的旁边悉数排开各自的人马，程安安坐在最边的位置上，看着对面说话做事都有理有条的马靳凯，这是她第一次不以同事的身份跟他共事，不得不说，他是个天生的领导者。

　　马靳凯毕竟在投行待过，对于一切需要用到的资料都准备得齐全妥当，第一次碰头会开得十分成功。马靳凯给项目组专门开辟的开放式办公室，就在自己办公室的对面，几乎是他拉开窗帘，就能看到在正对着的两张桌子，程安安就坐其中一张。

　　会议结束后，马靳凯安排了晚宴，一般这样的宴会方泽是能推就推，但这次做东的是他曾经的得力手下，于公于私，他还是来了。

　　一大桌的人，马靳凯特意坐在程安安旁边，程安安却借口去给大家倒茶，换到了另一个地方坐下来。方泽看了眼面色如常的马靳凯，他知道他们的关系，只要不影响工作，私人时间他们如何腻歪他都管不着。马靳凯想让别人知道他们的关系，但程安安并不愿在这个项目进行时特意公开，毕竟现在她还算个新人，没人关注地踏踏实实干活，比一举一动都在大家眼皮子底下更让她感到轻松自在。

晚上程安安没让马靳凯送，跟别的同事一起坐了公司的车回去了。刚下车，马靳凯的电话就到了，她接起来，听到里面的声音带着酒气："为什么不让我送你？"

"公司的车子顺路，从公司到家也近。再说你也喝酒了，对了，晚上记得喝点牛奶。"她边说边独自慢慢往酒店公寓走去。

那头传来微沉的喘气声，沉默了几秒，要赖似的说："我想见你。"

她知道他今晚喝了不少酒，哄道："早点休息，明天就能见面了。"

不知是不是酒精的缘故，他哼笑了几声，话语里多了几分蛮横："喜欢的东西还要等的话，那我就白做有钱人了。"

话音刚落，程安安的脚下忽然多了两束车灯的亮光。她微怔，转过身去，看到不远处停着一辆卡宴。

马靳凯拿着电话，有些摇晃地从里面开门出来。程安安眉头微皱，快走两步过去扶住他。

酒气扑面而来，她有些动气："你喝酒了还开车，不怕出事故吗？"

他看着她，稳住身子，嘿嘿笑起来："没关系，有代驾，我就想见你。我……我就想每分每秒都跟你在一起。"

程安安心里的气顿时就变成了感动，她不记得自己的人生中是否有过什么浪漫感动的事，如果有，现在便算一个。

戚蕊刚风风火火地敷上面膜躺在沙发上，程安安便开门进来，然后小心地把门掩上，有些兴奋又有些抱歉地跟她说："戚蕊，我……今晚就要搬走了。"

戚蕊一下从沙发上蹦起来："这么快？不是说好了周末吗？"

程安安红着脸，有些不好意思地笑笑："他……"

毕竟是过来人，戚蕊"哦"了一声，冲回房间拿出一盒避孕套递给她："无论什么时候，女人一定要保护好自己。记住，Peter如果对你不好就回来，我就是你的娘家人。"

程安安又好笑又感动，抱了戚蕊好一会儿才去收拾东西。爱情真是让人盲目，这是她长这么大第一次跟男人住在一起，也是她第一次如此地偏离理性，如此疯狂。

时间太晚东西太多，程安安先拿了一些日常用品，装了个小箱子，剩下的，改天再回来搬。

马靳凯一直等在电梯处，看程安安出来，赶紧迎上去接过东西，两人刚要进电梯，戚蕊忽然从房里冲出来，对着电梯里的马靳凯大声说："安安是我朋友，你要是敢对她不好，我就让你好看！"

电梯口的两人同时一怔，程安安胸口忽然涌起一股酸酸麻麻的感觉，同时生出一丝愧疚。这个爽朗的女孩在她忐忑不知前路的时候为她站了出来，而她却没在大家都在看她笑话说她八卦的时候，为她站出来说过哪怕一句反驳的话。

马靳凯笑嘻嘻地把手搭在旁边的程安安身上，晕晕乎乎地把两个手指朝头上一点，对着戚蕊行了个不伦不类的美式军礼。

两人打车回到了马靳凯在市中心的一套高端公寓里，刚打开灯，就看到室内一整面透明玻璃墙映出对面霓虹变幻的江景，视野宽广，夜色正好。

对这个宽敞陌生的地方，程安安有些束手束脚。感觉到她的拘谨，马靳凯拉着她的手在房里走了一圈，这是一个中式的装修，木头家具和各种古物让房里古色古香，却让她有种年代久远的冰冷感。

他拉着她站在主卧前，跟她说："你住这间。"

她闪过一丝慌乱，转身看着他："你呢。"

马靳凯明白她的意思，伸手捏了捏她白皙的脸庞，轻声说："在你没准备好之前，我都住你隔壁。"

她有些感动，忍着脸上的红痒，小心翼翼地在他脸上亲了一下。

这个举动让马靳凯静了一瞬，他看着她静好微红的容颜，上翘修长的丹凤眼里黑白分明的眼瞳，那上面，泛着水雾般氤氲的光。他忽然一把抓住她的手腕，用力把她箍进怀里，让她动弹不得。他像是被点燃的火把，在酒精的作用下热烈深沉地吻了下来。

程安安有些不知所措，嘴唇的触碰让她过敏反应加剧，脸上、嘴上全是红肿一片，又痒又痛。

他的手开始下探，她像刺猬一样轻轻一缩，他却越发吻得她无处可躲。他的蛮力让她有了瞬间的惊慌，她想用力推开他，但力道根本无法跟他抗衡，情急之下，她伸手甩了他一记耳光。

"啪"的一声，两人同时错愕地看着对方。马靳凯长这么大，自认为克制理性，没想到竟然会被女人打耳光。

火辣辣的痛感让马靳凯顿时恢复理智，他看着她红肿的脸和惊慌的眼神，一脸歉意说："对不起，我……刚才太冲动了。"

程安安看他要拉她的手，条件反射地后退了几步。她警惕的样子多少让他有些灼伤，他走进浴室，用凉水冲了头和脸，这才返身出来："对不起，我今晚喝多了。我保证，以后没有你的允许，我绝对不会碰你。"

看着他的诚心道歉，她的慌乱才慢慢平复下去。平心而论，作为情侣，马靳凯的行为并不过分，是她自己有问题。她既然喜欢他，就要面对和克服这个问题。

程安安难过又无奈，深吸了一口气，轻声说："对不起，为难你了。"

气氛有些僵，程安安终是不肯住主卧，搬到旁边的侧卧里。

在漆黑陌生的地方，她翻来覆去无法入睡。凌晨时她起来上厕所，推开门的那一刻，看到客厅书桌旁的台灯竟然还亮着，估计是他怕她起夜看不清路，特意留的。

桌上放了一壶茶，程安安看了眼虚掩的主卧门，轻轻走到书桌边摸了摸茶壶，壶是温的，他应该刚睡不久。她看了看桌上摆着的几本关于哲学的书籍和精致小茶杯里剩下的一点黄绿色的茶汤，她忽然想起来，整个办公室里大家都喝咖啡，只有他一个人喝茶。

房里挂了不少古董字画，那也是他喜欢的，但她对这并不感兴趣。她转头看向那扇门，她知道他对她的感觉，也知道他对她好。但他越是对她好，她就越有压力，要急着克服异性过敏症状，但事与愿违，她越着急就越严重。

回到房里她依旧心情沉重，一晚上都在胡思乱想，直到快天亮的时候才迷迷糊糊睡了过去。

也不知道是不是昨晚的事，虽然还是如往日般的说笑，但程安安能感觉到两人有了些说不出的隔离感。马靳凯知道程安安现在不想让大家知道他们的关系，他将她送到了附近的地铁站，看着她走下楼梯的背影，调转车头离开。

他昨晚几乎没睡，她起来的动静他听到了。他喜欢她，每天看着她却不能碰她，这对任何一个男人来说都是煎熬。他之前以为过敏是小问题，只要跟她多接触，过敏症状就能慢慢克服，没想到事情并没有他想得这么简单。

程安安坐上地铁，有些心烦意乱，她不知道经过昨晚的事他会怎么想，她没法马上顺从他，又担心他会失去耐心。

到了公司，工作起来她便暂时忘了那些烦心事。忙碌了一上午，"合家欢"的员工给他们送来自家的特色盒饭。

"Rick，吃饭了。" 程安安推了一盒过去，又伸着胳膊把筷子递给对面正在盯着电脑屏幕的Rick。

Rick也没抬头，伸手就接过来，他的手大，一下连同她的手一起攥在手里。

感觉到柔软的触感，他抬起头，慢慢松开手。程安安面色如常地把筷子递给她，跟他工作相处越久，她越知道他公私分明的原则，所以她除了对他像前辈一样地敬仰，别无他想。

这本是再正常不过的事，但这一幕却灼痛了刚好打开窗帘看过来的马靳凯。

她对他这个男友的触碰本能地排斥，但对于Rick的触碰却没有躲闪。

马靳凯脸色发沉，静静地在窗户后面站了一会儿，看着对面边吃饭，边有一搭没一搭聊天的两人，他们之间亲密随意的感觉，更像是一对情侣该有的样子。

感觉到窗户后面的目光，Rick抬头朝这边看来。

两个男人就这么隔着半开的百叶窗对视，Rick丝毫没有怯意，马靳凯慢慢转动百叶窗，把窗户全都挡死，脸色越发阴沉。

下班时程安安给马靳凯发了条短信，说她坐地铁先回去了，他没有如往常一样马上回复，直到她快到家了，才看到他简短地回了个"好"字。她知道他忙，也就没再打扰他。

不知道为什么，马靳凯不在，她在这个陌生的家里反而更自在了些。她自己煮了点面，捧着小锅，坐在那面巨大的玻璃墙边，边吃边看着外面的夜幕降临。

直到她睡下，他也没有回来。

第二天她发现他的鞋子歪歪扭扭地放在门口，他房里的门没关，她轻轻走进去，他连外衣都没脱，整个人就这么仰着躺在床上睡着了。她给他盖上被子，给他做了早餐，匆匆看了眼时间，便自己出门上班了。

一晃过了大半个月，刚接手公司的马靳凯异常忙碌，本以为住在一起，在同一地方办公就能经常眉目传情，事实却是因为时间紧任务重，每个人几乎都要连轴转。办公室里她一天也不一定能见到他一面，大部分的中饭和晚饭她都是跟同组的同事和方泽在办公桌上用盒饭解决，回到家里，时常是她睡了马靳凯还没回，要不就是马靳凯回了家她还在公司奋战。

毕竟是热恋期，偶尔马靳凯还是想忙里偷闲，带她出去逛街看电影。但很多时候，她不是在整理底稿就是在开会，一个团队缺了一个人就会拖慢进度，程安安不敢随意请假。有时晚上马靳凯在外面应酬完了，约她加完班出去吃消夜，结果她忘得干干净净，回到家才想起来。即便是父母想要和她视频，她也只是睡觉前匆匆讲了几分钟。即便是好不容易跟马靳凯出去吃个午饭浪漫一下，她一张口说的全是问他如何写好报告的问题。

程安安也想跟普通情侣一样，时不时地可以跟马靳凯一起逛街看电影买衣服，但她知道，他们都是逆水行舟，不进则退。她放弃休闲娱乐地拼命成长，就是希望有一天，她可以像Rick和马靳凯那样优秀。

身处投行这个私人时间受到极度挤压的行业，成为正式员工的程安安不能比实习的时候松懈。除了在公司上班，程安安回家还要自我充电，别说是她这样的新人，即便是投行的老员工，保持学习，也是唯一的立身之本。她每天的睡眠时间充其量只有五到六个小时，所以即便住在一起，她也并没有什么太多的时间跟马靳凯交流。但她知道他就在她的身边，这就够了。

越是艰难处，越是修心时。

在马靳凯看来，她无疑是能干又懂事的。他没时间陪她，她却从不生气，她极少跟别的女孩那样跟他闹脾气，吃飞醋，更不会跟他提要求要礼物。他感激女友的体谅，但又忍不住冒出淡淡失落，那些恋人间的兴奋、憧憬、期待、忐忑、嫉妒、平静、高潮……在他们之间几乎没有，他们相处时的大部分时间里，只有平静和以礼相待。

在她回来得比他还晚的夜里，他不止一次地想过，如果她没有该死的异性过敏症，如果她只是一名朝九晚五的普通白领，只干一份轻松简单的工作，每天全心全意地等他回家，他们应该会是很幸福的。

但她偏偏不是那样，所以他为了更全面地知道她的行踪，他只能自己调查。查她的通信软件里的聊天记录，查她的支付宝账单，再查她的短信收件箱和相册。

他偷偷地、一步步地进行着勘查，发现她通话次数最多的人不是他而是Rick。她邮件收发次数最多的人不是他而是Rick。他知道Rick是她的上司，但他就是接受不了在她的生活中，Rick比他占的比重更多的事实。

马靳凯以为自己偷偷查的一切都没人知道，直到程安安的脸突然出现在他面前，不敢置信地看着翻自己手机的他。

"你在看我手机？"

他并没有打算掩饰什么："是的，我很爱你，我希望我们以后不要有东西相互隐瞒，如果你要看我的手机，随时都可以。"

程安安无法相信他会说出这样的话来："这是个人隐私，跟爱情无关。"

他瞥了眼她手机里Rick发来的工作邮件，语气发冷："既然在一起了就没有隐私，我是很认真地对待这段感情，希望你也一样。"

程安安觉得不可理喻，明明偷看手机的人是他，他却毫无愧色地反过来指责她。程安安身正不怕影子斜，让马靳凯把话说清楚，马靳凯只是冷笑一声，关门进了自己的房间里。

程安安知道，他们之间一直存在着问题，但这是两人第一次发生这么大的冲突，他回避的态度让她一夜无眠，第二天顶着熊猫眼去了公司。

中午吃饭的时候，马靳凯破天荒地特意过来跟她坐在一起吃。明明昨晚发生了争执，今天他却表现得跟没事人一样，当着方泽和所有组员的面，把菜喂进她的嘴里。她看着眼前热情亲密的马靳凯，旁边窃窃私语的同事以及坐在远处低头吃饭的Rick，她无所适从却无法拒绝，只能呆呆地、机械地咀嚼，如同嚼蜡。

八卦消息传得疯快，半天的时间，全公司的人都知道了两人的关系。她从一个默默无闻的小员工，瞬间成为众人关注的焦点，无论走到哪里，她都能听到背后的窃窃私语。或许是太过突然，各种莫名的、难听的声音从四面八方传来，不仅影响了她的心情，还影响了她的工作。

而马靳凯像是没事人一样，天天不顾众人目光，到办公室里特意当着Rick的面给程安安送关怀。可每次除了增加一众看热闹同事和程安安越发尴尬的处境，他宣示主权的行为并没引起方泽太多的注意。

但他越是漠视，马靳凯就越是在意。

Chapter 23　陈年旧案

尽职调查工作转眼就进行了一个多月。

周一早上醒来，程安安就感觉肚子不舒服，马靳凯说送她去医院，今天上午有一场所有高管的讨论会，她怕耽误事，吃了两片肠胃舒缓的药，便咬牙来了。

会议开始前她又跑了趟厕所，出来的时候，会议已经开始几分钟了。

她急急地冲进去，正好跟从里面出来的男人撞了个满怀。她习惯性地说了句"对不起"，男人低声说了句"没关系"。这句带着容城口音的粗粝嗓音，让程安安抬头看向侧身走出去的男人，只一眼，她便像触电一样震了一下。

程安安回来的时候，马靳凯和方泽同时都注意到她那张苍白如纸的脸。她慢慢摊开笔记本，抬头看了眼整个圆桌，在马靳凯边上空出的那个位置上，名牌写着"胡勇"两个字。

来了"合家欢"这么久，她第一次见到这个叫胡勇的男人。马靳凯说这次会议，"合家欢"所有驻外的高管都会参加，她没见过他，估计是因为他一直驻外。

程安安的心怦怦直跳，手也在微微颤抖，抬头一看，正对上Rick疑惑探究的目光。她深呼吸了几次，为了让他不担心她接下来的工作，朝他悄悄做了一个OK的手势。正在发言的马靳凯一直注意着他们的动作交流，连自己说错了数据也没发觉。

门再次被推开，如果说刚才那匆匆一瞥，程安安还不能完全确定那个男人就是记忆中的恶魔。那这次，她再次仔细看着这位五十多岁、身穿蓝色西服、头发稀疏泛出一层油腻的中年人。他颧骨很高，侧面看时鞋拔子脸型尤其突出，眉头有颗丑陋的肉痣，看得她心惊肉跳。

　　没错了，就是这张脸，这张曾在她整个花季岁月里留下数不尽噩梦的脸，即便经历岁月的掩饰，由尖变圆，布满褶子，原先露出凶光的双眼蒙上了一层伪善的长辈光芒，她依旧能认出他就是在她高二那年，将她挟持进黑巷子里的凶狠歹徒。

　　程安安不知道一个作恶未遂的歹徒，在这几十年的光景中，是如何摇身一变，成了"合家欢"的高管的。她看着他位置上的那张名牌，想起这些年自己夜不能寐的噩梦和有可能影响到自己以后幸福的异性过敏症，她胸口像是有无数股气流顶着，全身不可抑止地微微颤抖，让她几乎喘不上气。

　　坐她旁边的方泽敏锐地觉察到她的异样，他顺着她的目光，看到坐在斜对面的男人身上。而对面的胡勇似乎也感觉到了对面两人频频射向他的目光。

　　此时的程安安恨不能站起来指认胡勇，但她现在没有任何证据，在之前无数个睡不着的夜里，她无数次因为那天晚上没有报警而后悔，她让歹徒继续逍遥，也让自己的噩梦继续延续。现在她总算再次看到了他，她不能再让他跑了。

　　程安安急切地想跟马靳凯说这件事，但马靳凯开完大会又要跟胡勇他们开小会。她怕贸然进去会让胡勇认出她，她不能冒险，只能先忍着。恍惚了一天，方泽看她心不在焉，便没让她加班。

　　马靳凯晚上要宴请一众高管，跟她说会晚些回来。程安安心神不定，心事重重地独自进了地铁站。

周一傍晚的下班高峰期人流拥堵，地铁繁忙。列车到来的时候刮起一阵气流，里面有股人群腥臊的味道。她本想等下一班车再上去，但人流实在太湍急了，她的脚跟完全抓不住地面，一个恍神，就被拥着涌进了车里。里面的人原本就挤，她挂在车门边上，等她反应过来时，车门已经徐徐关上。眼看她就要被车门夹住，此时她身后伸出一只手臂，用力把她拉了进来。

程安安愕然地转过头，看到Rick那张因为紧张而绷紧的脸。

"你到底在想什么？"他的语气里全是愠怒。

程安安也出了一身冷汗，两人的位置在行进中的车厢里无处抓握，他拉着她在拥挤的车厢里挤到中段的夹角处，用背部抵住后面一波波人流的冲击，用手为她撑起一个不受干扰的安全区域。

一站一停，上车的人越来越多，他被挤得跟她贴得越来越近。她脑中全在想着那个叫胡勇的人，忽然闻到了他身上那股淡淡的、混合着咖啡和烟草的味道。列车轰隆声中，她终于想起这个如此熟悉，让她念念不忘的味道，就是当年救过她的那个男人身上的味道。

Rick曾跟她说过，他去过容城，而他去的时候，正是她读高中的时候，真的是他吗？真会那么巧吗？

她端详着眼前高大俊朗的男人，短短的黑发散落在额前，眼睛深邃锋利，有种不容怀疑的坚定。快奔四的人了，看起来却像三十出头。他黑色的大衣里套着一件白衬衣，上面没有一丝褶皱，跟那种用挂烫机熨来熨去的不同，那是一种免熨烫的高级衬衣材质，只要挂起来就不会有一丝褶皱，这是她转正后拿了高薪，接触了越来越多的名牌后才知道的。

当年救过她的那个男人，程安安已经记不清他的长相了，唯一记得的，是他身上的味道，以及，他放的那首歌。

她还欠他一声谢谢，眼前的Rick，会是救她的那个人吗？

车子到站，她看着他，脱口而出："能跟我去喝杯咖啡吗？"

Rick一向不跟女下属在私下里有过多接触，更何况他知道她跟马靳凯的关系。但看她今天一副心事重重的样子，便点头同意了。

晚饭时间，咖啡厅里人不多，方泽往咖啡里加了两块方糖，搅拌了几下，忽然抬头问她说："我脸上是不是有东西？"

程安安一愣，说没有。

"那你为什么从地铁里就一直盯着我看到现在？"

程安安脸上一热，正不知如何解释，点唱机里竟然响起了熟悉的旋律，正是那首*God Is A Girl*。

如此的巧合，让程安安不得不相信冥冥中一切自有天意。她看着眼前的男人，心想即便不是他救了她，此刻的她也需要宣泄出来，她要把一直压在她心底，从未跟别人提起的噩梦一样的往事说出来。

她连喝了几口咖啡，对着方泽，把高二那年的遭遇说了出来。她慢慢地说，他静静地听，不知为什么，对着他，她像是有了无尽的勇气，说完之后，竟然感到一丝前所未有的轻松。

此时的方泽内心是震惊的，他的思绪回到了多年之前，他想起那个女孩幼稚青涩的脸庞和倔强背影，他再次抬头，记忆里女孩的样子跟眼前的程安安重叠在了一起。

他认真地看着她，女大十八变，除了那双修长上翘的丹凤眼，她已经完全变了模样。如今的她虽然还略显瘦弱，但言行举止和举手投足已经有了成熟知性。精致套装加上高跟鞋，谁还会把她跟当年那个背着书本、穿着校服的女高中生联系在一起？

他欣慰她成长成了现在的她，但他绝口不提自己就是当年救她的那个人。

听完她说的事，他只是淡淡问道："你今天情绪变化，跟这件事有关系？"

他的反应让她有些失望，她以为他就是她一直想找的人，但终究还是她想多了，茫茫人海，谈何容易。

即便他不是救过她的人，她依旧莫名地相信他，想要告诉他她此时忧心忡忡的原因："我今天，看到了当年挟持我的人。"

方泽没想到她会再遇上当年的歹徒，脸色一变说："在'合家欢'看到的？"

"是的。"

他沉默几秒，想起今天她看一位叫胡勇的高管时异样的表情，他眼神冷冽，向她证实心中的猜测："胡勇？"

程安安默了一瞬，点点头，随即追问道："如果'合家欢'的高管有涉案前科，对项目是不是影响很大？"

方泽想了想，说："IPO首发对于公司涉嫌范围的条件规定是不得存在'涉嫌犯罪被司法机关立案侦查，尚未有明确结论意见'的情形。对于董事、监事和高级管理人员的要求是不得存在'因涉嫌犯罪被司法机关立案侦查，或者涉嫌违法违规被中国证监会立案调查，尚未有明确结论意见'的情形。关于人员涉及刑事犯罪的情形，如果人员已经进行刑事审查阶段，不得担任董事长、总监和公司的高级管理人员。如果人员已经被处罚，那么还需要关注《公司法》第147条的相关规定。"

程安安犹豫问道："那是不是说，如果这个高管在这个时候被举报，'合家欢'的项目就无法进行下去了？"

方泽沉默几秒："如果项目本身没问题，而'董监高'被处罚，可以通过调整'董监高'的情形来解决这个问题。项目的运行时间上会推迟，但不会进行不下去。"

程安安拧在一起的眉毛总算舒展了几分，她拿起咖啡喝了一口。

他看出她的忧虑，问道："你有什么打算？"

程安安搅了搅杯子里的咖啡，这些年她无时无刻想听到坏人被抓的消息，现在机会终于来了，又怕马靳凯的"合家欢"项目会推迟，毕竟现在形势不好，这一推，也就不知道要等到何年何月了。

"我……不知道。"她低着头，声音小得犹如蚊语。

他喝了一口，放下杯子："遵从内心，做你想做的，说你想说的。"

她浑身一震，抬眼看他。心中那股积聚多年的力量像是瞬间涌了出来，让一直保持怂人姿态的她振奋起来。

她鼓起勇气说："我想举报他，但我现在没有证据。"

他看她总算说出了心里话，眼神闪过赞许，喝了口咖啡，淡淡说："我会跟你一起查，但不是帮你。胡勇的事关系到'合家欢'的项目，即便你不查，我也会去查。"

看Rick答应帮她，程安安松了口气，无论是什么原因，只要他肯跟她一起查，她就如同吃了定心丸。

方泽说干就干，打开笔记本找到"合家欢"的人事资料文件夹看了一遍。说："胡勇是'合家欢'的高级管理人员，'合家欢'的人事资料里记载他是在公司创办初期就进来了，也就是说，从现在往前推，他已经在洋城待了九年。九年之前，他可能就是在容城，而这个时间段是符合你高二被挟持的时间的，但光凭这个时间和你的指证还不够，我们要找到确凿的证据。如果说他就是当年的歹徒，那他挟持的人估计不止你一个，我们可以查询一下当年容城的新闻，看看有没有关于类似的报道。其次，假若他曾经犯过案，那现在'胡勇'这个名字，就有可能不是他的真名。"

程安安满脸愁容："那我们要怎么查？"

他想了想："你先查新闻报道，户口的事交给我。"

方泽不放心让六神无主的程安安自己回去，便把她送回了马靳凯住的小区门口。他刚转身离开，一辆轿车从外面开进小区里，跟他擦身而过，车里的马靳凯看着后视镜里越来越小的背影，表情阴沉。

程安安刚洗完澡出来，就看到马靳凯冷着脸站在客厅，正对着外面的夜色抽烟。

认识他这么久，这是她第一次看到他抽烟，细细的烟被他夹在指缝间，烟熏得他双眼微合。

烟味让她咳了两声，他一动不动。

她走过去关心问道："怎么了？"

他把烟用力摁在烟灰缸里，转头看她，眼神发冷："今天是谁送你回来的？"

程安安闻到他身上的酒气，顿了顿，老实说："Rick。"

她没有隐瞒，说明她心里没鬼，但这并不能让马靳凯消气。他走到书桌边坐下来："他为什么送你？"

程安安看出他的异样，她本想马上跟他说说胡勇的事，但此时不得不先压住，耐心跟他解释说："他正好来这边有事，就一起走了。"

这个说法并不能让马靳凯信服，但他也抓不出什么把柄，只能沉着脸，从温度正好的茶壶里沏了一杯茶，端着茶杯看了程安安一眼。

这满是怀疑的一眼，让程安安皱起眉头，走到他对面坐下来。

他拿着杯子闻了闻，喝了一口，不温不火地说："知道我为什么喜欢喝茶吗？"

她摇头。

"入口清香，舌尖微甜，淡雅，却沁人心脾。像你。"

程安安愣了一下，他放下杯子："安安，我很喜欢你。"

程安安一怔，觉得今晚的马靳凯有些异样。果不其然，他忽然加重力道握住她的手腕："我想了很久，你辞职跟我结婚吧，我养你一辈子。"

程安安吓了一跳，缓慢却坚定地把手抽出来，低着头说："我不想辞职，也不想这么早结婚。"

说完这句话，她自己都愣了一下。这是她第一次这么毫不犹豫地说出内心的想法来拒绝他，虽然马靳凯失望的神情让她担心，但那种直抒胸臆的痛快淋漓，或多或少减轻了拒绝的愧疚。

从认识到现在，程安安在马靳凯心中，一直是声音软糯，笑容满面又通情达理。无论他说什么，她是即便不愿，也会点头答应的乖女孩。他知道让她马上辞职结婚没这么容易，但没想到她会一口回绝。

马靳凯不是什么圣人，之前所付出的和忍受的一切，在酒精的作用下，瞬间化成了怒气。他提高音量，语气里是居高临下的傲慢："不用这么快答复，好好考虑一下。毕竟像我这样的条件，又愿意等你病好的人没有几个。"

他第一次用这种语气跟她说话，这跟他之前文质彬彬耐心宽容的形象大相径庭。程安安错愕了好一会儿才回过神来。从知道他偷看她的手机开始，他们就一直处于不正常的相处中，他忽冷忽热疑神疑鬼，但凡她想要好好坐下来沟通，他不是逃避就是固执己见不听解释。这样的关系持续到现在，演变成他居高临下的怀疑。她和他之间感情，不知道什么时候已经变了味道。或许从一开始，他们就不是真正的情侣。

他说的的确是事实，但在没遇到他之前，她也曾做好了单身一辈子的打算。她站起来，语气也冷下来："谢谢你今天跟我说的这些话，你不用再浪费时间等我了。"

马靳凯刚才是一气之下说出来的激将话，没想到她竟然是个偏脾气，转身便回房要收拾东西。他急了，赶紧过去道歉，程安安把门关上，他便一直在外面守着。他听到里面传出来的哭声，忽然发狠用力给了自己两耳光，响亮的声音让屋里的抽泣停了下来。

泪眼婆娑的程安安不知道要不要开门，而门外的马靳凯已经从刚才的飞扬跋扈又变成了以前那个温情脉脉的男人。他满脸懊悔，隔着门道歉："对不起安安，我是因为太在乎你了，才看不了你跟别的男人在一起。安安我错了，别走好吗？"

听着马靳凯不停地道歉，她的心终是软了下来。因为这件事，她原本想要跟他说的那件胡勇的事，没能说出来。

她叹了口气，心想这样也好，等查出点东西再跟他说吧。

晚上程安安翻来覆去怎么也睡不着，干脆坐起来拉开窗帘，看外面灯火阑珊的夜景。新建的大桥已经快要竣工，楼下的路边有情侣在接吻，路上的行人神色匆匆。生命似乎繁华又寂寞。每个人都在希望、内疚、挣扎、疼痛、遗憾中活着。她知道，她期望的那种令人迷恋的爱，是要用时光和无数感情交换才能获得的礼物，而她不知道自己什么时候才会获得，她甚至不知道自己会不会获得。

Chapter 24　情断殊途

　　午夜时分对洋城来说，只是狂欢的开始。周滨在舞池里跟着站在高处的"公主"们扭得大汗淋漓。他的对面，是一身紧身吊带，身材肉感十足的戚蕊。两人随着音乐狂舞，直至筋疲力尽，才慢慢往卡座上走。

　　刚坐下，戚蕊伸手拿起喝剩下的啤酒，周滨拦住她，让服务生再上一打新啤酒。

　　"人离开了你还敢喝？小心里面被人放药。"

　　戚蕊瞥他一眼，开玩笑说："要放也是你放的。"

　　周滨头一仰："我风流倜傥玉树临风，要睡姑娘还用放药？"

　　戚蕊渴极，拿起新端来的啤酒，直接吹了半瓶，放下后直直盯着他："怎么？想睡我？"

　　周滨摆摆手："想多了，我只是想跟你确立关系。"

　　戚蕊哈哈大笑，凑到他耳边："发生关系和确立关系，没有任何关系，这个你应该懂吧？"

　　周滨刚要说话，手机一阵狂震，他拿起来看是方泽的号码，跟戚蕊打了个招呼，走到稍微安静的厕所去接起来。

　　"怎么这么吵？你小子除了夜店没地方去了？"

　　周滨哭笑不得："夜店之王还反过来教育我？有事说事啊，老子忙着泡妞呢。"

　　"你不是认识办幽灵户口的人吗。"

“你想办啊？”

“帮人打听的。”

“谁啊？”

“……程安安。”

等周滨再坐回桌边，戚蕊已经喝了两瓶，看他哼哼唧唧的样子，开口问道：“情债？”

周滨把电话塞进口袋，嘻嘻笑说：“是，但不是我的。”

戚蕊又喝了一大口，白他一眼：“是不是你的，关我什么事。”

周滨看着她随着音乐晃动的样子，嘿嘿一笑：“我怎么就这么喜欢你这小性子呢。”

第二天早上，周滨刚看完戚蕊发来的晨会上关于新的收益计算的看法，方泽的电话就打了进来：“找到人了吗？”

周滨哼了一声：“我托的人是幽灵老张，洋城所有的幽灵户口有一半是他弄的，剩下一半不是他弄的他也能查到是谁弄的，你说能不能找到？”

“说重点。”

“胡勇这个名字和身份，的确是幽灵户口，他当时提供的真实身份信息上写着他原名叫‘陈大富’。”

方泽有些疑虑，沉默几秒，问道：“怎么确定‘陈大富’就是原名？”

周滨“啧”了一声：“你以为帮人办幽灵户口的都是傻子啊？这个肯定是核实过真假的。你想啊，办幽灵户口都是先付定金，为了防止对方过河拆桥不给剩下的钱，帮办的人就会拿之前核对过的对方的真实信息做个假欠条什么的，发给高利贷公司，那对方绝对跑不了。”

方泽点点头：“谢了，改天请你喝酒。”

"改天是哪天啊？别给我赖账啊！"

没等他说完，电话里便传来忙音，周滨嘟囔说："傻子，别人都名花有主了还瞎积极。"

功夫不负有心人，在程安安查遍当年容城的新闻报纸之后，果然在相近时期发现两起报道，都是关于深夜尾随、猥亵女学生的。上面对于嫌犯体态特征的描写，都或多或少跟胡勇相似。她把这些截图刚发给方泽，就接到他的电话。

"我请人在容城的公安系统查了陈大富这个人，发现这个才是他的真名，对方还传来了他身份证上的照片，正是现在这个胡勇。"

程安安心脏怦怦直跳："那我们现在要怎么办？"

方泽看了十几年前的照片和现在已经有些变化的胡勇，这毕竟关系到项目，他沉默几秒："我们再确认一下胡勇的情况。"

程安安："好，需要我干什么？"

"不需要。"他顿了几秒，说："我托人打听毕竟人多嘴杂，胡勇有可能会收到风声，你保护好自己。"

晚高峰的车流里，方泽开着租来的车子，隔着两辆车，跟在胡勇的奔驰后面。车子一路开进了一个位于市郊的高档小区里。小区保安亭里，一位岁数跟陈大富相当的保安拿了个快递箱子，殷勤地跑过来递给奔驰车里的陈大富，两人用外地腔说话，陈大富还给老保安递了盒烟，保安没舍得抽，放进口袋里，两人看起来挺熟。

等奔驰车进去后，老保安换完班，晃晃悠悠地跟一同值班的两个年轻保安朝附近一个小酒馆走去。

方泽把车子停在附近，也走了进去，坐在他们旁边一桌。

老保安把陈大富给他的那盒好烟拿出来显摆，小保安殷勤地给老保安倒酒，喝了几杯，小保安一脸羡慕地奉承说："刘哥，你跟刚才的业主关系挺好的啊，老乡吗？"

老保安哼一声："何止是老乡，我俩是朋友。"

看小保安们嘻嘻哈哈明显不信，多喝了几杯的老保安大着舌头："怎么？不信啊？我以前跟他在容城是邻居，你别看他现在人五人六的，以前在容城的时候……"

方泽屏气凝神等着他说下去，他却在这个时候噤了声。

有人催他说，他摇摇头："小屁孩打听这么多干什么。"

另一个小保安激他："编不下去了吧？"

又灌了几口酒的老保安经不住撺掇和激将，把酒瓶一撂，粗着脖子说："嘿，我还告诉你，他以前不姓胡，姓陈！没来洋城之前，一天就知道瞎混，连个正经工作也没有，还靠我接济，你要不信可以去问他……"

方泽听完有用的信息，把手机的录音收好，慢慢走出小饭店，给程安安打了个电话。

马靳凯回来的时候，发现程安安坐在沙发上，看着窗外的夜景发呆。

"怎么不开灯？"他走过去，在她身边坐下。

她转头看他："想看看夜景。"

他笑笑，把灯关了，两人在黑暗里看向窗外的绚丽夜景。他伸手想要搂她，她习惯性地一缩。他脸上的表情瞬间凝滞，慢慢把手收回来，整个人也疲惫地倚进了沙发里。

屋里一片沉寂，气氛冷下来，程安安一开始的时候以为住在一起能让他们的关系更融洽，没想到在这半年多的时间里，他们竟然越发变得小心翼翼。她知道她要克服，要改变，但她就是控制不住自己。

感觉到她指尖的冰凉，他终于坐起来，脱下外套，披到了她身上。

她心里一暖，冲他笑起来："谢谢。"

她对他的客气让他心里发沉，他揉了揉她蓬松的长发，语气带了些责备："冷也不知道穿衣服。"

夜色里，她不接他的话，犹豫了几秒，说："我想跟你说件事。"

他握紧她的手，应了一声，看不清表情。

"胡勇是通缉犯。"

马靳凯的动作明显一滞，震惊地看她："你怎么知道的？"

程安安把整件事情跟他说了一遍，马靳凯沉默半晌，声音低下来："安安你可能不知道，我之所以这么着急让'合家欢'上市，是因为我家里现在一片混乱。二房的人早已经暗地转移财产侵吞股权，我父亲被气得住院，我母亲现在一天只知道吃斋念佛，我要趁着我父亲现在还有一口气在，让公司上市把股权稀释保住家产。时间紧急，我等不了，如果你现在把这件事捅出去，'合家欢'上市就没有希望了。"

程安安没想到马靳凯一直在这样你争我夺的家庭里生活着，她不想看着马靳凯的希望落空，但也不想再看着胡勇逍遥法外。

马靳凯扶着她的肩膀，恳求道："安安，我知道你受了很多委屈，但都已经过了这么多年，你就再忍忍，十年报仇和十五年报仇其实没什么差别。你放心，等公司上市了，我第一个帮你把胡勇送进局子里。"

程安安没想到马靳凯对她一直遭受的痛苦是这样理解的。她知道他的处境，但此时要求她完全地站在他的利益上考虑，她心里终究是难受的。此时的她才深刻感受到，在两人关系中，期望是一种微妙的暴力，一方会用情感或是其他的因素，来要求另一方顺从自己的意志。

　　她从心底生出一股抗拒，跟他说："上市过程短则一两年，长则十年也说不定。如果他在这其中跑了，我们还怎么把他追回来？再说天底下没有不透风的墙，如果项目提交上去后这件事才被发现，那事情会比现在更严重。"

　　马靳凯有些着急地打断她："只要你不说，没人会知道。"

　　看程安安脸色发沉，他干脆变了语气："安安，辞职跟我结婚吧，安心在家享福，这样你就不用去想那些不开心的事了。"

　　她身子一僵，情绪忽然激动起来："不去想就不存在了吗？他祸害了这么多女孩子，受害者还要背负着心理创伤，但施暴者非但没受到惩罚，还越过越好，如果让他继续逍遥法外下去，这世界还有公平可言吗？"

　　马靳凯眉头微皱，声音不带任何感情："这世界本就没有所谓的公平。"

　　她像是被激怒的幼兽，低声咆哮："那我更应该将他绳之以法。"

　　看她态度决绝，他盯着她忽然冷笑一声："这是Rick给你出的主意？"

　　她愣了一下："这是我的事，跟他无关。"

　　"他？"马靳凯脸色冷冽，"程安安，你别忘了，我才是你男朋友。"

　　"马靳凯你什么意思？"

　　"你心里明白！"说完他一脚踹翻旁边的茶几，转身摔门而去。

　　程安安一脸错愕地看着倒地的茶几，慢慢跌坐在沙发上。她已经记不清他们因为这样的猜忌争吵过多少次。

　　她看着窗外的灯光，那些灯光照不到的幽暗街角，想着自己和那些女孩所经历的一切，她痛苦纠结，为了解决以前的痛苦而增加现在的痛苦，真的有意义吗？她既想得到他的爱，又想坚持内心的想法，难道真是她太贪心了吗？

第二天，方泽拿着一杯咖啡走进来，一眼就看到程安安微微红肿的眼眶，他随口问了一句："怎么回事？"

程安安头都没抬，疏离地说了句："昨晚没睡好。"

他看了她一眼，不再多说什么，两人都开始低头工作，程安安虽然眼睛看着那些资料，心里却是乱如麻。

马靳凯走了之后就一直没联系她，在一起这么久，她对这段关系还是抱有希望的。既然马靳凯不希望她接触Rick，那她就尽量远离他，连吃午饭她都不在办公室里，独自拿着饭盒，找了个落地窗的茶水间角落，寂寥地吃起来。

正没滋没味地挑着盒饭里的西蓝花，程安安眼睛忽然瞥见玻璃窗外，马靳凯的车子在楼下停了下来。她放下饭盒站起来等他。她昨晚想了一个晚上，胡勇已经让她整个青春期蒙上了阴影，她不能再让他影响到自己以后的幸福。既然她和马靳凯是相爱的，那她就心平气和再跟他好好谈谈，她相信，只要他们是相爱的，就一定会想出一个两全其美的方案。

楼上的程安安正想着如何开口跟马靳凯破冰，楼下的马靳凯已经打开副驾驶位的车门，亲密地拉出一位穿着皮草、拿着名贵包包的女孩。女孩丝毫不避嫌，高调地挽着马靳凯的手臂一起走了进来。

程安安错愕地看着曾说过这辈子只爱她一个人的男人，忽然感到悲从中来。他是从什么时候变的心？是从她一次又一次拒绝他？从他们不再有空聊天？从他开始查她手机？

"叮"的一声，电梯门开，看到程安安站在面前，马靳凯愣了一下，挽着他手臂的女孩也注意到了马靳凯的异样，瞬间明白其中的关系，非但没有松开马靳凯的手，还整个人都往他身上靠了靠，挑衅似地扬起下巴看向程安安。

马靳凯刚开始还有一丝愧疚，此时已经完全不在乎了。他转头看向旁边的女人："给你介绍一下，这是鼎盛的程安安。"然后又看向面色僵硬的程安安："这是冷钢集团的接班人冷嘉宁。"

冷嘉宁从鼻腔哼了一声："靳凯，你的眼光可真是越来越差了。"

程安安冷着脸看向马靳凯，声音发颤："我想跟你谈谈。"

"他跟你没什么好谈的。"冷嘉宁插了一句，紧紧拉住马靳凯，不让他过去。

马靳凯看着眼眶发红的程安安，终是不忍心，用力掰开冷嘉宁的手，跟她朝走廊尽头走去。

他本以为她会责问他和冷嘉宁的关系，没想到她却放低姿态，张口挽留："你昨天走了之后，我想了很久。我不想放弃你，但我也不能看着作恶的人逍遥法外，我们能不能再好好想想，找一个能两全的解决方法。"

马靳凯看着她微微颤动的双肩，声音干涩："这世上从来就没有什么两全的方法。我现在是一个商人，'合家欢'是我最后的希望，如果你不站在我这边，我只能找个能把我拉出泥潭的人，你能明白我现在的处境吗？"

程安安急急说："我明白。"

马靳凯摇头："如果你真的明白，如果你真的爱我，你就应该毫不犹豫地帮我，而不是跟Rick站在一条战线上。"

程安安声音有些发颤："要我怎么说你才能相信我跟Rick没有任何关系？这是我的选择，跟他没有关系。"

马靳凯苦笑一声："可能你不知道，作为你的男朋友，我时常感到失败。无论我怎么去捂热你，你我之间都有层隔膜，我一直不想承认，其实你并不爱我，你在意的，爱的，是另一个人，或许连你自己都没发现。"

他说出这句话，声音因为情绪起伏而稍显激动。

程安安怔在原地，马靳凯努力调整情绪，直到脸上看不出一点表情："我们分手吧。我会跟鼎盛那边提出让你退出这个项目，公寓那边我近期不会回去了，你搬出去后，把钥匙放在房门下面。"

程安安不知道他想了多久，才能在说这些话的时候，语气中不带一丝温度。他恢复了一贯冷静理性的作风，她震惊地看着他转身离去，那些曾信誓旦旦说出来的情话，此时就像一个个笑话。

程安安长这么大，没碰到过什么了不起的爱情。所以并不知道，爱情最残忍的地方在于，从它发生时的最初就已经到达巅峰。那种怦然心动，那种强烈欲望，那种对未来的期许，都在恋爱一开始就已经被预支，从此往后，再怎么走都是下坡路。

马靳凯已经走了许久，程安安擦干眼泪，慢慢朝办公室走去。走廊拐角的抽烟区，方泽喷出最后一口烟雾，把烟蒂摁在烟灰缸里。

下班后，程安安给戚蕊打了个电话，问她几点回去。

戚蕊边给客户回邮件边跟她说："可能会晚点，跟客户约好一起吃晚饭，怎么？出什么事了？"

"我……跟马靳凯分手了，今晚就搬回去。"

那头的戚蕊急了："是不是那孙子欺负你了？"

"不是，性格原因，和平分手。"

即便程安安这么说，那头的戚蕊还是忍不住把马靳凯骂了一顿。最后说："你搬出去后可能不太清楚，公司为了节省开支，从年末开始就不再负担住宿。原先的地方我一人住两室一厅也浪费，就自己另找了一个单间，要不然你先搬来我这儿一起住吧，等找到住的地方再搬出去。"

程安安没想到事情一下变得这么麻烦，跟戚蕊挤一张床显然不现实，她们都是高强度工作，晚上需要足够舒适的睡眠，眼下她只能先住酒店，等找到好的房子再搬家。

　　谢绝了戚蕊的好意，她回到马靳凯的房子里，一件件地收拾当初满心欢喜搬来的所有东西。拉上拉链的时候，忽然看到刚来时戚蕊给她的那盒还未开封的杜蕾斯。她无奈地摇摇头，提着收拾好的行李，留下钥匙，走了出去。

　　临近过年，人情味淡薄的洋城也有了些团圆的味道。当天晚上，住在酒店里正浏览出租房信息的程安安收到方泽的信息，让她明天不用再去"合家欢"了，直接回鼎盛上班。

　　程安安怔怔地看了一会儿，回复了一个"好"字，然后颓坐在位置上继续看租房信息。看着看着，眼泪就下来了。明天还要上班，她不能一直这么伤心下去。程安安去卫生间洗了把脸，心烦意乱中也没了找房子的心思，想着就快要过年了，干脆等过完年回来再找。

　　迷迷糊糊地睡了过去，第二天起床，她在镜子中发现自己的眼全肿了，牙龈出血，嘴角还长了一溜的水泡，像是被打了一巴掌后留下的血迹。

　　她苦笑一声，脸上那些无可遮掩的热疮难道就是她爱过的痕迹？

Chapter 25　熟能生巧

　　第二天程安安刚进公司电梯，就看到一身黑色机车服的Rick也在里面，他没有像往常那样朝她傲骄地点头，而是盯着她嘴上的伤问："跟人打架了？"

　　程安安哭笑不得，问道："你怎么没去'合家欢'？"

　　"'合家欢'要求更换保代人。"方泽一脸淡然，像是在说别人的事。程安安没想到马靳凯会连Rick也一起踢，她觉得是自己连累了他，赶紧心虚地低下头。

　　一旁的方泽瞥了她一眼："还有几天就放假了，这几天把'合家欢'的工作交接一下，过完年回来，好好做江宁项目的招股说明书。"

　　她点点头，电梯门开，他看着她低着头走向自己的工位，然后才转身朝自己的办公室走去。

　　大概是昨晚在酒店的床上没睡好，早上十点刚过，程安安便开始哈欠连天。眼看眼皮越来越沉，她起身到茶水间去冲杯咖啡，刚冲好要拿，旁边一只手臂伸过来，把咖啡端走了。

　　"谢了。"方泽喝了一口，淡淡说。

　　"这……是给我自己的。"她小声抗议说。

　　他指了指自己的嘴："都已经这样了，就少喝点咖啡，多喝些热水。"

　　程安安想想也是，听话地给自己倒了杯热水，两人坐在茶水间里。

　　他看了她一眼："胡勇已经被押回容城了，这件事你做得很好。"

程安安喝了一口热水，表情疲惫，眼神焦点定在屋里的一个点上："他逍遥法外了这么久，也该付出代价了。"

"不后悔？"他看着她，意有所指。

她带着红血丝的眼里透出坚定，像是对他说，也像是对自己说："人的一生中，总会有某个时刻需要坚守自己的决定，无论付出何种代价。"

方泽眼中露出赞许，静静地喝了一口咖啡，嘴角微微上扬。她虽然还是刚来时的样子，温柔甜美，乖巧听话，但她的确已经不一样了。他看着她疲惫的小脸和清晰的黑眼圈，竟有些移不开眼。

她以为他在看她脸上的热疮，有些难为情，犹豫了几秒，还是忍不住问道："'合家欢'项目……现在怎么样了？"

他淡淡说："'合家欢'打算让冷钢集团并购。"

她不说话，只是静静地喝水。

有别的同事进来，她便起身，先走了出去。

傍晚下班，程安安刚走出公司门口，便听到身后有喇叭声，她回过头，看到方泽正朝她招手，让她上车。

她住的酒店离这里还有一段距离，她不想在路上和地铁上被人盯着看，于是转身上了车。

"谢谢。"她顿了顿，看他发动车子，又补了一句："我现在住丽景酒店。"

她以为他会问为什么住那儿，但他什么都没问，只是淡淡应了一声，一脚油门，车子在路上飞驰。

几分钟后，她看到丽景酒店几个大字落在了后面。

"我们走过了。"她急急指着后面说。

"我知道。"他眼睛看着前面，不紧不慢地说："我先带你去医院看看。"

她一怔，想起嘴边的热疮，忙说："不用了，急火攻心而已，不吃辛辣的东西就慢慢好了。"

方泽看她一眼："你这样子会影响公司形象，开点药，早吃早好。"

程安安拗不过，只能跟他一起去医院开了些消炎药，她拿药的时候，看他手里也拿了些有助睡眠的药物。

回来的路上，两人有一搭没一搭地聊天，临下车，她犹豫了几秒，说："我想去旁边的超市买点牛奶，你要不要？睡前喝杯热牛奶，有助于睡眠。"

他瞥她一眼："我睡得挺好。"

话虽然这么说，他还是跟着她一起进了超市。

看她在货架旁左右对比口味和热量，他忽然有了昨日重现的错觉。像是那个温柔的何雪又回来了，他陪着她一起逛超市，她拿着两罐牛奶，笑盈盈地问他选哪罐。那种温馨让他有了片刻的失神，直到程安安拿着两罐牛奶，在他面前伸手晃了晃："想喝哪罐？"

他回过神来，随便指了其中一罐。

她摇了摇那罐牛奶，笑笑说："你请我看病，我请你喝奶。"

看她去排队付账，他心中像是有股无声的暖流，慢慢灌溉着体内干涸的五脏六腑。

程安安提着两袋子东西出来，方泽接过来提在手上，她怔了一下，跟在他后面上了车。刚系上安全带，她便迫不及待拿出一瓶来尝尝口味。他有些好笑，心想到底还是小姑娘，转眼又见她拿了一瓶递给他。方泽本不想喝，但她已经用吸管捅了进去，他只能伸手接过来，两人坐在车里"咕噜咕噜"地喝奶。

说实话，这种带水果味的牛奶方泽在成年之后就已经很少喝了。没想到现在快四十的人，穿一身帅酷行头，竟然跟下属坐在车里喝奶。没这么做之前他打死都不信自己会干这样的事，但而事实上他不仅干了，还乐在其中。看着她吸奶时微微皱起的鼻尖，被风吹开的刘海，甚至她嘴边可笑的热疮，混合着嘴里酸酸甜甜清清爽爽的味道，挺好。

喝完奶，他开车送她回去，一路上，他的余光不由自主地朝她的方向看去。车子到了酒店门口，她下车，转身隔着车窗玻璃看到车上帅气的男人正看着她，四目相对的一瞬间，她竟然心绪不稳，生出一丝慌乱。

他朝她点点头，车子打了个方向开出去，她呼出一口气，慢慢走进酒店里。

放假前一天，公司里所有人都已经归心似箭，大家都在收拾东西准备下班。嘴巴已经好得差不多的程安安想着去跟方泽告别，在他办公室敲了一会儿，没人开门。

一个女同事路过看到，说："Rick今天休假了，这几年每到春节，他就会一个人提前去旅行。"

程安安有些莫名失落，给他发了条信息。直到坐上回家的车，她才收到他简短客气的回信，让她好好休息。

整个假期，除了客套的祝福短信，他没再有任何的信息。她忍着给他发消息的冲动，每天把自己放在过年的琐事中。

成了投行的员工，程安安在亲戚们羡慕的眼神中终于体会到这份工作带来的光环，在虚荣心得到极大满足的同时，烦恼也随之而来，在老妈的拜托下，三姑六婆们把条件配得上她的男人全部推来跟她相亲。

程安安对跟陌生男人吃饭相亲这件事极其排斥，第一次公开忤逆父母。为了这件事，母女俩的假期都过得不痛快，老妈在外面生闷气，她便在屋里听歌，不断循环那首*God Is A Girl*，然后莫名想念那个独自在外面旅行的男人。

　　这代表什么她不知道，她只知道，现在的她想早些离开家里，早点回到洋城，早点见到他。

　　假期过后的第一天，方泽给组里的人都带了一份礼物。程安安拿着手里那盒特产，心中高兴，问黑了也瘦了的方泽说："春节过得好吗？"

　　"还行，你呢？"

　　"挺好。"

　　他点点头："那就好，江宁的招股说明书要加油了。"

　　她应了一声，干劲十足的样子。

　　他眼中带了些笑意，看来这个假期，她休整得不错。

　　大家还在节后综合征中无法自拔，程安安已经开始迅速进入了工作状态。

　　招股说明书要赶着上市申报，刚缓过来的所有人都铆足了劲。

　　IBD部门是投行光环积聚之地，在经济不景气的时候，为了接到生意并顺利完成，高层的董事总经理对客户有求必应到了曲意奉承的地步。巨大的压力层层下落，到达底层分析师这儿，就是疯狂地工作以及通宵达旦地熬夜。

　　程安安这样的分析师可以说是投行最底层的螺丝钉，辛苦且替代性强，唯一的出路就是勤勤恳恳努力工作。而所谓螺丝钉们的任务，就是大家眼里的"脏活累活"：处理好各种日常文书工作，做好Excel表格、PPT，写好备忘录还有做好模型。

不在投行工作之前，程安安很难想象外表光鲜亮丽的投行人背后付出的汗水与辛酸。她每天早上从9点钟左右进入办公室，直到凌晨1点左右离开办公室，几乎与太阳绝缘，工作比她想象中更忙碌。一向挑床的程安安累得几乎沾床就睡，随着提交日期临近，通宵加班也时有发生，这时的她不得不在天亮前匆匆回酒店洗个澡，换身衣服，又接着回公司上班。

程安安每天主要的任务是写投资报告和招股说明书。并不是说这些东西有多难写，而是形成的整个过程中，在流程上有太多人为的、耗时耗力的部分。她提交上去的报告即便过了Rick这一关，也有可能被文森否掉，这样连着Rick一起，不得不重新开始。而即便文森通过了，也不见得就能马上拍板，因为上面还有别的李森张森……每个人都有不同的意见，而这些意见不仅不会促进事情的发展，还会让下面的人走很多冤枉路，但他们无力改变，因为流程就是这样。

差不多大半个月的时间，程安安基本上就是白天听职位比她高的老大们讨论修改意见，等意见统一了也到晚上了，然后这才到了她的正式工作时间。

此时的她主要是根据老大们的意见更新修改，寻找数据支持，这一切都是在电子文档里进行，这些文档不到最后一刻，都不会被打印出来，因为随时都有可能作废。

而即便最终确定后，要打印这些文档的时候，也不是随便哪里都可以打。要到专门为投行和券商服务的第三方打印公司打印。这样的活一般会让程安安这样的低级员工去到二十四小时不关门的打印店，熬通宵盯着，直到成品出来。

长时间的熬夜工作，为了保持精神，组里的同事有的靠咖啡，有的靠抽烟。程安安实在熬不住的时候，会偷偷跑去洗手间里打个盹。有时三五分钟，有时大半个小时，然后忽然惊醒，听到旁边的卫生间里也传出轻微的呼噜声。此时的她多半会苦笑一声，顶着黑眼圈，轻手轻脚地推门出去。

凌晨的办公室让人晕晕沉沉，她头晕脑涨，走到走廊吹风，看向大楼外面的午夜。站了一会儿，她转头看到尽头的阴影里，有个红点一明一暗，一个男人的轮廓立在暗影里抽烟。

"Rick。"她主动打了招呼。

他掐灭手里的烟，指了指茶水间："去喝杯咖啡。"

她的确需要来一杯，他朝她走过来，声控灯亮起，她跟他并肩走在一起，灯光把他们的影子投射在地上，手部摆动时重叠的阴影，让他们的影子像是牵着手的情侣。

两人都没说话，一股说不清的暧昧情愫充斥环绕在寂静的楼道里。

进了茶水间，程安安冲了两杯咖啡，递了一杯给他。

方泽接过来，她碰到他的手指，冰凉，修长，略微有些粗粝。她看了他一眼，估计他是在外面站得太久了，又转身给他倒了杯热水。

他说了声谢谢，接过来："最近的工作强度是不是有些大？"

她老老实实地点头。

他喝了一口："等熬过这一阵，强度更大。"

程安安有些哭笑不得地看着他。

方泽放下手中的杯子，慢慢说："这份报告写了改，改了写，谁都会烦。如果你想在这个行业里有所进步，就要在每一次PPT和Excel的修改时认真考虑他们为什么要你这么改，还有没有更好的写法。如果你只是单纯地重复劳力，没有从中学习到东西，那就真的只是浪费时间而已。"

这番话让程安安脸上一热，想起自己在一遍一遍的重写折磨下，脑子越发迟钝和不耐烦的状态，导致提交给方泽的邮件里有时甚至会出现一些低级的错误，她觉得有些无地自容。

方泽喝完最后一口，看了她一眼："真想在这行干下去的话，咬文嚼字，细心，注重细节，是应有的专业态度。这些招股说明书和投资报告是公布给群众检验的，有几千双、几亿双眼睛会看到它。它是我们前期工作的结果和浓缩，我们的时间和精力都凝结在那一篇篇的报告中，所以即便修改得要发狂，也要认真对待任何一次修改，因为我们不仅要对得起别人，也要对得起自己。"

他的话像是把程安安点燃了，身上的倦意似乎少了大半。

方泽难掩眼里的疲惫，站起来，语气多了些柔和："先去把今天的报告写完。"

天快亮的时候，程安安终于把报告发到了方泽的邮箱里。秋天的凌晨还有些寒意，她缩了缩肩膀，走出公司门口，想着回去洗个澡换身衣服，还能睡上两个小时。

此时路上的行人不多，地铁还没开始运行，她听到身后有喇叭声，转过去看到方泽的车停在不远处，她赶紧小跑过去，开门上车。

"我还以为你不回去了。"她坐上来，边系上安全带边说。

"送你回去。"

她愣了一下，心中像是被一根羽毛轻轻拂过，又痒又舒服。

"你现在还住酒店？"他余光看了她一眼。

她点点头，叹了口气："本来打算过完年回来找房子，没想到现在的房子这么抢手。"

他看着前路，沉默了几秒，咽回了几乎脱口而出的话。

Chapter 26　有来有往

送完程安安，方泽把车子开到了自家楼下。熄火，拔钥匙，他拿出烟，放了一根进嘴里，点燃吸了一口。车里车外一片漆黑，烟雾缭绕中，他的脸如雕刻一般深沉。

坐了一会儿，天边开始泛出鱼肚白，他扔掉烟头，从车里出来，朝自家阳台上看了看，缓缓上楼。

家里冷冷清清，毫无生气，他放下车包包和钥匙，累得一头扎到床里。

不知睡了多久，手机提示有信息进来。工作习惯让他对手机信息极其敏感，他硬撑着睁开眼，点开一看，瞬间表情沉了下来。

之前他私信的"邮票"群主终于回了他的信息，说了个时间和地点见面。他查了下位置，是个不算繁华的路段，那旁边有家夜店，他曾经去过。

程安安交上去的报告异常顺利，方泽也没说要让她加班。程安安加班了这么久，破天荒可以早早下班。她抓紧时间去看房子，虽说投行的工资比同期别的行业要高，但现在经济环境不好，每天住四星级酒店也是有些吃力的。况且酒店毕竟没有家的感觉，她还是想要一个下班之后能彻底放松下来的小窝。

然而即便是不缺房子的洋城，想在公司附近找到一间性价比高，各方面都合意的房子还是不容易的。程安安失望地告别中介，刚要往酒店走，就接到戚蕊的电话，让她一起出来吃顿饭。

两人平时都各自忙碌，今天好不容易有时间，她赶紧答应下来。

　　华灯初上，戚蕊定了火锅店的位置，热辣呛人的味道正如戚蕊风风火火的性子。程安安刚坐下喝了口茶，门叮铃一声被拉开，戚蕊一身钻蓝色大衣，脚上是一双闪亮的Jimmy Choo，一进门就吸引了无数的目光。

　　"哎呀，路上真是堵死了！"她还没走到座位上，声音就爽朗轻快地传了过来。放下包包，戚蕊立马把大衣脱了下来，让服务生把衣套拿来套上，以免沾上火锅味。

　　"我也刚到不久。"程安安边笑边给她倒水。戚蕊今天穿了件时髦的针织连衣裙，本来是淑女的款式，但胸部正前面竟然别出心裁地挖了个大洞，这样的设计感足够惹人想入非非，加上衣服颜色又是裸色，让身为女人的程安安也忍不住盯着丰满性感的她看了许久。

　　相较之下，对面的程安安越发显得灰头土脸。

　　"我说亲爱的，分个手而已，不用憔悴成这样吧？"戚蕊夸张地摸了摸程安安的脸："你说好好的一个漂亮姑娘，电视不好看吗？夜店帅哥不够多吗？谈什么恋爱，把自己搞成这样，想不开啊？"

　　程安安苦笑一声："恋爱已经是上个世纪的事了，我现在天天加班，已经很久没睡过囫囵觉了。"

　　戚蕊颇为同情地摇摇头，喝了一口柠檬水："还好我早早离开了IBD这个民工部门。"

　　"你在销售部怎么样？"点完菜，程安安问她说。

　　戚蕊吹了吹刚做的指甲："忙呗。每天不是在见客户，就是在去见客户的路上。大家觉得我们部门闲，其实我们就没有闲着的时候。"戚蕊在抱怨的时候，脸上却掩不住淡淡的笑意，一副甘之如饴的满足感。

　　程安安羡慕戚蕊这样风生水起的状态，其实她自己现在干得也不差，但不知道为什么，跟戚蕊那种脸上发光的感觉相比，她总觉得自己差了点什么。具体是什么，她自己也说不上来。

喝了点酒，戚蕊忍不住谈到马靳凯，看程安安已经没事的样子，她这才放下心来："当一个男人说出'我爱你'的刹那，或许那一瞬间，是真的爱你。可是女人往往以为，这个人从说出口的那一瞬间直到永远，都是爱的，这就误会了。我算是看透，每一个男人都一样，每一个女人也一样。心动，沉醉，最后发现大家都一样，连厌倦都是一样。看清楚这一点，你就知道爱情就是个无聊又没用的东西。"

程安安静静地听着，虽然她经验稀少，但她跟戚蕊在爱情的看法上还是不同的。她依旧相信，有种爱情是：水来，我在水中等你，火来，我在灰烬中等你。

但此时的她无法反驳，也不想反驳。

吃完饭，程安安又被精力充沛的戚蕊拉到了附近一个夜店消遣。戚蕊说是要让她见识一下什么叫"失去一棵歪脖树，得到一片大森林"。

或许是被连日来的工作压得喘不上气，程安安也想去放松一下，现在的她，已经不是第一次跟戚蕊在夜店时拘谨的样子，工作上的历练，已经让她可以沉稳应对所有场面。

时间尚早，戚蕊给她补了个精致又不显得浓艳的妆。两人在吧台的高脚椅上坐着，酒保送来两杯美艳的"夏日迷情"，如梦似幻。戚蕊的目光流转，在来往异性中物色着可以撩的对象。

两人正有一搭没一搭地聊天喝酒，门外忽然出现一个身形高大笔挺的男人。他背了一个长方形的黑色背包，身上略微修身的长风衣和皮短靴衬得他肩宽腰窄腿长。

戚蕊先是看到猎物般眼睛一亮，又仔细看了看，拍拍旁边的程安安：

"那不是你老大吗？"

程安安一愣，抬眼看去，门外的Rick正单手插在裤兜里，另一只手抬着看时间。不知怎的，此时此地看到他，她心头竟然闪过一丝慌张。她不想看到他搂着别的女人，也不想让他看到她跟戚蕊坐在这里，一副等着男人来撩的架势。

戚蕊喝了一口，一脸惋惜："啧啧啧，Rick的外形真是极品。可惜啊，他从来不碰同行，听说他老婆去世后，他就开始游戏人间了。"

程安安也喝了一口酒，看着外面的身影没说话。Rick老婆自杀这件事，她是从渭市回来后才听同事偶然提起的。方泽从不主动说自己的私事，她也不喜欢打听别人的私事，况且是这样的伤心事。她扭头看门外的方泽，想起跟他一起在渭市吃青团时老板娘的话，轻轻叹了一声。

外面的方泽等了一会儿，看到一高一矮两个男人朝他走来，他警惕地打量了对方一眼，不动声色地提了提背包带子。

看到两个男人一左一右夹着方泽朝巷子走去，戚蕊兴奋地拉着程安安："这Rick莫不是被掰弯了吧？大新闻啊。"

程安安毫不犹豫地脱口而出："不可能。"

戚蕊一怔，忽然笑眯眯地缠过来："你这么激动干什么？"

"我激动了吗？说事实而已。"程安安拿起酒杯掩饰自己的失态，脑中想的是刚才被夹在中间的方泽。

他们的姿势，好像真的有点不太对劲。

方泽双手插进兜里，里面有一副拳刺，他慢慢在口袋里套上，手在口袋里一直没拿出来。

三人站在巷子尾，高个子问他："就是你想买东西？"

方泽跟两人稍稍拉开些距离："我其实想问点事，东西不要，钱可以照给。"

　　矮个子嘴快："想问什么？"

　　"两年前有个女人贴票，淹死在正源桥那边，想问你们知不知道这件事。"

　　两个男人对看一眼，高个子："你问这个干吗？"

　　方泽冷着脸，声音发沉："她是我老婆。"

　　两人愣了一下，高个子朝矮个子使了个眼色，恶声恶气："就这事？你叫我们出来，就问我们认不认识死了好几年的人？"

　　两人朝方泽包抄过来，方泽冷眼看着他们，抽出双手。眼看两人要同时扑上来，忽然听巷子口有人喊："警察来了，快，他们在那！"

　　三人一愣，两个男人看情形不对，赶紧朝另一头的巷尾拐角处跑了。方泽深吸了一口气，刚要跟着跑，就听身后传来一个熟悉的声音："Rick。"

　　方泽猛然转头，看到明暗交接的巷口处出现一个瘦小的身影，对方朝他用力挥手："快过来。"

　　他愣了几秒明白过来，朝她快速跑去。拉起她的手，跑向他停在路边的车子。

　　他拉起她手那一刻，她的心怦怦直跳，想起了在渭市他只身前来救她时，他也是这样拉着她的手，在夜晚的街道上狂奔。

　　他打开车门让她上了车，这才转到驾驶室上车。刚落锁，两人不约而同地问对方："你没事吧？"

　　他低着头，容颜越发显得清晰。程安安尽量平复情绪，摇摇头。

　　"你怎么在这儿？"两人再次异口同声。

　　"你先说。"他给她递了瓶水，一脸疑惑探究。

程安安咽了下口水，指了指不远处的酒吧："我跟戚蕊刚好在酒吧里，看到你跟两个男人朝黑巷里走。我不放心就过去看，正好看到他们动手，吓得喊了一声，幸好把他们吓跑了。"

他淡笑："还挺机灵。"

得到表扬，程安安有些得意地扯了扯嘴角，忽然又听他说："以后不要多管闲事，你不来我也能应对，要是被他们发现是诈，我还得分心保护你。"

程安安一脸憋屈，气呼呼地给戚蕊发了条信息说自己先回家了，一路上再没搭理他。

车子在她住的酒店前停下来，程安安推开车门下车，方泽看她还板着脸，扯了扯嘴角，打开车窗，对着她的背影说："谢谢了女侠。"

她脸上闪过一丝笑意，刚转过身，车子已经开了出去。

后视镜里的她越来越小，方泽心中的情绪忽然铺天盖地地漫了上来。她着急帮他的样子，她皱起眉头的样子，她捂嘴笑的样子……他深吸了一口气，想要把脑中的画面赶出去却毫无作用，她的样子在他心里，越扎越深。

车子开到自家楼下，他抬头从宽大的天窗里看自家的阳台，自责又沮丧。努力了这么久得来的信息线索又断了。他掏出烟，却发现打火机不知丢到哪去了，泄气地在车上闭着眼静了几秒，他满脸疲惫地掏出电话打给周滨，然后车头一转，朝小区外开去。

周滨家里，两个男人各倚在一张沙发上，桌上是横七竖八躺着的空酒瓶子。

"明天上不上班了？"周滨看了眼还拿着瓶子喝的方泽，起身给他倒了杯温水。

方泽苦笑一声，嘴里喷着酒气："早不想上了。"

周滨哼了一声。

方泽放下酒瓶看他："我真的累了。想离开这里，不只是换一份工作的事，而是想改变现在的生活方式，去做以前想做却没能做的事。"

周滨挠着头问他："你想做什么？"

他看着屋顶："以前我就想过，等赚够了钱，就带着何雪去一个安静的地方，开家客栈，悠闲地过完余生，现在她走了，我这个想法还在，趁着还有力气折腾，去换种活法。"

周滨慢悠悠往嘴里丢了颗花生米："要我说你就是闲的。你啊，也别瞎想了，何雪也走这么久了，查线索的事就到此为止吧。你也该走出来了，找个好姑娘重新开始吧。"

方泽不说话，他查了这么久，线索断断续续明明暗暗。在疲惫的无数个夜里，他也曾跟自己说过：算了，就这样吧。但每当他回到家，看到妻子打理过的花草，看到屋里那些跟她有关的记忆，他便知道，自己根本无法心安理得地忘掉这一切。

看他不出声，周滨腆着小肚子，双手交叉放在脑后，继续开导说："话说这世上啊，只有三种女人嫁给投行男才能幸福。第一种呢，就是白富美。这种姑娘从小就被父亲宠着，有亲爸给买名牌，结婚了有老公给买名牌，不会因为生活的大起大落产生不平衡心理，最重要的，老丈人的生意圈子还能给投行男带来业务。第二种是女明星。投行男带老婆出去时既有面子又能维护自己的社交圈子，而且女明星比投行男还忙，根本不会因为老公太忙而经常抱怨。很适合你这种只要一接项目就天天加班月月出差的类型。"

方泽依旧没半点反应。

周滨咳了两声，开始说重点："这第三种呢，就是精英女。男的干投行，女的也是干投行，强强联合，事业上能互帮互助，一起积累财富，天天在一起，想分开都难。"

他说完顿了顿，偷偷看了方泽一眼，干脆把话说开了："我看啊，你手下那个白莲花就挺适合你的。听说她跟那个Peter分了，现在正是空虚寂寞冷的时候，赶紧下手，别被人抢先了。"

方泽的身子动了动，还是没说话。但周滨知道，以往只要一提同行，方泽保准让他打住，现在他没反驳，说明他听进去了。

一晃过了一周，方泽早上刚要出门去公司，就接到程安安的电话。

"Rick，我今天想请一天假。"她的声音有气无力，语气迷迷糊糊。

他剑眉微皱，语气中有自己都没察觉的紧张："你怎么了？"

"我今天有些不舒服。"她莫名鼻子一酸。

感觉到她浓重的鼻音，他立刻说："好，你先休息，工作的事不用担心。"

挂上电话，程安安抹了把泪，想不通自己从半夜到现在一直扛着疼痛吃药敷冰袋也没觉得有什么，为什么一听到他的声音忽然就软弱起来？

吃了药，她迷迷糊糊又睡了好一会儿，忽然感觉到枕边的手机响了起来。她口干舌燥又头疼得厉害，本不想去管它，但铃声就是不依不饶地响着，她只能慢慢摸着接起来，声音干哑："喂？"

"我是Rick，你住几号房？"

此时的程安安全身疼痛，脑子发晕，迷迷糊糊说了房号。

两分钟后，门外就响起敲门声。她摸了摸发烫的额头，去把门打开，看到一身运动服的Rick正提着一笼早餐站在门口。

"怎么回事？"他一进门就问。

程安安咳嗽了几声，对于自己的粗心大意有些不好意思："倒春寒，没注意保暖。本以为吃了药第二天就好，没想到烧起来了。"

酒店的房间不大，她想要给他拉张椅子，却全身无力。他眼疾手快，把她扶坐在床上："管好你自己就行了。吃点东西，我带你去医院。"

程安安闻言微怔："你不去公司吗？"

"已经去回来了。"他说着转身去烧了一壶水，又小心兑着凉矿泉水，这才把一杯温水递给她。

程安安渴极，一口气喝完，又把杯子递给他。方泽无语，又给她倒了一杯，语气责备："这么大的人了，连防微杜渐都不知道？昨晚不舒服为什么不去医院？"

连喝了两杯水，程安安稍微舒服了些，脸色依旧热得潮红。她咬着牙小声说："太困了。"

他知道她这段时间加班加得有些猛，现在项目正处在重要阶段，他心疼却也没有办法，只能默默打开食盒："趁热吃吧。"

程安安道了声谢，慢慢吃起来。

方泽环顾了她这间二十多平方米的小房间，这里看起来已经住了不短时间。不大的窗台上摆着几盆她添置的小小多肉绿植。床单也并不是酒店通用的白色，而是她自己买的高支纱绸缎四件套。深蓝色的柔滑面料上泛着星星点点的光泽，一看就知道躺上去非常舒服。

诸如此类的小细节还很多，进门时他发现她一直在悬挂"请勿打扰"的牌子，她不让酒店人员来收拾，也不像一般住酒店的人把东西乱扔弄得邋里邋遢，反而把酒店归置得有种居家的感觉。真是应了那句话：房间是租来的，生活却是自己的。

他对她认真的生活态度颇为赞赏，看了一圈，转头看到她磨磨蹭蹭，却没吃几口。

"怎么不吃？"他皱了皱眉。

"没胃口，吃不下。"她语气虚弱。

"听话，吃点东西才有体力嘛。"他一个大男人，为了让她吃饭，竟然用了卖萌撒娇的语气。

程安安心里感觉好笑，但胸口却一阵反胃："我有点想吐。"

方泽用手摸了摸她的额头，烫得厉害。他二话不说，扶着她赶紧去了医院。

医生检查过后开了些药，让她回去好好休息。

等程安安迷迷糊糊地再次醒来，发现自己躺在一张陌生的床上。

她先是一惊，随即检查自己的衣服，发现还是自己那身衣服。她有些蒙圈，记得昨天Rick送她回去，她在车上吃了药，困得厉害就睡了，没想到醒来就到了这里。

程安安顶着还晕晕乎乎的脑袋从床上撑起来，发现自己的手机在身边，她打给了方泽。

对方一接电话就问她："醒了？好些了吗？"

她听到办公室里电话铃响和电脑键盘的敲击声，应了一声："好些了，就是不知道自己在哪。"

"我昨天想送你回酒店，发现你的高烧一直没退，不放心你自己住在那边，就自作主张地把你带回我家里了。你住的是客房，放心，不会有人打扰你的。"

知道了这是方泽家，程安安这才松了一口气。环顾四周，整个房间不大，却整洁温馨，象牙白的墙色，浅橡木纹理的木地板，房间的家具不多，但看起来都很有设计感，整个房间简洁舒适，连摆件都极具情调。

她慢慢穿鞋走出去，发现这是一套两居室。居中的是客厅，连接着饭厅和厨房，她住的房间在左边，右边还有一间房，房门紧闭。

她慢慢挪过去，不放心似的试探性地敲了敲门："有人吗？"

没人回答。

她转头看向客厅，房子装修得很有味道，通风和采光也很好，整个房里阳光明媚，让人感觉神清气爽。

她在客厅走了一圈，忽然好奇，那位老板娘说她长得像Rick的妻子，她真的很想看一看他的妻子到底长什么样，可整间房里却找不到她的一张照片。

客厅尽头有个超大的露天阳台，她对阳台一向情有独钟，走过去时欣喜地发现阳台上摆放着两张太阳椅，边上种满绿植，一派郁郁葱葱的景象。

云淡风轻，窗明几净。这个房子，简直跟她梦想中的家一模一样。

她美美地在其中一张椅子上坐下来。阳光正好，晒得她身上暖洋洋，她陷在有软垫的椅子里眯起眼睛，心情极好地看着天上的云卷云舒。这样的悠然自得，让她想起小时候父母不在时，她独自在家的自在惬意。

就这么看着看着，她晒着太阳，在这个舒适得一塌糊涂的阳台上睡了过去。不知过了多久，直到感觉身上有些沉，她才擦了擦口水，从梦中醒来，正眼就看到旁边正给她盖上薄被的方泽。

"你回来了？"程安安揉了揉眼。

"这里有风，不知道自己病没好吗？"他的语气有些急，她听着却莫名受用。

"这里太舒服了，坐着就不舍得走了。"她不好意思地笑笑。

话音刚落，他的手便覆上她的额头。吃了药，她的烧已经退了，他的眉目这才慢慢舒展开。

"吃流食好消化，晚上我们喝点粥。"

程安安没想到傲娇上司还亲自为她下厨，感动坏了："其实不用麻烦了，叫外卖就可以了。"

"在家里还用叫外卖？我像是连饭都不会做的人吗？"方泽自信满满，转身进了厨房。

程安安跟在他后面走进客厅，看他在半开放式的厨房里围上一条牛仔色的围裙，然后从冰箱拿出瘦肉和皮蛋，淘米，洗肉，切块，一切步骤有条不紊。职场里洒脱肆意的职场精英，瞬间变身俊逸沉静的家居暖男，这样的Rick她是第一次见到。眼前的男人身材挺拔，眉眼英俊，简直就像是男明星在做美食真人秀，全程让她移不开眼，怪不得都说做饭的男人性感。

半小时的工夫，方泽端出一锅热气腾腾的砂锅粥，盛了一碗给她。

"趁热吃吧。"他随手把围裙扯下来的动作，帅得就像扯领带一样，让她看得有些发呆。

看她不动，他在她面前打了个响指："发什么愣？"

程安安回过神来，看了眼那锅颜色怪异的皮蛋瘦肉粥，小心翼翼地尝了一口。

"怎么样？"他看着她问。

程安安艰难地把嘴里的东西咽了下去，点点头："好吃。"

方泽面露喜色，自己盛了一碗，挖了一大勺放进嘴里，几秒之后，他脸色一变，冲到水槽边吐了出来，程安安则坐在沙发上一脸坏笑。

一顿折腾过后，两人依旧饥肠辘辘。

"要不然……我来做吧。"程安安咬咬牙，主动请缨。

"让病号做饭，我有这么冷血吗？"

程安安笑笑："我已经好多了，再说不吃东西也好不了。"

"算了……我们还是点外卖吧。"方泽最终选择了承认自己不会做饭。

"外面做的没我做的好吃，相信我。"程安安不由分说，捡起刚才方泽围过的围裙，把头发随意地扎在脑后。然后从几乎空空如也的冰箱里捡出一根皱皱的小黄瓜，又把里面冻成块的鸡胸肉放进微波炉里化开，重新淘米。她刚才虽然只看他操作了一遍，却已经把油盐酱醋米的位置都记清楚了。等把鸡肉和黄瓜都放进锅里跟粥一起熬之后，她又走到阳台上剪了一把香荽，她今天在那晒太阳的时候看到了这个小菜园，此时正好用上。

方泽看着她忙碌的背影有些发怔，或许是家里已经太久没有出现女人的身影，此时的程安安让他强烈地想念起妻子。以前的何雪做菜时也会把长发随意地挽在脑后，也是围着这条围裙，也会在做菜的时候，到阳台剪些香荽放进菜里，他记得她曾得意地跟他说，这是她的阳台菜园。

何雪走后，他虽然对植物不感兴趣，却一直舍不得扔掉阳台上的那些绿植，没想到，眼前的女人也跟何雪一样，喜欢那个阳台，喜欢那些绿植。

程安安并不知道方泽此时的想法，她麻利地洗好菜，等着鸡肉粥出锅，然后在上面撒上香荽，一锅用简单食材做出的美味就上桌了。

方泽半信半疑地吃了一口，忽然停下来看着她。

"怎么了？不好吃吗？"程安安有些意外，她对自己的厨艺一向有信心，难道这次演砸了？

"好吃。"他说的是真心话，只是表情陷入沉思。

程安安赶紧尝了一口，鲜香扑鼻，入口绵滑，是真的好喝。

方泽没想到，在大多数小姑娘都已经四体不勤五谷不分，十指不沾阳春水的时候，程安安竟然还有一手好厨艺。或许是太久没在家吃到这么好吃的饭菜了，也可能是家里很久没有人陪他一起吃饭了，他一下喝了两大碗，身心都热了起来。

吃饱喝足，方泽让程安安回房休息，可一想到堆积了两天的工作，她根本就睡不着。听着方泽在客厅敲击键盘的声音，程安安叹了一口气，干脆用手机开始处理邮件里的工作。

方泽起身倒水的时候，看到程安安推门出来。

"怎么还没睡？"

"我睡不着，想问一下你招股书中关于公司组织架构和'三会'运作情况方面的撰写问题。"

"你现在还没全好，工作的事等病好了再说。"

"我的烧已经退得差不多了，没问题的。"她自己摸了摸额头和脸颊，示意他已经没事了。

方泽不放心，又去摸了一下，温度果然下来了。他进房间拿了件薄毛衣让她披上，这才跟她开始讲解。

他讲得很认真，她披着这件带有他的味道的毛衣却走了神。其实在很早之前她就意识到，她跟别的男人甚至跟前男友马靳凯接触时会出现的发痒红肿等过敏反应，唯独只有跟方泽接触，她没有抵触，也不会过敏。

"听明白了？"方泽看着走神的她，问了一句。

程安安反应过来，刚要说话，电话忽然响起来。她拿起来一看，是酒店前台打过来的，说她交的一周租金到期了，问她要不要续住。

程安安犹豫了几秒："当然住，我一会儿就在网上交押金。"

挂上电话，她看着这里舒适的一切叹了口气："我就想找一套有大阳台的房子，可怎么就这么难呢？"

旁边的方泽顿了顿，轻咳一声："要不然……你搬来这里住吧。"

程安安诧异地看着方泽黝黑的双眸，听他一字一句地解释说："客房空着也是空着，如果你愿意，租给你也行，这样工作沟通也方便。"

　　说完最后一句，他的脸竟然有些微微泛红。

　　"我愿意，我当然愿意。"程安安几乎是第一眼看到这套房就喜欢上了这里，她抑制不住兴奋，立刻答应下来。

　　两人连夜到酒店拿了东西，她跟上司方泽，从此正式成了"同居"关系。

Chapter 27　发现秘密

　　因为住得不算近，早上去公司程安安会坐方泽的车子出门。为防止风言风语，她会在前一个路口下车，然后再走到公司。通常下班后方泽也会等着程安安一起走，两人心照不宣地在下车的地方碰头，然后一起回家。

　　其实按方泽洒脱的性子来说，他根本不在乎别人是否会说他的闲话，他之所以这么做，是怕别人说程安安的闲话。毕竟他跟她只是住在一起的同事关系。

　　不可否认，他对她是有好感的。游走在女人堆里，他当然能看出一个涉世未深的姑娘对他的感情。但一起住了这么久，他始终保持着同事和朋友的关系，因为他并不能确定，自己是真的喜欢她，还是只是把她当成了妻子的代替品，他不想对她不公平。

　　一晃过了大半年，在路两边的枫叶都变成金黄色的时候，项目终于通过了审核流程大大小小的关卡，得到了突破性的进展。

　　或许是有新手运气，程安安第一次跟方泽做的江宁项目，就十分幸运地一路高速推进，上市申报材料顺利完成，公司内部也麻利地走完了内核程序，向证监会提交申请文件，也拿到了批文。

　　通过发审会，意味着IPO项目的工作已经完成了90%，剩下10%的工作主要为履行股票发行和上市的具体程序。这个阶段主要是准备路演资料，包括PPT、招股说明书、保荐人研究员撰写的投资价值报告、企业宣传片还有定制的小礼物等等。到各地公开路演，公开邀请机构投资者参加，之后根据参与配售机构的报价综合确定发行价格，接着就是网上路演，网下配售，最终发行上市。

这些工序总的来说不复杂，但发行定价却极大影响发行人的价值体现和券商收益，因此非常重要。

这些事情对于程安安来说都是第一次，虽然流程都能说得出来，但对实际路演要做的事却完全没概念。只能按着Rick的要求，不停地修改给投资者演示的材料，密集更新会议日程……准备工作忙到天昏地暗。

跟了方泽这么久，倒不是说他具体教了她多少东西，而是他身上的那种尽善尽美的专业态度，让她不得不逼迫自己去做得更好，懂得更多。

现在的程安安，已经不是刚进投行连打孔都会打偏的小白。现在她能在一大段文字段落中，扫一眼就能看出是否有多余的空格，标点符号是中文的还是英文的，行距和字号大小是否一致。每家投行都有自己的PPT和Word模板，包括一整套的颜色体系，她甚至能背下来代表每个常用颜色的三个数字。

项目到了最后阶段，方泽事无巨细地打点好路演安排，包括推介PPT，与询价机构沟通等一系列的细节。而宣传片、投资价值报告和招股说明书是路演时发给投资者的项目名片，制作的时候不能马虎，要找号称"券商之家"的荣大打印社来专门负责设计。而负责盯着把东西按时无误打印出来的任务，就落到了资历最低的程安安身上。

项目的所有文档在最后一刻才最终定稿，程安安火急火燎赶到荣大打印社时已经是晚上九点，好在它是一家二十四小时营业的店。她进去的时候，已经有好几家投行的人在那忙了。她时不时地听到有人边接电话边让打印人员修改其中的几页，要么就是看着已经打印出来的文件忽然发现格式不对，要打印人员重新查看这几百页里的所有格式是否正确；要么就是忽然接到一个电话后，向打印员提出更烦琐的要求……

　　一位打印小哥接待了程安安，作为第一次打印材料的她，生怕漏掉了一点一滴的重要信息，认真仔细地按着笔记本上的记录。她迅速跟打印小哥说了要求，让他帮设计制作文件夹封面、光盘封面、修图美化等电子文件一套定稿之后，才开始打印多套，最后打孔装进文件夹并刻录光盘。

　　打印小哥训练有素，马上开工。程安安站在里面紧张地看着，却插不上手。

　　打印室里设了多个单间，基于商业秘密考虑，将每位客户隔离开来。而投行人员制作材料时沉重焦急的气氛不知不觉传染给了打印员，大家都是面色凝重身心俱疲。程安安感受到这股压抑的气氛，也极其紧张，生怕又接到电话或是发现文档里出现什么错误。

　　然而没有，打印小哥熟练地检查文档，直至文档变成文件，程安安这才松了一口气。

　　拿着还有油墨味的文件，程安安心中这才第一次感觉到自己的工作成果。那些文件上的字她几乎看了无数次，几乎都要吐了，但即使是这样，她还是发现了问题——所有缩进排版出现的副标题都应该设成斜体。

　　顷刻间，刚才打印的那一大沓文件全部作废，程安安吓出一身冷汗，赶紧手忙脚乱地跟打印小哥一起检查了所有文档，直至凌晨，确定没问题了，又开始重新打印。

　　她紧张地盯着那些源源不断流出来的文件，此时方泽的电话忽然打了进来，太过专注让她吓了一跳。

　　"你那边怎么样了？"他的声音也满是疲惫。

　　"应该差不多了。"她说得很没底气。

　　他知道此时她心里的担心，安慰道："每个人都要经历这个过程，加油。"

她点点头，刚挂上电话，又听到打印小哥说发现了新问题。

从晚上九点开始，午夜，凌晨……时间流逝，转眼天光大亮，当办公室里的方泽拿到招股说明书的第一本样本时，他同样紧张地仔细检查了封面、字体、空格、间隙、名字等等所有细节，直到确定没有问题，才呼出一口气。

万事俱备，只等出发。

路演定了三个地方，均为国内经济较为发达的城市。出发前，所有人终于可以休整一天，程安安睡了个天昏地暗，等她从床上爬起来，已经是晚上七八点。

她打开客厅灯，发现方泽不在家，她估计他是不放心，又去公司做最后的查遗检漏。厨房里没有什么吃的，程安安翻开冰箱，做了个快手的青椒肉丝拌面，给方泽留了一份。

不知从什么时候开始，她对他的称呼，已经从Rick，变成了方泽。

吃完东西，在这难得的空闲时间，她并不想浪费在那些狗血电视剧里，在阳台坐了一会儿，她干脆到客厅旁的书架上，挑选些她感兴趣的书来读一读。

上面大多数是关于投行专业的书籍，最下面两排，是一些关于如何养好花草、养生茶道以及做手工之类的书。程安安猜想这应该是方泽妻子的书，她没想到，自己跟他妻子喜欢的闲杂书品位还颇为类似。她蹲下来，从中抽出一本《茶禅》，书排列紧密，她用力一拉，竟然把原来压在上面的一个竹子编制的盒子给一起拽了下来。盒子从书架甩到地上，盖子飞了出来，里面的旧手机、充电器，以及各种小杂物散了一地。

程安安赶紧把地上的零碎东西收拾起来，捡着捡着，她忽然看到地上有几张从洋城飞往容城的机票，乘机人是方泽，而时间是十年前，正是她念高二的时候。除了机票，还有张租车凭证，写着容城大新租车公司，租的车子是黑色别克。

程安安的手有些颤抖，她记得那时救她的男人开的就是一辆黑色别克，她认得那辆车，因为她爸也开着同一款车。

急于求证的心情让她把盒子随手就放到了旁边的茶几上，然后急急进房里打开电脑，进了公司内网，开始查询十年前公司跟容城那边的客户备案资料。

十多分钟后，锦天房地产公司的名字出现在屏幕上，资料显示，当时锦天刚拿下了一片老房，地址就在她的学校旁边，而当时的方泽，正是锦天项目的前期调查人之一。

他就是当年救她的男人。

程安安此时激动、疑惑、纠结，记忆又回到当年那个漆黑可怕的夜晚。她想起那些人去楼空的老楼，想起那个用刀顶着她脖子，已经被抓起来的胡勇。所有的记忆似乎在瞬间都被唤醒，她终于明白，她之所以觉得他身上那股混合着烟草和咖啡的味道熟悉，就是因为她十年前曾在他身上闻到过。为什么她只有跟他接触不会过敏，因为他就是打开她心结的药。

知道他就是她一直想要找的人，让她对他又多了一份难以言说的情感。她以为在渭市时他是第一次救她，没想到早在十年前，他就已经是她的英雄。

程安安兴奋又激动，所有的事都有了答案，如今她唯一想不通的是，他为什么不在她跟他说胡勇的事情时，说出自己就是当年救她的人？

程安安忍不住拿出手机，她想要问他，她要把一直欠他的那句谢谢，认真地、正式地说出来。

方泽的电话响了很久也没人接听，程安安看了眼时间，已经接近十点。她猜他正在忙着工作，便不再打扰，等着他回来再说。

而此时的方泽正坐在一家咖啡馆里，对面坐着一位矮个子。这人是上次他想打听贴票事件时跟着高个子一起来的那位。

原本在办公室里准备回家的方泽收到了他的信息，说有消息可以卖给他。

为防止像上次那样受到袭击，方泽把见面的地方选在了人来人往的咖啡厅。矮子姗姗来迟，哈欠连天，比之前看到他的时候干瘦了不少。他一上来就压低声音急急说："我知道你上次问的事，也知道邮票从谁的手上出去的，要不是我现在急用钱，也不会出卖兄弟，所以想知道内幕，你要给我这个数。"

他伸出两根指头，说："两万。"

"那要看你的信息值不值这个数。"方泽冷眼看他。

矮子拿出手机，给了方泽一个微信号："就是从他儿那出的货。"

"我怎么信你？"

"你加他问啊。"

方泽双手交叉放在一起："要么你让他过来亲口跟我说清楚，要么我现在走人，咖啡你自己买单。"

矮子急了，一咬牙，又伸出两根手指："那得再加一倍，分一半给他，不然他不会来的。"

方泽犹豫了几秒，答应了。

矮子给对方发了几条信息，咖啡快喝完的时候，一个带着棒球帽的男人走了进来，在门口看了几眼，朝他们走来。

男人也不说废话，直接让方泽先转一万给他。方泽看了两人一眼，舍不得孩子套不住狼，转了钱过去。

男人从客户群里迅速找到一个头像给方泽，告诉他说："我把东西卖给了他。"

头像是一个烟雨朦胧的屋顶，方泽看着头像，总觉得在哪里见过，但一时竟也想不起来了。

他微皱眉头，问道："能找到他吗？"

对方摇头："他要求我每次把东西夹在一个风景画相框里，每次来取货的都是不同的人，男女老少都有，看着像随便让人帮忙来拿的。卖货给他这么久，人我都没见过。我这只有跟他的聊天记录，最后一次买货时让我把东西送到了正源桥。"

他说着把手机递给方泽，方泽看着上面的字，心猛地一缩，最后一次聊天的日期正是妻子出事那天，而正源桥跟妻子淹死的正源河相隔不远。

矮子和男人催促面色发冷的方泽把剩下的钱转过来，方泽忍住铺天盖地的伤痛回忆，问道："来拿过货的那些人，你还记得样子吗？"

男人摇头："时间太久了。"

方泽快速把男人手机里的信息都截图后，沉声说："剩下的钱，等你想起来取货的人长什么样再找我要。"

矮个子感觉自己上当受骗，当场就要掀桌。方泽眼神冷冽："你确定要在这里闹事？"

两个男人对看一眼，怕警察来了自己走不了，再说好歹也有了一万块，便骂骂咧咧地起身离开。方泽走出咖啡店上了车，确定两人没有跟来之后，才往家里开去。

到了楼下，他熄火后又小心地观察了一会儿，这才准备下车。眼睛扫到自己之前放在车里准备拿给程安安的几本书，他一伸手，拿了下去。

　　推门进家已经过了凌晨，客厅留着的一盏灯让他怔了一下。以前无论多晚，何雪都会给他留一盏灯，她走了之后，灯也就灭了。即便程安安住在这里，也基本是跟着他一同出去，一同回来。家里已经很久没人给他留灯了。

　　听到声音，程安安披着长发，穿着一套棉质睡衣从房间里推门出来，看到方泽站在门口发愣，她笑笑说："你回来了，吃东西了吗？"

　　这句话，瞬间让他又有了错觉。

　　温暖的灯光，温柔的笑容，关切的询问……他忽然走过去，一把将她拥进怀里，力道之大，像是要把她揉进他的骨头里。

　　程安安错愕地看着他，下一秒，他猛地吻住她，不是激情的，而是悲伤的，他的嘴唇紧紧磕住她的嘴唇，泪流满面。

　　程安安在受到惊吓后，没有推开他。而是心中莫名一痛，就这样由他任性一下。此刻，她仿佛能明白他心中的痛，她轻轻抚摸他的后背，低声说："都过去了。"

　　她的话让他身形一震，片刻之后，他像是醒了一样，把脸转到一边去道歉。

　　程安安眼睛也不看他，轻声说："没事儿。"

　　除了内疚，她还带着一丝悲壮。

　　方泽再抬头看她，已经神色如常。

　　他想找个合适的词来解释自己刚才的失态，她忽然眼眶湿润："你为什么不告诉我，你就是当年救我的那个人？"

　　方泽一怔，淡淡说："过了这么久，你也成长得很好，没什么好说的。"

"你觉得没什么好说的，但对我来说，确定这点很重要。"她声音哽咽："这么多年，我一直想要找你，想当面跟你说一声谢谢。"

看她的眼泪顺着脸庞滴下来，他心中一软："是我考虑不周，你别哭。"

看她还是止不住，他轻叹了一口气，把刚才放在鞋柜上的书拿了过来："你要真想谢我，就好好把这些书都看了，把保代人的考试拿下来。"

程安安抹掉泪水，看着他手上一摞会计、财管、税法和证监会监管规则的书，鼻音浓重："像你一样成为保代？我能行吗？"

方泽坐到沙发上："不想成为保代的分析师不是称职的投行人。你是我带出来的，成为跟我一样并最终代替我，是你应该做的。"

"可是……"程安安没有信心，她知道保代考试就是投行领域的高考，难度大，应试性强，有助于业务知识提升，但因为难度大，考过的人寥寥无几。

"你没有这个能力，我不会推荐你去尝试。根据最新的规定，考试合格，是成为保代的条件中最简单的一条，而最大的拦路虎是，最近三年内在符合规定的境内证券发行项目中担任过项目协办人。"

程安安半懂不懂，问道："也就是说，我考过了，还必须在之后的时间里参加一个成功的项目，并成为可以签字的项目协办人，我才成为真正的保代人？"

方泽点点头："考过之后只能说明你是准保代而不是真正的保代，只有再经手一个项目并成为签证协办人，才能成功进阶。现在新规严苛加上经济环境的不如人意，准保代和协办项目之间是'僧多粥少'的状态，你先通过考试，等机会来了，你才能抓住。"

程安安看他对自己这么有信心，不想让他失望，用力点了点头："好，我会努力的。"

方泽有些疲惫，摆摆手说："明天还要上班，早点去休息吧。"

"好，你也是。"她应了一声，转头走了几步又折回来："对了，冰箱里有面条，要不要我给你热一热？"

方泽摇摇头，她略微失望地转身，又听到他在身后说："我很想吃，但肚子已经饱了。"

她转过头来，脸上终于有了笑意："没事，明天当早餐也可以。晚安。"

"晚安。"

他倚在沙发上，看她进了房间，关上门，他才从口袋里摸出烟，慢慢朝阳台走去。

点上烟，用力吸了一口，方泽倚在围栏上，看着午夜的万家灯火，慢慢吐出一口白雾。他骗不了自己，他知道自己刚才抱着程安安，并不全是因为当时的情境让他想到了何雪，他抱着她，还因为她是程安安。

直到燃尽的烟灰烧到了手，他才从思绪中走回来。摁灭烟蒂，他慢慢走回客厅，刚坐下就看到了茶几上那个竹子编制的盒子。他记得那是妻子以前用来收纳一些小杂物的，不知道为什么忽然摆到了茶几上。

想到妻子，方泽又想到那个烟雨朦胧的屋顶头像，他总觉得好像在哪里见过，却又一时想不起。他有些烦闷地伸手去打开盒子，里面除了一些陈年小物件，就是妻子以前用过，但摔过一次后出了问题便不再用的手机。

手机没电开不了机，他拿在手上仔细看了一会儿。或许是今晚的事勾起了他的诸多回忆，他收拾盒子放好，拿着妻子那台旧手机进了自己的房里，把东西摆在床头的梳妆台上，何雪的照片相框前。

第二天一早，方泽带着程安安一起去机场，一路上她都兴奋不已。公司安排的是商务舱，落地出舱门那一刻，炫目的阳光突然让她有点恍惚，原来这就是精英人士的工作出行。

第一个城市的推介会被安排在五星级酒店的会议厅，这是由固定的公关公司来安排的。上百号听众，全是基金、资产管理公司以及私募基金的人员，所有人坐在里面看宣传片，听PPT，提问题。江宁公司的董事长站在上面，一一给大家讲解自己的上市项目。

程安安跟着方泽坐在下面，边听上面的讲话，边观察与会者的反应。等散会后抓紧时间跟各个意向客户沟通了解，把对方的意见记下来，跟自己原先做的定价对比。

终于到了重要的定价时刻，程安安第一次见到这样的场面，合作双方争得面红耳赤。江宁公司想定高一点，上市发行是十几亿的规模，每股差几分钱就差上千万。而投行要保证项目成功，需要看意向订单和市场说话，反馈的订单情况如何来定价。除此之外，也要考虑上市后公司长期发展，为了同意意见，方泽只能反复地跟江宁公司做工作。

程安安看得出江宁那边的挣扎很厉害，上市可能是公司多年的梦想，而真金白银也很重要。定价讨论一度中断，最后在方泽几近沙哑的声音中，价格终于在半夜定了下来。

路演期间，方泽几乎每天都忙得脚不沾地，每天早餐会、午餐会、上下午一共要排五六个会，晚上还要赶飞机，时间紧凑得夸张。

程安安只记自己住的都是差不多的酒店，进的都是金碧辉煌的会议室，至于那几个城市到底有什么区别和特点，她不知道也不清楚。

定完价的凌晨四点，她陪着方泽在酒店楼下吃晚饭，两人疲惫得都不想再多说一句话，亲历这一场金钱交易，程安安感慨颇多。

路演圆满成功，等他们坐最早一班机回到洋城，已经是中午。下飞机的时候，阳光依旧灿烂，但程安安已经没有了第一次坐商务舱的兴奋感觉，此时的她只想尽快躺到自己柔软的床上，睡他个天昏地暗。

出了机场，同事们三三两两上了车，方泽跟拿着材料的程安安一起上了一辆出租车。

车子到了楼下，方泽让司机把车停下，程安安开门出来，方泽却没动。

程安安诧异地看他："你不回家吗？"

"今天是工作日，有很多后续工作要马上进行，我去公司。"

程安安知道接下来还有网上路演、网下配售、网上发行等等事项，只是没想到他出差回来竟然就要马不停蹄地接着去工作。

她看了眼同样疲惫不堪的方泽，犹豫了几秒："我跟你一起先回公司吧。"

他摆摆手："你这个状态去了效率也不高，回去休息吧。"

程安安不再多说，抓紧时间回去睡了几个小时。傍晚醒来，又赶紧去了公司，知道方泽没吃晚饭，她给他打包了一份盒饭。

进电梯的时候，手上拿着鳕鱼堡和可乐的陈铭正好也在。

"陈铭。"她先跟他打招呼。

陈铭愣了一下，转头看到她，还是一脸的腼腆："安安你好。"

他的背有些佝偻，脸上越来越多的痘痘显示着内分泌严重失调。他换了一副更像瓶底的眼镜，发际线两侧已经过早发白，有着超出这个年纪的老态。

"蓝瑟项目现在进展得怎样了？"程安安没什么话说，便聊起工作。这个项目是她刚进来的时候，和马靳凯一起跟过的。

陈铭扶了扶眼镜，脸色沉闷地摇摇头："没过审，现在又要重新再弄一遍。"

她听到这个消息，心里都替他喘了一口粗气。如果说IBD的其他分析师一个周工作六天，每天工作十四个小时。那陈铭就是每周工作七天，每天工作十五个小时的优秀员工。

程安安知道陈铭是有能力又肯下苦力的人，但投行不缺这样的人，她越来越明白，这个行业除了优秀和能力，还需要运气。

她跟着方泽进了江宁项目组，不得不说，这是她的运气。

告别沉默，她走进方泽办公室，发现里面没人，她知道他一直在办公室开会，她放下刚买的晚餐，抓紧时间出去做事。

晚上跟方泽回家，车上他忽然问她说："十一长假，有什么打算？"

她怔了怔，下意识问道："不用加班吗？"

"投行的过劳一直被媒体诟病，最近风头越演越烈，今天跟文森开会，他说今年长假，全公司的人都不准加班。"他停了几秒，看着她说："我想去一趟天山，一起去吗？"

她看到他眼中的期待，也听到自己的心跳，几乎没考虑，她便立即点头了。

Chapter 28　不同选择

江宁项目上市在即，加上难得的一次长假，组里的人都极其兴奋。放假前一天，程安安下班没等方泽，自己先坐地铁回去了。

等方泽回到家，桌上已经摆好了一桌荤素搭配营养均衡的饭菜。他忍不住吸了吸鼻子，到桌边捏了一颗芦笋放进嘴里，果然新鲜爽脆。

"先去洗手。"程安安笑着从厨房提了一壶自制的柠檬汁出来，又从冰箱拿出一盒冻上花瓣的冰块。冰块倒进柠檬汁里，花瓣在冰块里，随着淡黄色的液体漂浮，色彩斑斓，趣味盎然。这些普通平常的东西到了她的手中，瞬间便有了乐趣和新意。

他听话地乖乖去洗了手，看着洗漱台上归置得井井有条的物件，连有轻微强迫症的他都由衷感到舒服。

橘色的暖光下，他们坐在一起吃饭，他给她夹菜，她为他盛汤，像老夫老妻般，一切都极其自然。吃完东西，他站在水槽边洗碗，看着她孩子般哼着歌，心情极好地把一大包零食放进行李箱里，他目测那两个超重的行李架和兴致勃勃的她，淡淡一笑，把那句"别带这么多，这些东西哪都有"给咽了下去。

自从她住进来后，他原本单调冰凉的生活在不知不觉间悄然发生了变化。她喜欢到市场买最新鲜的食材，他便不用再吃那些油腻乏味的外卖。只要不加班，他会陪着她一起去市场，跟她一起下厨，家还是那个家，却因为她的到来，焕发了生机，有了烟火气。

这样的日子是何雪走后，他一直渴望重新拥有的。现在的他内心矛盾，他知道自己喜欢这个能把生活过得认真且热闹的姑娘。但何雪未了的事就像是心头一块巨石，压得他喘不过气来。他曾以为，自己这辈子已经没有了爱人的能力，不可能再喜欢上另一个人，没想到，他竟然爱上了这个他曾救过的小姑娘。

方泽真的没想到，当年自己救过的女孩，竟然有一天会住到了他的家里。她真的长大了，已经有了女人的知性稳重，偶尔又流露出小女孩特有的机灵和敏锐，这两种状态同时存在的时候，是一个女人最迷人的时候，然而她却不自知。

程安安为了早起，难得地早早睡下。

方泽在房间里挑衣服装进行李箱，一抬头，看到梳妆台上何雪的照片。

他停下动作，慢慢坐到桌前。

她还是那么温婉漂亮，他拿起相框，轻轻拭擦着上面的浮灰。一晃她已经走了好几年，可事情还是明明暗暗，没个头绪。他心里憋着一股气，难受却发不出来。

叹了口气，他把相框放进抽屉里，又伸手把相框边上那个旧手机也一起放了进去。不料手一滑，手机掉在地上，"啪"的一声，背部一片塑料翘了起来。

方泽以为摔裂了，捡起来一看，原来掉下来的是一片手机外壳，壳子跟手机一模一样，他以为就是手机的后盖。他拿着裂了的外壳准备要丢，忽然发现壳里竟然有一块突起的塑料部分，他用力抠下来，发现竟然是一张SIM卡。

跟他在一起这么久，妻子一直用着同一个号码，她的卡他已经注销了，而现在出现的这张卡，让他心头一跳。

他把SIM卡放进自己的手机里，给自己另一个在尽职调查时才会使用的手机号打了个电话，终于看到了这个陌生的电话号码。

方泽搜索这个手机号，发现是洋城本地的号码。他登录微信，搜索这个电话号码，搜寻结果出来的时候，方泽如遭电击般呆立了几秒。

这个号对应的微信号头像，正是那个烟雨朦胧的屋顶。

而此时的他也终于想起来，这张照片是他陪着妻子去渭市拜完求子观音后，从山上的寺庙下来时看到的景象。

如今一切的指向表明，那个买致幻剂的人，真的是何雪。

他一直坚信她不是自杀，现在看来，他只是从没真正了解过妻子。

方泽颤抖着拿出那张卡，开着车去了洋城最大的手机通信市场。在一间不起眼的小摊位里，找到了一个长得跟竹竿一样瘦的男人，让他帮破解何雪微信的密码。

男人也不问情况，收了钱就干活。方泽在旁边拿出烟，手有些微微发抖，他给男人递烟，男人面无表情地摇头。方泽一支烟还没有抽完，竹竿男就帮他登录上去了。

方泽拿着手机回到车里，迫不及待地查看里面的联系人，列表里面只有两个人，一个是卖"票"给她的那个男人，还有一位头像是一只金色白鸽，备注名字上写着"彭青姐"。

从聊天记录来看，对方好像是跟医护有关的人员。何雪似乎很信任她，在跟她聊天的时候，一直表达的内容就是自己无法生育的痛苦，以及问她如何才能解除痛苦，而对方的回答，就是劝她服用LSD。

方泽越看越气，最后一拳砸在方向盘上。他不知道这个叫彭青的人到底是谁，为什么要这么做。同时又对自己的后知后觉悔恨不已。

他以为何雪一直生活得很幸福，他以为自己一直是个好丈夫，原来，一切都只是他以为。

此时此刻，他想起自己这些年在公司熬夜加班，为细微的差别反复调整字体大小、文档间距所浪费的光阴。想到这些年自己身不由己，忘了家庭，忘了生活，也忘了自己，他觉得可笑又可悲。

回到家时他已经一身酒味，听到客厅异常的动静，程安安开门出来，看到眼前的方泽，她吓了一跳，认识他这么久，第一次看到他如此的沮丧和悲伤。

"怎么喝了这么多酒？出什么事了？"她把醉醺醺的他扶到沙发上。

方泽说不出话，"哇"的一声吐了一地。

在客人的酒桌上她见识过方泽的酒量，能把他喝成这样的，她还没见过。

收拾好地上的东西，程安安把他扶到床上。刚躺下，方泽的腹部便一阵绞痛，疼得他从床上滚了下来，程安安吓得赶紧去扶他，看到他满头大汗，痛苦地在地上打滚，她赶紧叫了救护车。

在送他去医院的途中，程安安越想越担心，只能打给戚蕊，想问她周滨的电话号码，没想到戚蕊那头一直没人接电话。

方泽进了急诊室，凌晨时分，她在急诊室外焦急地来回走动，心中不停祷告，希望方泽没事。大半小时后，医生出来告诉她，是饮酒过量引起的急性胃黏膜损伤，没什么大碍，她这才松了一口气。

天刚亮，程安安便马不停蹄地回去给方泽熬粥。医生说这种情况方泽要吃稀饭，她便去买了新鲜的肉和菜，做了锅营养丰富的肉粥。出门的时候看到她昨晚收拾好的行李箱，轻轻叹了口气，看来假期是要泡汤了。

她到医院的时候，方泽已经醒了。从昨晚到现在，程安安脚不沾地地为他忙活他都心里明白。看她一脸憔悴，他一脸歉意："谢谢，抱歉，难得的假期，就这样浪费了一天。"

　　程安安没有半点责备他的意思，给他盛好粥，用勺子搅凉，递给他说："别跟我客气了。我从小到大不知浪费过多少假期，也不差这次。再说以后还会有新的假期，这次去不了，还有下一次。"

　　她的话让他的心猛地一缩，他想到了曾经不知休假为何物的自己。以及他本应该跟何雪一起度过的那些快乐时光。

　　他接过粥慢慢喝了一口，忽然一股悲凉涌上心头，人生无常，时不我待，有些事如果现在不做，那可能这辈子都不会再去做了。

　　他放下勺子，看着她："谁说这次去不了？"

　　程安安看着他不像开玩笑的样子，吃惊问道："你不是说真的吧？"

　　"在你眼里，我说话就这么儿戏？"他吃完最后一口，把碗递给她，夸奖说："味道不错，再来一碗。"

　　错愕的程安安刚给他盛好粥，手机忽然响了起来，她看了眼戚蕊的号码，接起来。

　　"安安，我昨晚睡得早，找我什么事？"戚蕊刚从床上起来，打了个哈欠。

　　程安安刚要跟她说方泽的事，忽然听到电话旁一个男人压低声音跟戚蕊说话，问她早餐想吃什么。

　　程安安有些吃惊，但转念一想也正常，戚蕊现在在销售部做得风生水起，能力和外貌都无可挑剔，现在的她有男朋友也很正常。

　　既然方泽也没什么大碍了，程安安也就不打扰戚蕊了，她随意找了个借口，没说方泽的事，更没问周滨的电话，便挂了电话。

刚把手机放进口袋，她忽然愣了一下，刚才那个男人的声音，怎么听着有点像周滨？

看她发愣，方泽瞥她一眼："想什么呢？"

她摇头，收拾餐具，反问他："对了，你昨晚为什么喝这么多酒？"

他眸色一沉，脸上的痛楚一闪而过。

她以为他又开始绞痛，赶紧让他躺下好好休息，不敢再多问一句。

不得不说，方泽的身体素质还是很不错的。又休息了一天之后，第三天两人便启程出发，一路舟车劳顿，到了南方一处以绿荫如海的修竹、清澈不竭的温泉、变幻莫测的云而著称的天山。

这是方泽选的地方，也是他想了很久的地方。

到的时候是下午，两人来到客栈的前台，方泽接过程安安的身份证，跟老板娘要了两间房。

风韵犹存的老板娘好奇地打量着极其般配的两人，推荐说："帅哥，店里现在情侣房价格优惠，比两间房划算。"

程安安脸上一红，却听方泽淡淡说："就这两间吧。"

星星点点的失落在程安安的胸口积聚起来。

放了行李，两人吃了点东西，老板娘朝程安安眨了眨眼，建议他们去泡当地的温泉解乏。

程安安在温泉更衣室里，看着镜中自己穿着泳衣的修长曼妙躯体。跟方泽一起住了这么久，他一直有意跟她划开界限，但不知从什么时候开始，她感觉到他们之间的那条界限在逐渐变淡，她知道，他对她是有感觉的。

天气已经有些转凉，秋风阵阵，程安安裹了件白色的浴巾走进温泉区的时候，方泽已经泡在其中的一个小池子里。他高大挺拔，样貌又极其出众，她一眼就从普罗大众中看到了他。

方泽也看到她，他朝她招了招手，胸部的肌肉线条舒展，显得有力量却不粗壮，完全是脱衣有肉穿衣显瘦的衣服架子。

程安安进入温泉里，这个小池子里只有他们。这是两人第一次以这样的装束，这么暧昧地泡在一池水里。不知是不是水温的缘故，她白皙的面颊泛着水光，眉毛像荡在水波上的两条柳叶舟，上翘的丹凤眼此时格外妖娆。

她眉目如画，让他不由自主看得出神。

"这真是地下的温泉水吗？"

她盯着他问了两遍，他才慌忙移开目光。为了掩盖失态，他往水下又沉下去一些，倚在池壁边，呼出一口气："可能只是锅炉烧的热水。"

是不是真的温泉程安安觉得并不重要，只要对面的人是他，其他的，都不重要。

她把温水往身上撩拨，两人泡了十多分钟，她抬头看向别的汤池。到底是年轻，玩心重，她一脸期待地转头看向旁边闭目养神的方泽，小声说："我们去试试别的池子吧？"

他慢慢睁开眼，看着大大小小全是锅炉烧的水，知道哪哪都一样，却拗不过她眼里的恳请。他跟着她起身，取过新的毛巾给她裹实，然后带着她找寻下一个安静的热水池。

泡完一大圈下来，程安安整个人被热水蒸腾得筋疲力尽。

两人换好衣服，饥肠辘辘地出去觅食，客栈旁就有家餐厅，两人走了进去。一开门程安安就闻到了橙子的香气，她喜欢吃这种汁水鲜纯的水果，菜还没端上来，她已经切开几只鲜甜的橙子，递了一瓣给方泽。

方泽盯着这块金黄色的橙子，他记得何雪失踪前几天，也是一直叨念着想吃橙子，等他买了橙子回家，她已经不在了。从那之后，他就再没吃过这种水果。

方泽抬头看去，对面的程安安吃得腮帮子都鼓了起来，一脸满足。

他有些好笑，把手里的那块递给她："够吃吗？"

她推回去："很甜的，你快尝尝。"

他犹豫了几秒，拗不过她，还是咬了一口。

"怎么样？"她一脸期待。

他点点头："甜。"

她笑得一脸灿烂，他的心也跟着一点点暖起来。

吃饱喝足，两人决定去街市逛逛，节假日让这个平日里静谧的小镇喧闹起来。人来人往中，她光顾着看新鲜，差点被逆行的人撞到，他把她让到里面，顺势牵起她的手。

这一刻，她没有松开。她没有过敏，没有发痒，有的只是心跳加速，紧张甜蜜，和手心出汗。

她红着脸低着头，任由他拉着，在熙熙攘攘的夜市里行走。晚风习习，漫步在这个陌生的城市街头，她偷偷打量着走在自己旁边的男人。高大挺拔，风流倜傥，认真工作时又酷又帅，回到家时又暖又萌。这样的男人，像极了她想象中的爱情，不，他就是她的爱情。

此时牵着程安安的方泽同样心潮澎湃。他是喜欢她的，所以才会带着她一起来到他当初一直想带何雪来，却一直没能带她来的地方。

晚上回到客栈房间，程安安连手都不舍得洗，生怕把他手心的温度给洗没了。隔壁房的方泽躺在床上，吃完医院开的药，便一手枕在后脑勺，一手夹着烟，沉默地看着窗外的夜色。

心中是有愧的，如果早些带何雪来，或许现在也不会留下这么多的遗憾。他想着何雪，可出现在脑海的却是程安安的样子，他用力吸了一口烟，慢慢吐出一片白雾。

喜欢的，终究是藏不住。

第二天方泽带着程安安一起爬上了天山的竹林，让她领略了这里绿荫如海的修竹。第三天他们去看了日出，还有那些因时而异、变幻万千、动若浮波、静若堆絮的云海。他听她在山谷里呐喊的回音，看她在溪边撩拨起的泉水和洒下的笑声。在谷幽境绝，世外桃源里，他看着身边雀跃幸福的人，这一刻他忽然想，如果就这么跟她生活在这里，共享这无尽的黄昏，那该多好。

这是在天山住的最后一晚，回到客栈，两人都意犹未尽。进各自的房间前，方泽犹豫了几秒，一旁的程安安忽然鼓足勇气，结结巴巴说："要不要进来喝杯咖啡？"

他们都清楚房间里并没有咖啡，也知道这个邀请意味着什么。他本来以为会由他来提出邀请，没想到她却先他一步。

看她满脸通红，他忽地笑了："我下楼买点吃的，马上就来。"

程安安羞愧地看着他转身离开，伸手摸了摸早已烫红的脸。

方泽到附近的便利店拿了些酒和零食，结账时，在架子上看到那排避孕套，他犹豫了几秒，挑了一盒。收银的机子旁有一排真花扎起来的简易小花束，即便简陋得像路边野花，他也还是认真地从中挑了一束粉色蝴蝶兰和星辰花混在一起的小圆花束。

上楼前，他竟然微微紧张了一下，这对他这个情场老手来说，着实可贵。

听到脚步声，程安安迅速将门打开，看到他手上的花，她先是一愣，他有些不好意思，解释说："这附近没找到花店，是在便利店买的。"

"很好看。"她笑着拿起来闻了闻，转身让他进屋。

房间里开着电视，方泽在阳台的椅子上坐下来，气氛稍显紧张。他打开啤酒，递了一罐给她，程安安随手拿了一包薯片撕开包装，两人并排坐在阳台的椅子上，边吃边有一搭没一搭地聊。

随着啤酒微醺的醉意涌上来，两人才慢慢有了一种逐渐放空的轻松感。

深山脚下竹林如海，夜色静谧明月当空。

方泽忍不住点了根烟，她侧脸看着夜色里一明一暗的亮光，忍不住说："少抽点烟，对身体不好。"

这是她第一次管他抽烟，他看了她一眼，笑笑，熄灭之后，再就没点。

夜色很亮，晚风吹过，竹林响起一片沙沙声。远离大城市的地方，星星似乎都更大更亮。他下了决心，伸出手臂搭在她的肩膀上，把她搂进怀里。她心中狂跳了几下，反手搂着他的腰，闻着他身上淡淡的烟草味。

她慢慢闭上眼睛，等着他的吻落下来。然而他只是抱着她，并不吻她。

她有些尴尬地睁开眼，看向满天繁星的夜空，感叹说："这里真的好美。"

他认真看她："如果让你留下来，你愿意吗？"

她愣了一下，随即笑笑摇头。

方泽的心一点点凉了下来。

发现他的异样，程安安一怔，眼睛紧紧盯着他："你……想留下来？"

他慢慢松开她的肩膀，看着夜空："我打算辞职，在这里开一家客栈。"

她被这个突如其来的消息惊得说不出话，半晌才结结巴巴说道："你，你为什么突然……"

他看向夜色："不是突然，我想了很久，只是之前一直没有下定决心。"

她想起他出发前一晚的酩酊大醉，问他："是不是出什么事了？"

他摇摇头，不说话。

她急得有些语无伦次："我知道这里很美，但在洋城才能有更多的机会，再说鼎盛的工作也不错，你真的说走就走吗？"

方泽看着她，声音发沉："你真的觉得那份没有私人时间，每天被报表、会议和底稿占据生活的工作很不错？"

她语塞，她虽然不喜欢每天像机器一样运转，但投行作为金融圈食物链的塔尖，光环加持在身的荣誉和春风得意，让每个像她一样削尖脑袋不舍昼夜的年轻投行人根本舍不得离开。

她是爱他的，但也从来没想过要放弃这份得来不易的工作，跟着他一起离开。再说辛苦栽培了她这么多年的父母，也不会同意她为了爱情而放弃前途。

她无法说服自己，更无法说服父母。

许久，她才声音颤抖地问他："真的……没有回转的余地了？"

他伸手去点烟，顿了顿，最终又放了下来。嗓子发哑："我跟你说说我妻子的事吧。"

他缓缓地说，程安安沉默地听着自己爱的男人和他曾经的爱情故事，眼泪一滴滴地往下落，为他们，也为自己。

她知道，他坚定的这件事，是无法再改变了。

故事讲完，酒也喝干。他长吁了一口气："不论是留下，还是离开，都是人生中的一个选择。我对这份工作也曾充满干劲，野心勃勃。但现在，我只想做些自己还来得及做的事。"

程安安吸了一口气，用力抹掉眼泪："我因为高二那年的阴影，落下了异性过敏症。爱情对于别人来说或许很容易，但对我来说，真的很难。正因为它很难，所以当它发生的时候，我才想要好好地去爱，可是我发现，爱情比我想象的还要难。"

方泽心中绷紧的弦，几乎被她的话扯断。他沉默几秒，语气低沉："对不起，我应该早点跟你说这件事。我知道这对你来说不公平，但我控制不了自己想要去接近你。我幻想着你在来到这里之后，能跟我有一样的想法，是我自私了。"

　　程安安感觉心中被无数根细密的小针扎在身上，她看着他，心在慢慢缩紧，像是溺水的人大口呼吸，眼泪不停地往下掉。等情绪平稳，她才哽咽问他："你喜欢过我吗？"

　　方泽眼底全是不舍，他恨不能把她揉进自己的身体里，再也不分离。

　　他轻轻把她的头发别到耳后："把'吗'字去掉，我喜欢过你，并且现在依旧喜欢着你。安安，我的情感渴望你留下来，但我的理智告诉我，我不能用情感来绑架你。"

　　程安安本以为，这个曾救过她的上司，就是自己的真命天子。而喜欢的人正好也喜欢自己，这是多大的幸运。但从学校无疾而终的恋爱，到中途分手的马靳凯，再到现在还没开始就已经结束的方泽，她情路多舛，渴望爱情，却总是注定孤单。

　　天空下起淅淅沥沥的小雨，她的眼泪再次滚落下来。他伸手把她搂进怀里，两人就这么紧紧相拥着。

　　在他这个岁数，已经不太会因为爱而冲动。而她这个年龄，又还没学会为了爱而妥协。

　　他眼眶湿润，一边是他爱的人，一边是内心渴望的自由。一种无可奈何的无力感贯穿他的胸口，直到他们的头上都被细密的雨雾蒙上一层白雾。

　　她终于松开手，抹掉泪水，声音哽咽："对不起，我不能跟你留在这里。"

　　他料到她的答案，也理解她的选择。他用手捋掉她头发上的雨气，指了指自己的心口，哄孩子似的柔声说："没关系，你会一直留在我这里。"

她泪目汹涌，知道自己选了一条看起来最理智的路，这一路她可以哭，却不能停。

他们的选择都没有错，只是在错误的时间，遇到了对的人。

进了屋里，她的泪还没干，他不敢久留，拿起外套穿上，匆匆跟她告别。

程安安看他消失在门口，心如刀刺，爱而不得。这种感觉，是从未拥有过他一秒，心里却像是失去过他千万次。明明还没在一起，却经历了一次最刻骨铭心的分手。

不是没看出她眼里的挽留，她只是不知道他迈出门的步伐用了多大的力量，他怕自己一犹豫，就会控制不住自己奔向她。都是成年人，当然明白一夜欢愉和一时冲动都无法改变内心的选择。不爱是一生的遗憾，而爱是一生的磨难。他深知，那些暂时压抑下来的内心所想，终有一天会再回来。

回到房里，方泽疲惫地躺在床上，习惯性地从口袋里掏烟，却掏出一盒避孕套。他叹了一口气，双手做了个投篮姿势，盒子划出一道弧线，向着墙角的垃圾桶飞了过去。

在这场情感的风雨中，方泽极力让自己波澜不惊，像是一种认命。是他不够爱吗？他更愿意理解为是他和她之间隔着一段无法相通的光阴岁月。要走过这些，需要时间，而他宁可等她慢慢走过来，也不想剥夺她体验生活和选择的权利。

假期结束前，两人回到家里，方泽收拾好衣物，疲惫地躺在床上。

客厅里静悄悄的，平时这个时候，程安安要么在厨房做饭，要么在阳台浇花，但现在她回到房间就再没出来。

方泽后悔自己的莽撞，没确认她的想法就贸然地去牵起她的手。他心怀愧疚，却不敢再去打扰她。他习惯性地拿出烟刚要点燃，忽然想起她说让他少抽点烟的话，就又慢慢放了下来。

静坐了一会儿，他翻开自己认识的医疗系统的人脉簿，打算查一查那个叫"彭青"的到底是什么人。

第二天程安安没坐方泽的车，早早去了公司。方泽到的时候，她已经坐在位置上开始埋头看书。

他看了她一眼，刚要朝自己办公室走去，文森从后面的电梯走进来，看到方泽，快走两步过来拍了拍他的肩膀："来我办公室一趟。"

方泽看他心情不错，说："正好，我也有事找你。"

坐在文森宽敞的办公室里，方泽喝着咖啡，等着领导先说。

文森先是笑眯眯地跟他说了些假期趣事，接着话锋一转，语速极快又颇为神秘地跟他说："公司最近接了个大单子，我打算交给你来做。"

方泽放下杯子，顿了顿，说："文森，我打算辞职了。"

文森表情错愕，下一秒便神色复杂地看着方泽："哪个公司挖的？"

方泽笑着摇头："没人挖我。"

文森眉头微皱："这样，无论他们承诺你多少分红，我们可以翻倍。"

"不是钱的问题，我想换个轻松活法。"

文森盯着他看了几秒，半信半疑："真不是跳到对手公司？"

"你知道我的为人。"

文森这才一脸无法理解的表情在他旁边坐下来："是不是我说什么都留不下你了？"

方泽点点头。

文森拿出烟，递了一根给方泽："行，那我就不浪费时间了。什么时候走？有什么打算？"

方泽接过来，拿在手上并不点燃："等江宁项目结束吧，想去开家小客栈，闲度余生。"

　　文森吸了一口烟："想法挺别致，但估计这客栈一年也赚不了多少钱，你真不想听听这个新项目的事？"

　　一般文森这样问的时候，就一定会把这个新项目讲出来。

　　方泽笑笑，一副洗耳恭听的样子。

　　"这是个房地产项目，客户品牌叫'创世蓝天'，最近势头强劲，上市很有希望，最重要的是，对方开价很大方，真不打算再拼一下了？"

　　方泽随意翻开了手里的资料，听到文森说出对方给的价位后，更加坚定地拒绝了。他知道真正的生意人不会随便放弃自己的利益，如果对方肯大方割肉，事情必定极其难办甚至另有内情。

　　下班时周滨过来找方泽，说要去他家喝酒。方泽刚要点头，忽然想起程安安还住在里面，赶紧拦下来："别别，咱们还是去外面喝吧，我请客。"

　　周滨疑惑地看他反常的举动，戏谑道："家里不会藏了个姑娘吧？"

　　方泽故意板起脸："别胡说。"

　　周滨不敢再惹他，晚上狠狠宰了他一顿。等方泽回到家，看到客厅亮着一盏地灯。他心中一暖，知道程安安已经回来了。他看到她的房间里有灯光淌出来，他默默地在外面站了一会儿，才神情落寞地转身走进自己的房里。

　　程安安坐在窗头的书桌前，听到他的关门声，长叹了一口气。桌上是他给她的一堆考试参考书，里面笔记详尽，红色的字体隽秀如西山明月。她摩挲着他的字迹暗自叹息，小时候总听老师说，一分耕耘一分收获，但长大后才发现，爱情是超出这个道理的。她住进他的房子里，读他读过的书，听他听过的音乐，走他走过的路，却依旧成不了他的爱人。

一晃过了一周，程安安像是故意跟他岔开，同在一个屋檐下，却是早晚不相见。方泽知道她在躲自己，他晚上即便回到了自家楼下，也先坐在车里吸烟，等她洗漱完进了房间，客厅的落地灯亮起，他才从车里出来。

两人都小心退避着，直到有一天他回到家，发现她坐在客厅的黑暗里，行李都打包好了放在旁边。

他皱着眉头，声音低沉："你要搬走？"

她吸了吸鼻子，慢慢把钥匙放在桌上："我找到了合适的房子。"

她说得很慢，他张了张嘴，发不出声音。他知道，大张旗鼓地离开都只是虚张声势，真正要离开的人，才会如她这般默不作声。

程安安极力稳住声音，故作轻松："我会越来越好的，你也是。"

他看着她，沉默几秒，说："我送你。"

她声音里有斩断一切余念的决绝："谢谢，我叫车了，再见。"

他呆立在房里，看着她拖着行李，消失在门外。

有那么一刻，他的脚几乎要迈了出去，但中年男人的理性克制最终压倒了冲动。他几近虚脱，垂着头坐在沙发上。现在的他和她要的终究不同，如果他们还有缘分，定会在后面山高水长的人生里相遇。

Chapter 29　勇敢面对

　　程安安把失恋的心伤化为没日没夜的备考，终于不负众望，一次性通过了考试，成为同期进鼎盛的员工榜样。

　　大家给准保代程安安祝贺，所有人都在，唯独缺了已经请假的方泽。程安安小心藏好脸上的落寞，在热闹的灯光中倍感孤独。

　　人群散去，她独自回到办公室，发现自己桌上多了个礼物。

　　她心中怦怦直跳，打开礼盒，里面是一本竹子雕刻的竹林云海笔记本。本里面夹着几片竹叶书签，清雅别致，是她喜欢的东西。

　　从小时候开始，她就喜欢用笔记本记东西，所以有了买笔记本的爱好。虽然已经堆积了一大摞笔记本，但看到不同颜色、纸质、年份、图案的笔记本，还是忍不住要买。

　　他到底是懂她的，但这又怎么样呢，他依旧不肯为了她留下来。

　　江宁的项目已经完成，鼎盛高层依旧想要用升职来挽留方泽。但方泽态度坚定，交上去的离职申请只能逐层审批。他请了假，到天山脚下盘下了一栋四层的小楼。请了建筑队，亲自画设计图，让他们把这栋老楼改造成他心目中理想的样子。

　　工程一时半会儿完不成，他也不能请这么久的假，只能先回了公司。

　　文森正为创世蓝天的项目找得力人手而焦头烂额，回来后的方泽主动找到他，说愿意以一个普通组员的身份加入。

文森求之不得，方泽喝了口咖啡，说："我有个要求，如果项目成了，这个项目的协办人签程安安的名。"

文森愣了一下，颇有深意地看了他一眼："你不会是……"

方泽放下杯子，淡淡说："她是我手把手教出来的，我只是想在走之前，看到她能成为真正的保代。"

程安安以为自己再也没机会跟方泽一起工作，没想到他们再次被分到了新项目的组里。而这次，他只是作为组里一名普通的尽职调查人员，而她，变成了二把手。

程安安的工作方式像极了方泽，对于资历尚浅的她来说，要指挥一众老员工的确需要一番力气。但有了方泽带头响应，其他的人也不好不给程安安面子。

他帮她，她是看得出来的，但除了工作上的事，她极少跟他说话，他也识趣，从不去主动招惹她。

这天吃完晚饭，办公室里没什么人，看了几天底稿的程安安拿着电脑主动过来找方泽，问他对这个项目有什么看法。

方泽刚看完客栈进度图片，放下手机，认真地跟她分析："作为'创世蓝天'的持有人李鹤，在几年前，他只是一名默默无闻的中学老师，他为什么能在短短时间内，能从一个叫'蓝天'房地产商手中买下百分之七十的股权，这是一个疑点。"

程安安点点头："这点我也发现了，我去偷偷调查过他，发现他的妻子，跟'蓝天'房地产的老板有亲戚关系，而且他的妻子在经营一家小型医疗机构，李鹤的钱，可能有部分是从他妻子那里来的。"

方泽目露赞许，低头又看了看程安安给他看的资料，嘴里喃喃重复了一遍："蓝天房地产……蓝天房地产。"

忽然他停住声音，走过来伏下身子，在她身后伸手环过她，用她的电脑来查询东西。虽然他跟她之间有距离，但她还是感觉到他的呼吸淡淡地喷进她的脖颈，她屏住呼吸却无法集中精力。

他忽然直起身："我去我电脑上查一下。"

他转身离开后她才松了口气，他鼻尖还残余着她头发上洗发水的味道，他记得那个牌子和那个香味，清幽独特，沁人心脾。

他坐在自己的位置上，双手快速地在键盘上敲打。发现蓝天房地产公司的前身，竟然是在容城起家的锦天房地产公司。

锦天房地产因为他那次发的举报信没通过审核，之后又成立了蓝天房地产公司，新瓶装旧酒，无奈黑历史太多，依旧无法翻身。

屏幕跳转了好几次，方泽忽然脸色一沉，问坐在不远处的程安安："记不记得买下你所在高中对面那片老楼的容城锦天房地产公司？"

程安安咬着牙点点头

方泽拿出一沓印有"创世蓝天"字样的资料递给她："创世的前身就是'蓝天'，而'蓝天'的前身，就是锦天房地产。他们之所以改头换面三次，就是因为一直无法上市成功。你要有心理准备，一直上不了市的公司，肯定有他的硬伤。"

程安安本以为这次是个机会，没想到可能是个大坑。

方泽看她情绪不高，放缓了语气："把跟李鹤相关的人的资料都转过来给我看看。"

程安安应了一声，迅速把电脑里收集到的资料发给方泽，方泽打开文档，两人开始连夜加班，直到方泽在李鹤妻子一栏，看到了"彭青"两个字。

他周身的血液像是凝固了一样，眼睛死死盯着后面的字：盛鸣医疗体检中心创始人，高级心理治疗师。

方泽脸色一片铁青，在查看那家医院的图片时，上面的标志正是那只金色的白鸽。他猛地站了起来，一言不发，跌跌撞撞地走出去。

坐在不远处的程安安发现他不对劲，也紧张地跟了出去。

方泽走到公司路边，忽然胸口涌起一股火，他压不下去，"哇"的一声，蹲在地上吐了出来。

"你怎么了？"

程安安一脸担心地过来扶着他，他看着这张跟妻子相识的脸，所有的往事，犹如过电影一样从他脑中掠过。悔恨，伤痛，不甘，愤怒，懊悔……如果当初他没发送那封匿名检举信，或许锦天就能顺利上市，而妻子，是不是就能躲开这场厄运？

方泽的情绪几近崩溃，他一遍遍喃喃自语："难道我真的做错了吗？"

程安安看他这样吓得哭起来，抱着他不停说："你没错，你没错。"

他定在原地，像是忽然清醒过来，看着她："对，我没错！错的是他们！是他们知错不改，恶意害人！"

方泽在夜色中迎着冷风，擦掉脸上的泪痕："作恶的人不能一直逍遥法外，总要有人站出来，把他们送进监狱。"

一个月后。"创世蓝天"再次因为方泽的实名举报，上市梦破碎。何雪的案件再次重审，相关的涉事人员全部受到追惩。方泽离职后到天山脚下做了客栈老板。程安安继续留在鼎盛，在投行这个金字塔上没日没夜地辛劳，而项目协办人的签字僧多粥少，成为保代的愿望依旧遥遥无期。

两年后……

　　候机厅里，程安安穿着高跟鞋、白衬衫，搭配得体的黑色套裙，妆容淡雅，背部笔直。她微微抬起下颌，拉着行李箱，步伐从容地从人群中穿过，脖子上隐约可见一条不算细的项链，如果认真看她胸前的衬衣，能看出凸起的一个小哨子的形状。

　　这两年她几乎飞遍了所有的城市，有时候梦醒看到一闪一闪的机翼灯划过夜空，她会有瞬间的恍惚，搞不清自己是回家还是出发。

　　而每次回家，她都习惯了先清理塞满了门缝的各种广告，她不敢再养植物，长期不浇水它们会死。因为总是一个人，偶尔想吃点水果，她也只能买超市削好皮放在塑料盒里的，怕买回一整个，一次吃不完，下次就会在冰箱里发霉。

　　她白天在战场上厮杀，夜晚趁着月光摸摸伤疤。她习惯了独在异乡为异客，也学会了出差的时候精简东西。

　　方泽给她的哨子项链和门阻成了她住在外面必备的东西。她知道了高级酒店的门和锁并不比连锁酒店的结实，也学会了住到新的地方如何检查是否有摄像头和反猫眼窥探，而这些保护自己的技能，每次用到都会让她想起他。

　　说实话，她是感激方泽的，没有他，就没有今天的她。虽然他们没能在一起，但他是她从十几岁就开始念念不忘的人，并不能说忘就忘。

　　而自从知道方泽就是当年救她的人后，她像是被打开了心结，从此不再惧怕面对异性。对于异性的搭讪甚至触碰，她已经可以根据情况，或客套或冷淡地回应。

　　她也曾试着跟别的男人接触，但对方的脸总会自动变成方泽的脸。如此几次她便放弃了，因为她不想勉强自己。

高强度的工作让程安安的失眠越发严重，她渴望能舒适地大睡一场，但沾着枕头却想着还未完成的工作。她为业绩和各种指标焦虑，体重下降食欲不振。相对于刚入职时干劲十足的她，这几年夜以继日的工作让她产生了倦怠，她越来越密地梦到那片竹林，那片云海，还有那个男人。

　　不知是心有灵犀还是冥冥中她一直都在等着他的消息，在机场的贵宾候机室里，坐得笔直正在敲打电脑键盘的她看到手机震了一下。屏幕上那个号码让她飞速瞥过一眼后怔住，她拿起来细看后心口一跳，带着些许酥酥的痒。

　　他没打字，简单粗暴地发了好些照片过来。照片里他还是那么帅气有型，只是更加简单随意。他身后那栋叫"云中客栈"的四层小楼，温馨舒适，极其适合用来虚度光阴。

　　这些年她练就的定力在他面前一秒破功，她欣喜激动，拿着手机摩挲着照片里他那张脸。他黑了，以前那张不苟言笑的帅脸，如今却每张画面都挂满笑容。

　　她斟酌着回复的语气和话语，无数个词汇在脑中闪过，最后却只发了一句："最近过得怎么样？"

　　发送出去后她又懊恼不已，他的笑容已经证明了一切。反倒是她，脸上除了焦虑就是憔悴，上一次发自内心的大笑，已经不记得是猴年马月发生的了。

　　他说话还是一样简单明了，他给她说天山的云海还是那么漂亮，给她讲那些住进来的客人最后都成了朋友，他还说要给她寄他种的瓜果，最后，他说让她有空去体验一下他的云中客栈，真的就像睡在白云里一样。

　　程安安恍惚间像是回到了她跟他住在一起的时候。这样的熟悉感抵消了这两年未见的尴尬生疏，竟像从来没分开过一样。这样的感觉，让她升起一股莫名的窃喜。

　　这次聊天，让程安安在候机室里差点误了飞机。等狼狈地跑上飞机，她看着手机里的照片苦笑一声，她又何尝不想去云里睡一觉，但她真的能舍下现在的一切？

　　出差回来，许久未见的戚蕊约她一起出来喝酒，从同事成为闺蜜的两人在职场经历风雨，已经各有成绩。

　　戚蕊的绯闻男友从未间断，面对八卦她依旧嗤之以鼻，举起杯子一口喝干，愤愤不平："老娘把工作当男友，把事业当老公！我这么专情的人，竟然还有人说我滥情？！"

　　程安安笑得停不下来，她喝了不少，眼神迷离中，看着戚蕊对这种被工作填满的生活享受不已，她恍然大悟，因为这是戚蕊所追求的，所以她在自己喜欢的、想要干的工作里，才如此满足。而她从自己越发空虚的感觉里终于知道，这份工作，并不是她内心真正喜欢和想要追求的。

　　她喜欢的到底是什么？她第一次认真地考虑这个问题，她闭上眼，脑中浮现的是阳台的躺椅，天上的白云，以及父母眼中那些"没用"的事。

　　她知道那是她向往的快乐，但是，她真的能放弃现有的一切，去追求那些快乐吗？

　　两个相互鼓励相互依靠的女人喝得醉醺醺的各自回家，第二天一早，喝了酒也睡不着的程安安又拉着行李箱，去赶最早的一班飞机。

　　一周后，程安安一身疲惫地从机场打车回公司，路上她拿起手机，看到群里一个爆炸性的新闻：陈铭不堪工作重负，跳楼自杀了。

　　程安安错愕地盯着这几个字，呆了几秒，眼眶里的水汽越来越重，她想起那个为了多点时间工作，永远只吃鳕鱼堡和可乐的消瘦的背影，眼中的泪终于滴了下来。

公司同事在整理陈铭遗物的时候，发现了他的日记本，上面记载了他刚来的时候，立志要在这里干出一番事业，但随着永远处于食物链最底端的现实和不分昼夜的重复性劳作，让他越来越迷茫，开始不停地问自己，日复一日的工作，到底有没有意义。

程安安同样在问自己，现在这样的日子到底有没有意义。

兢兢业业的陈铭离开后，程安安受到巨大的触动，她工作这么长时间，第一次请了一周的长假。她在家沉寂了好多天，头不梳脸不洗，睁着眼看着天空由黑转白，直到金线从云层射下来，天光大亮。

生命真是脆弱啊，在这场短暂的旅途中，到底什么才是能让内心安宁的良方？她想起方泽一直叫她做自己，想起她欣赏戚蕊的那些勇气，想着那些从小到大的往事……忽然福至心灵。电光火石间，体内那道关闭了许久的心门，终于被一股巨大的原始力给打开了。

或许人就是这样，用大段的时间去迷茫，用一瞬间来成长。

这一刻，程安安像是穿过了她跟方泽之间相差的光阴岁月，与曾经的所有达成了和解。

开完陈铭的追悼会，程安安交了辞职书，坐上最早一班飞往天山脚下的飞机。那里，有她想爱的人和她想过的生活。

飞机上，她终于如释重负地安心睡了一觉。梦里，方泽在云中客栈的院子里给红肥绿瘦的瓜果浇水，她站在二楼的阳台上，掸着被子，笑看山上的绿荫如海，白云如幻。

梦中，她扬起嘴角，像是看到了自己想要的鲜衣怒马，明月天涯。

图书在版编目（CIP）数据

投行风云 / 牛莹著.—北京：中国华侨出版社，
2018.2

ISBN 978-7-5113-7345-8

Ⅰ.①投… Ⅱ.①牛… Ⅲ.①长篇小说—中国—当代
Ⅳ.①I247.5

中国版本图书馆CIP数据核字（2018）第007547号

投行风云

著　　者 / 牛　莹
出 版 人 / 刘凤珍
选题策划 / 李　娟
责任编辑 / 紫　夜
封面设计 / Violet
版式设计 / 睿佳工作室
经　　销 / 新华书店
开　　本 / 880mm×1230mm　1/32　印张 / 10.75　字数 / 280千字
印　　刷 / 三河市中晟雅豪印务有限公司
版　　次 / 2018年3月第1版　2018年3月第1次印刷
书　　号 / ISBN 978-7-5113-7345-8
定　　价 / 39.80元

中国华侨出版社　北京市朝阳区静安里26号通成达大厦3层　邮编:100028
法律顾问：陈鹰律师事务所
发 行 部：（010）82605959　传真：（010）82605930
网　　址：www.oveaschin.com
E-mail：oveaschin@sina.com

如发现印装质量问题，影响阅读，请与印刷厂联系调换。